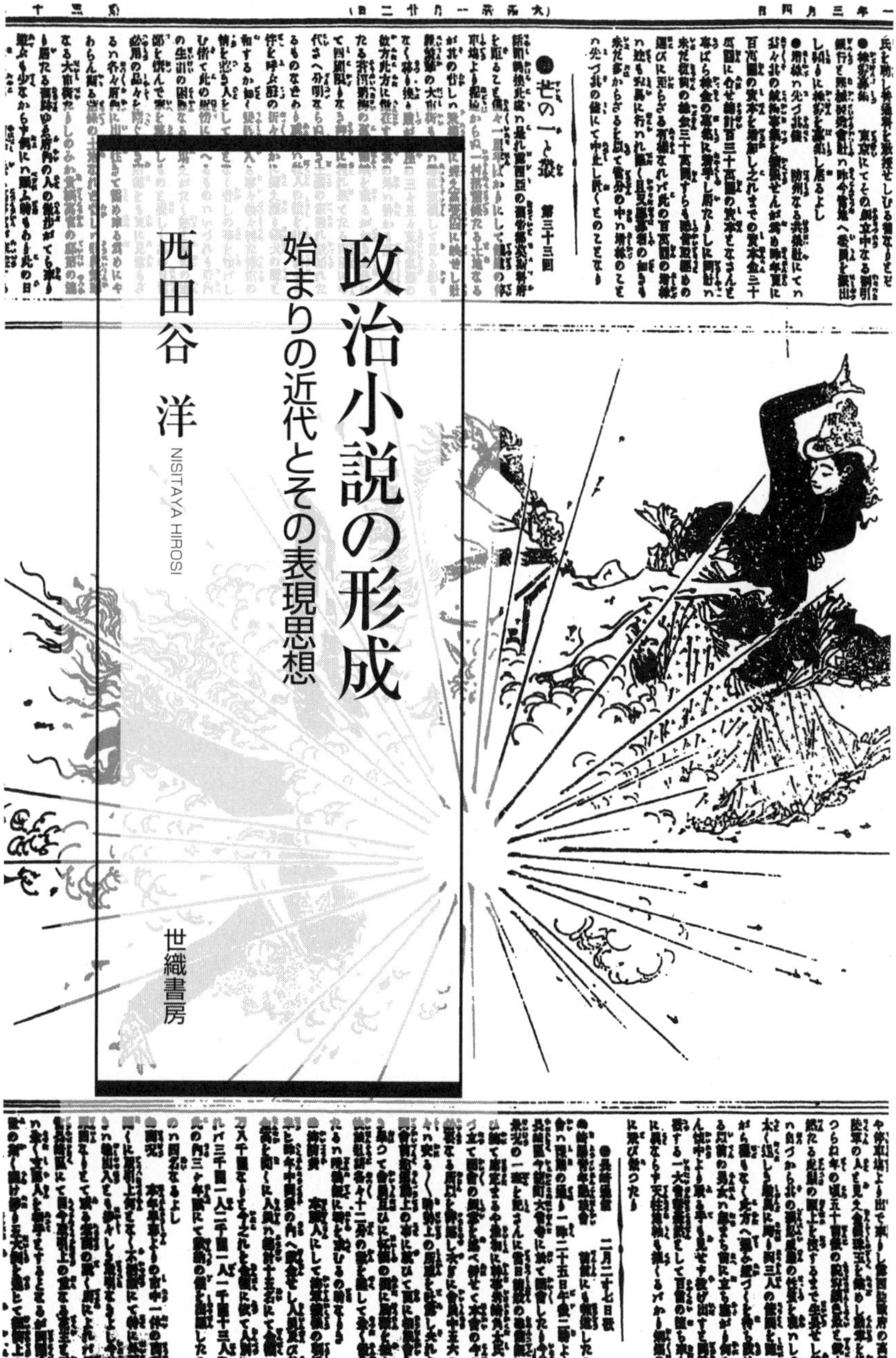

政治小説の形成

始まりの近代とその表現思想

西田谷　洋
NISITAYA HIROSI

世織書房

はじめに

政治はあらゆるところにいきわたっている。言葉の連なりの中には政治が宿っている。そして、人文字の政治もまた、政治小説の季節が過ぎ去った後の現在において、例えば、ある種の文学テクストの中では、物語を構成する重要な役割を果たすことになる。

(1) ヤンは考え込まずにはいられなかった。民主共和政にたいするラインハルトの指摘はするどすぎた。
〝自分たちの自由意思によって自分たち自身の制度と精神をおとしめる政体〟……

(略) 人間の精神のうちでもっとも貴重なもの——権力と暴力に抗して自由と解放を希求する精神がはぐくまれるには、強者からの抑圧が不可欠の条件となるのだろうか。自由にとってよき環境は、自由そのものを堕落させるだけなのだろうか?(1)

(2) 連邦軍は、いつになったらここが地球と地続きでないということが分かるのだ。(略) ここはスペースノイドの言うことを聞け(2)。

田中芳樹『銀河英雄伝説』は、銀河帝国と自由惑星同盟との戦乱の帰趨と、民主主義の理想の実現に向けた苦闘を諸陣営の群像劇として描くライトノベルであり、劇場版『機動戦士Zガンダム』は、宇宙植民者《スペースノイド》の自治権獲得をめぐる地球連邦軍内部の特殊部隊ティターンズと反地球連邦政府組織エゥーゴとの抗争の展開と、少年の成長を重ねたロボット・アニメである。(1)は、戦いに敗れた同盟軍艦隊司令ヤン・ウェンリーが、皇帝ラインハルト・フォン・ローエングラムとの会談後に行った内省であり、(2)は、エゥーゴのクワトロ・バジーナ大尉が、連邦軍機との戦闘の中でスペースノイドの立場から発した言葉である。(1)は民主主義政体の理念と現実の乖離という直接的な政治的思索の表現であり、(2)は植民地支配によって抑圧された者の声の回復要求であると同時に、抑圧された者達を自ら代表・代弁しうる者として発話者の自己を政治的にポジショニングしていくことになる(3)。このように、政治は理念や行動実践として語られる。

そして、物語において提示される政治には、いくつかの側面がある。

第一に、政治は、物語内容における事象・出来事としての意義を持つ。イデオロギーが透明化された世界においては、(1)の会議や(2)の戦争に限らず、演説、選挙等、イデオロギーを可視化する政治的な事件は、標準・中心から外れた異質な記号として情報価値を持つからだ。一方で、その異質さは、可視化を忌避する力を招来する場合もある。政治が有標化された政治小説において、物語内容、さらには物語内容と同時代・現代の文脈との関連づけから、政治思想・イデオロギーの抽出がなされると共に、その思想やイデオロギーのみが否定されるのはそのためだ。第二に、政治は、世界秩序の維持・変革を支えるメカニズムとしてあると同時にその際に働く力としても現象する。民主政体の強固な諸制度(軍や議会を含む)及びそれに連なる人々の腐敗やコロニアリズムは物語の当初の世界秩序を用意し、主人公の行動を妨害する非民主的な体制を作り上げる。したがって、そこで作動する力は、物語に起伏を作り出すと共に、物語の動因としての役割を果たす。第三に、そのように可視化され顕在化された政治は、一方で、政治の表象を容易にしつつも、隠蔽され、表象されない側面を持つことになる。体制維持や体制変革をもたらすのは政治理念であるかもしれないが、その周辺では様々な要素が、謎、あるいは自動化されたものとして処理される。このとき、政治は、登場人物を神話化したり、戯画化していくだろう。政治は物語化されるのに、ふさわしい相貌を備えているのだ。

そして、政治の構造は、原理的には反復であって(4)、かつてなされたことをもう一度繰り返すことで体制の維持や変革を行う。権利は回復されるものであり、かつての大革命が未来の変革の可能性を保証する。すなわち、物語が政治を語るとき、新情報は既知の枠組み・情報と結びつけられ、認識されていく。物語一般の受容でも、かつて見聞きした物語に接することが読者の楽しみなのだ。もちろん、その新しさを好む享受法も存在する。しかし、その新しさの程度が大きければ、読者はその物語に感情移入することができなくなる。政治的な物語の受容において、通俗的・類型的な定型、陳腐なパターンが重視されたのは、そこに理由がある。物語が語る政治的な諸事件ないしは諸力の具体的な細部や断片はいつしか忘却されつつ、物語の全体論的な構図・枠組み・定型は残され、それが新たな事件や物語の受容に適用されていく。

以上の観点にヒントをえるならば、小著『語り寓意イデオロギー』(翰林書房、二〇〇〇・三)から本書にいたる間の明治初期政治小説の研究動向も、次のように整理することができるだろう。

政治小説研究において、従来、テクストからの政治思想・イデオロギーの抽出がなされたのは、例えば、中根隆行氏(5)が朝鮮を予め負の意味性で捉える認識の枠組みであるコロニアル・ディスコースを『佳人之奇遇』等の国権小説が内面化していると指摘するように、パターン化された概念図式・フレームとしてイデオロギーを捉え、作者から読者にいたるコミュニケーション上のメッセージとして思想を位置づけていたからだ。

そして、読者は、物語表現への参与によって政治思想を作り出し、そしてテクストから呼びかけられる主体としてアイデンティティ形成される。革命小説・虚無党小説でよく描かれる主人公の悲憤慷慨は、志士の実践パターンを反復して味わうと共に、主人公と読者との間にもたらされる感情の過剰さによって、反政府活動へと挺身する主体を作り上げる。また、東海散士『佳人之奇遇』を、斎藤愛氏(6)は、その日本／西洋＝男／女というジェンダー配置は男性アイデンティティ形成にとって渇望された構造だとし、高橋修氏(7)は、国家を逸脱して自由民権の個人的欲望を遂行すると共に、否定すべき西洋に同一化する行為体となることでナショナルな主体形成が図られる点で転倒した国権小説と規定する。また、上田敦子氏(8)は宮崎夢柳『自由の凱歌《かちどき》』の発話ポジションの明確化と類型化への批判として坪内逍遙の営為を評価し、浅野正道氏(9)は演説会の分析を通して知識人の主体化が秩序への監視を伴うことを明らかにする。

むろん、テクストの読みは一つではなく、テクストの言語表現に即してもテクストには多くの解釈可能性がある。もちろん、テクストの表現はある種の読解の方向性を志向するが、テクストにはその志向から逸脱する方向性もある。よって、テクストにおけるジャンルや文体、情報の様態、解釈実践によって、その都度、読みと主体は更新される。例えば、山本良氏(10)は、政治的稗史小説・自由党系政治小説・改進党系政治小説のいずれもが、尊皇の帝国への欲望を語り、国民国家形成へのイデオロギーとして読者という諸個人を主体化する政治性を発揮していく可能性があるにも拘わらず、文体・形式の多様性がそれを阻害し、また自由党系政治小説も共同体的主観という限界のために尊皇・民権イデオロギーが機能不全となっていく事態を明らかにする。

このように、言説のジャンルや文体によって担わされる内容やイデオロギーは変動する。ジャンルもパターンとしてプロトタイプ化され、そこからの逸脱もいわば連続的に存在する。これを通時的なジャンル変動として捉えていくとすれば、吉岡亮氏(11)の仕事は演劇・文学・歴史の各領域が分裂し結合していく相互交渉をたどり、歴史と小説をめぐる諸概念のズレと交錯の中に近代文学ジャンルの再編成を捉える試みと言える。

ただし、歴史や思想をテクスト解釈に導入することは、作者と同じく超越的な立場によってテクスト解釈の持続を停止させることだ。そこでは、形式と内容とが対応して、内容が伝達されることが前提とされる。思想と表現が分断されていては言説分析は不可能になるからだ。

だが、記号表現にどの記号内容を付与するかは読者にゆだねられる。政治小説に示される政治表現は少なく、また寓意も単純な構造を持つが、政治小説の政治的なメッセージないしイデオロギーは表現と強固な対応をしているわけではない。9・11以後、テロ・戦争等での主導的集団に対する知識人＝論者の批評性を見出す思想的方略が、市民的自由・批判意識の欠落を政治小説に見出す政治小説に対する古典的評価の反復として結ばれるが、知識人こそが真実を見通せるという愚民観に支えられた批評は論者側にさらに再帰していかねばならないだろう。

なぜなら、思想は、自らを全体化・普遍化し、自らを正当化する。政治小説が表象する自由民権思想は、西洋化＝近代化を全体として志向しつつ、日本の権益を確保するセクショナリズムとなっている。だが、全体論は自らの効力が及ばない領域を容認できない。実際に効力が及ばないのは対象が野蛮だからであり、その場合は啓蒙・強要しなければならない(12)。民権家達の粗暴さは、自由と民主主義の守護者アメリカのイラク占領等に見られる政策・軍事行動、批判的知識人の指導性とも接点を持つ、啓蒙精神の発現でもある。

では、こうした全体論への抵抗の契機は、政治小説にはないのだろうか。それは改めて政治小説の表現、レトリックの細部を注視することだろう。全体化の志向から断片は常に逃れていくのである。そもそも、あらゆる読者層を合目的的に主体化することに完全に成功した物語テクストなど未だ／今後も存在しない。それは常に一時的・局所的に遂行されるしかないものだ。そうしたレトリックと思想との抗争の劇として、政治小説を捉える分析の試みはもっとなされてよいのではないか。

政治小説の形成＊目次

はじめに　i

序　003

I　政治的物語と隣接ジャンル

1　啓蒙思想と自由民権運動　015
1　啓蒙思想　15
2　『西洋事情』の民権思想と解釈　16
3　『自由之理』の受容　19

2　実録の政治性　022
1　民衆運動の実録　22
2　『佐賀電信録』における現実の構成と政治性　25
3　『西南鎮静録』における政治性のゆらぎ　31
4　『梅雨日記』における〈空白〉としての政治　33
5　真土村事件の実録における政治性　38
6　『蓆籏群馬嘶』における反転する反民権　41
7　『燧山黄金一色里』の政府非依存の語り　44

3 戯作の民権化 047

1 はじめに 47
2 啓蒙的小説観と『かたわ娘』 48
3 『蛸入道魚説教』と政治小説の思想 50
4 「痴放漢会議傍聴録」と政治小説の嚆矢 53

4 民権詩歌 060

1 民権詩歌の構造 60
2 詩的言語の理論における俗語の位相 62
3 替歌における俗語の効力 64
4 詩的言語としての散文 66
5 詩的言語における漢文脈 69

5 民権戯曲 072

1 自由民権の演劇・戯曲 72
2 『民権鏡加助の面影』の構造 74

6 フランス革命史論 078

1 『政理叢談』における「史論」と「文学」 78
2 「西海血汐の灘」における革命像 80
3 寓言としての「自由の恢復」 83

4 〈仏蘭西大革命史〉という再・語り 85

自己表象 7 ―― 086

1 民権家の自己表象 86
2 自己表象のジャンル 88
3 自伝の様式と人称 94
4 自伝契約と解釈戦略 100
5 自己同一性の物語的構成 105
6 書評という自伝加工 110

Ⅱ 政治小説の語りとジャンル編成

政治小説の思想と表現 1 ―― 119

政治の隠喩／隠喩による政治 2 123

1 はじめに 123
2 比喩と世界観 124
3 写像関係と語り手 128
4 アナロジー・直喩・プロトタイプ 130
5 概念隠喩と一貫性 134

6　民選議院論争のモラルシステム　138

3　政治小説の中の読書――142

1　夢柳小説における政治の伝達　142
2　『鬼啾啾』から〈虚無党事情の冊子〉へ　145
3　『芒の一と叢』における読書　147
4　夢柳小説における読書　150

4　人情本的政治小説と読本的政治小説の間――153

1　テクストの断絶　153
2　語りの特徴　154
3　読本性と人情本性　157
4　民権思想　160

5　偽党撲滅運動と政治小説――162

1　偽党撲滅運動のレトリックと政治小説　162
2　「今浄海六波羅譚」の生成　165
3　「今浄海六波羅譚」の政治性　168
4　「今浄海六波羅譚」の再編成　170

6 言説空間の中の『佳人之奇遇』——172

1 はじめに 172
2 漢文体の語り 173
3 通俗版との比較 177
4 国権小説の思想 179
5 政治小説の批評空間 183
6 おわりに 186

7 〈政治小説〉の成立——187

1 はじめに 187
2 術語「政治小説」の登場とカテゴリー化 189
3 〈政治小説〉としての『雪中梅』 192
4 〈政治小説〉の類型 194
5 おわりに 199

8 引用される〈政治小説〉——201

1 〈政治小説〉と『雪中梅』偽版事件 201
2 『雪中梅・上』の物語作法 205
3 政憲の政治小説の構造と思想 211
4 おわりに 215

註　219
民権文学研究文献目録　247
あとがき　255
初出一覧　257
人名・事項・書名索引　(1)

【凡例】

一、現在との時間的距離を明示するため本文中の年次の記載は原則として西暦を採用し、テクスト解釈に必要な場合に限り年号を使用した。

一、資料の引用に際し、単行本・新聞・雑誌は『　』に、新聞・雑誌掲載の記事・作品は「　」で示した。

一、引用文中の旧漢字は適宜新漢字に改めた。また、原典のルビなどは適宜省略した。

一、改行を示す必要がある場合は／で示した。

一、引用文末の〔　〕には編数を漢字で、冊・巻数や章・回数を算用数字で示した。例えば〔初1〕（一六頁）は「初編巻之一」を意味する。

政治小説の形成

序

言語は、コミュニケーションという社会過程を通して動的になり活性化する。コミュニケーションは、文化的行為であり、社会秩序を構成する。この社会秩序の維持・変化には権力が関与する。この点で、コミュニケーションとは、権力行使過程でもある。なぜなら、ある事象・出来事を認知し定義づける際に運用される言葉には特定の意味・評価が備わり、コミュニケーションは人々が意味・評価を共有・再生産・転換していく過程だからだ。この意味で、あらゆるコミュニケーションは、政治的コミュニケーションに他ならず、文学コミュニケーションも例外ではない。

コミュニケーションを政治過程として捉えるならば、政治論が不可欠となる。そこで、政治論にまつわる予備考察を行う。ここでは政治を闘争・対立、統治、シンボリックの三つの側面から考えてみたい。

第一の闘争・対立に関わる政治観を構築してきたのは、マルクス主義政治論である。この場合、革命や内乱、社会紛争、集団内部の対立等の社会現象が政治と呼ばれる。この立場では、対立・闘争が政治の原点であり、その処理が政治の課題とされ、支配や安定は一時的な闘争の抑圧・均衡状態として考えられた。政治は、対立の発生から激化、抑圧、解決等のダイナミックな過程として捉えられた。

例えば、ルイ・アルチュセールの重層的決定は、単一的経済決定論ではなく、多元的な実践的世界へと開かれる可能性を持っていた。だが、「経済的なものによる最終審級における決定」(1)を提示する点で、アルチュセールの論理構成は経済決定論の呪縛に捕われている。「構造化された全体こそ、単純なカテゴリーにその意味を与えたり、あるいは長い過程のおわりや、例外的な条件において、ある種の単純なカテゴリーを経済的に実在させることができる」(2)とする点で、全体の構造によって全体を決定する全体論という性格も持つ。また、アルチュセールは、イデオロギーを「諸個人が彼らの存在の現実的諸条件に対して持つ想像上の関係の《表象》」(3)として捉える。そこでは、イデオロギーという大文字のSujetが、①諸個人に呼びかけ、②彼らを小文字のsujetsとしてイデオロギーに従わせ、③諸主体はイデオロギーのもとに諸主体間の再認と、自己を再認し、④諸主体は絶対的に保証される、という過程が展開する。アルチュセールは、ここでは図式Lへの還元論として、イデオロギー論を展開する。この還元論構造は、理論構成の閉鎖性、同語反復性をもたらすように思われる。

一方、ニコス・プーランツァスは、構造から実際の諸関係による規定へ権力分析を移行し、「身体についての政治的技術は、生産的諸関係および社会的分業という準拠枠組のうちに、基本的な基礎を持」(4)つと言うように、複雑で多様で微細な小状況に第一義を置く。プーランツァスは、重層的決定の次元でミシェル・フーコーの微視的な権力分析を取り入れるものの、最終審級の次元でそれを経済的なものに還元し、経済の規定を旨とする史的唯物論を堅持した。

これに対し、ラクロウ&ムフ『ポスト・マルクス主義と政治』(大村書店、一九九二・一)は、社会の全体性・可知性を言説的全体性に替え、言説の複数性によって社会の複数性を志向する。つまり、重層的決定による複数的なアイデンティティの自律性の追究と社会の統治とを同時に可能にする政治への契機が、模索される。むろん、政治空間の単純化の論理である等価性の原理と、政治空間の拡張と複合性の拡大の論理である自律性の原理とは矛盾するが、契機の到来不可能性によって両立し、社会的なものの開放性があらゆるヘゲモニー実践への前提条件となる。こうした論理展開によって、マルクス主義政治論の経済決定論からの自律が完了したと言えよう(5)。

一方、政治の第二の側面である統治は、ヘゲモニーの確立や支配の達成によって表面上、対立が隠蔽され、制度化された状況が恒常化されたものだ。ある集団が統合を図り、安定した秩序を確立することによって、紛争処理を制度化し、組織の力によって共通の利益を追求することが政治と呼ばれる。ここでは、政治とは、集団的利益の実現に向けた動員の過程となる。例えば、タルコット・パーソンズは、「集合的目標を集合的に追求するという機能に関連するすべての行為の側面」(6)として政治を捉え、デヴィッド・イーストンは、政治システム論で「社会に対する諸価値の権威的配分」(7)として政治を規定する。

イーストンが提示した政治システムは、相互に関連性を持ってシステムを形成している政治現象の全体を入力－出力モデルで捉えた概念であり、政治システムと環境、システムへの入力と出力、出力から入力へのフィードバックからなる。入力には、政治システムに適応を要請する要因である要求と、政治システムの維持・存続を助け、それに貢献するような要因である支持、出力として権威的決定を挙げた。問題の処理・解決の訴えが要求であり、権威的決定とは政策の決定であり、それによって価値の権威的配分が図られる。政治システムは、全体的システムのサブ・システムであり、文化システム、経済システム等と併存している。これらの諸システムは、政治システムの環境を構成する(8)。

ただし、政治システム論には行動論批判の立場から変動・変革を分析・提示できないという批判がなされた。これは環境変化の影響によるシステムの攪乱とその定常性の回復として政治的動態を把握しようとする均衡論的枠組みの限界を指摘したものだ。ガブリエル・アーモンドらの構造機能主義アプローチも、政治の実体はシステム＝構造の要請としての機能に還元され、諸機能の担い手の集団の相互作用として捉えられる。そこでは、構造から機能が導き出され、その諸機能の作用の結果として安定した構造が維持されるという予定調和的な循環の構図が見出される(9)。だが、政治システム論にも変動観がないわけではない。例えば、イーストンの「変化をともない、変化を経験する存続」(10)は、近代化を構造機能の複雑化過程として捉える政治的近代化論に受け継がれた。しかし、これも単線的な発展史観だと言えよう。政治システム論によって、政治学は、経験的データの数量的分析とその分析枠組みの精緻化を進めていくことになる。

また、共同体の権力構造の多様性をふまえ、集団を分析単位として民主主義の実証的解明をめざしたのが、ロバート・ダールの権力多元論である(11)。多元主義の特徴は、政策領域がそれぞれ自律性を持っており、権力の再配分と権力闘争が生じにくいため、政策決定構造が制度的に安定している。このモデルでは社会が多数の利益集団に分割されており、ある集団が自己利害を公共政策に反映させようとするならば、小集団を含む他集団との連合を行い、小集団の組み合せは変化する。これを民主主義の比較モデルとして、政治参加と公的異議の申し立てという二つの次元から構成されたのが、ポリアーキーである。

ダールは、他からの働きかけがなければaがしない行為をAがaに行わせることができたとき、Aはaに権力を持つと定義した。この点で、ダールは、権力を二人の行為者間の関係として捉えている。すなわち、権力は、効用に類似し、範囲と領域という二つの影響圏を持つ影響力と言えよう。しかも、多元主義は、自らの仮定する権力が実際の対立の事例にのみ現われるために、実際の対立が権力にとって必要であると想定する。だが、これは、権力の最も効果的で狡猾な行使が第一に既存の対立を防止することにあるという決定的な点を無視する。民主主義は不可避的に規範性の意味合いを持つ概念であり、そしてアメリカ政治の経験から一般化されたものと称されるポリアーキー論は、「現状維持の機能」(12)に転化する。同様に、パーソンズやイーストンの権力論観も顕在的な権力にのみ限定されていると言えよう。

権力作用は、権力を認知する側の主観的なイメージが重要な役割を果たしており、宮台真司氏は、権力を(1)として定義する。

(1)　行為者iが、自分の選択に後続するjの最適選択を予期したときに現実に実現可能だと想定する社会状態の中

で、最適選好するものを「現実的最適状態」(x)という
行為者iの了解内で論理的な可能性が構成された全ての社会状態のなかに、
①iが、現実的最適状態(x)よりも上位で選好し、かつ、
②現実的最適状態(x)を開示するiの選択とは別のiの選択で開示される
という2条件を満たす社会状態(y)が、少なくとも1つ存在するとき、「iはjからの権力を体験する」
あるいは「jからiへの権力が存在する」という(13)。

この意味での権力は、原基的な形では、日常的な相互行為においてきわめて頻繁に生じている。そして、その普遍的な体験構造を基礎に、権力は、反射化、連鎖形成、社会化、公式化、〈政治化〉され、日常的な相互行為の基礎になる様々な信頼を形成し、それをもとに行為が生み出され、それを源泉にして権力が設定される。そうした形で社会システムの全体が編成される(14)。この点で、権力は、観察可能な強制力である①意志決定、潜在的に制御されたり権威によって作用される、②非決定、当事者も気がつかない磁場が形成されている、③無自覚な権力、の三次元からなると言えよう。この③に文化が関与する。文化概念を取り組むことで政治の第三の側面が現われる。

この政治の第三の側面をシンボル、ひいては意味として捉えることができよう。政治は、集団の問題に関わり、共同体の文化的要素である政治シンボルが動員される。政治シンボルは、諸個人が意味を付与する対象でもあることから、諸個人と社会・秩序を関連づける。政治シンボルは、人々の認識を構成し、人々が自分では直接経験できない事象・出来事についても意味を見出せるようにすることで、諸個人と社会的現実との関係を媒介し、人々の洞察力に制約を加えたり、人々の被操作性を増大させる。とするならば、問題は、個別特定のシンボルに限定されないだろう。ジャン＝フランソワ・リオタールは、政治を「連鎖の機会がある場合に異議を申し立てる可能性」(15)、すなわち、議論が共約され合意が形成されることに対して間断なく異議を申し立てることとして捉える。こうした意味の政治的言

説はどこにでもある。すべての制度、習慣的行動、そして関係のどこにでも存在する。言葉は現状の維持を命じ、強制し、社会化し、強化し、擁護するからだ。言語運用とその枠組みは、認知・解釈・表象に関する、つまりは選択、強調、排除に関する永続的パターンであり、そうしたパターンに基づいて言説が組織される。

言語運用において、情報を受容し心的に処理する過程の中で、スキーマが作成・運用されると共に政治は作動する。スキーマ理論では、スキーマとは状況や人物に関する体系化された知識からなる認知構造であり、そうした知識は過去の経験から抽象化されたものとされる。情報は、概念図式を活性化させ、受け手の態度・感情や行動に影響を与える。ここでは、言語運用における情報伝達とその枠組みによって作動する政治という観点を確認しておきたい。

文学場や学界の編成というマクロな領域から言語表現というミクロな領域にいたる様々なレベルに、政治は作動する。テクストの政治思想や作家の政治活動、あるいは政治的批評のみが政治なのではない。学界における学閥や方法論の争闘、学会誌編集や学会運営、研究者養成や国語教育における文学教育等、文学場におけるジャンルやテクストの優劣や埋没・流行、盗作・偽版や著作権、作家の階層・性差や文壇における位置、文学賞や書評の機能、読者層や読者共同体の生成・変容、読書行為の実践、文学観や文学の嗜好、物語構造や描写、レトリックが生み出す意味作用等、文学現象のすべては政治に関わるとも言えよう。

近代文学名作の愛好から研究へと自らを深化させて成立した近代文学研究は、自らの基準・枠組みを中立と自称するが、その前提を根源からゆるがす力が実作としての政治小説や方法論としてのイデオロギー批評にはあり、その力を持ち込むことへの拒否反応が〈政治と文学〉、〈外在批評〉批判等の二元論となっている。だが、既に充分指摘されているように、なんらかの価値観に準拠しない、イデオロギーを持たない立場・解釈は存在しない。人々が無自覚の内に妥当なものとしている文学にまつわる感受性・趣味・嗜好・価値観は、歴史的に形成された文化・慣習実践の相互作用的な文化的生成物であることは、カルチュラル・スタディーズ等の言説の政治学によって解明されてきた。

しかし、広範な領域を扱う倫理批評であるカルチュラル・スタディーズに代表されるポスト構造主義的な理論の適用が、平板な紋切り型の分析結果と記述を提出してしまうという場合が多々ある。言い換えれば、この立場は、言説のイデオロギー性を見出す以外には、日本近代文学研究における政治小説システムの歴史性・特殊性について言及することができない。というのは、言語論的転回以降の二項対立、記号作用、鏡像論、重層的決定、脱構築、言説編制、多文化主義等、既存の他領域の分析結果をなぞるだけで、ポスト構造主義の枠組み自体が問われることはないからだ。カルチュラル・スタディーズは制度批判を行ってはいるが、類型的な図式によって経験的データを取り込もうとしなかったり、文化政策の生産的側面を見ようとしない(16)。類型図式によって対象を捉えるとき、対象の細部はそこから漏れていく。その細部は図式の有効性をときに揺るがす。自らを普遍的と信じる理論・主義は、その外部にそれが通用しない領域を必ず持つ点で、局所的なのだ。にも拘わらず、ある特定の局所性のみが重視されるとすれば、それは偏向と言わざるをえない。この事態の対処法は、理論的分析でも、事象・出来事の記述でもない。依拠する理論を根底から問い直す方法論的検討を行い理論を組み替えることと、個別具体的な過程を記述することとを、連動させることだ。むろん、本書がこのような問題解決を実現するわけではなく、今後の目標課題としての意味も持つ。

なお、ここで概念規定をしておきたい。本書では、政治を、一般的な紛争・統治・象徴ではなく、いくつかの互いに重なる意味で限定的に用いている。第一に、自由民権思想としての政治。第一の用法には、その派生として自由民権運動自体、あるいは民権思想・民権運動の枠組みやその標識という意味がある。一般に、政治小説や、政治小説の政治性の「政治」が、それにあたる。第二の用法は、〈政治と文学〉として「文学」と二項対立で捉えられる「政治」だ。これは、文学の自律性、市民社会への批判精神なるものを脅かす権力としての「政治」であり、例えば、政府支持性や、その裏返しとしての政府批判性を含む。第三に、イデオロギーとしての政治。ここでいうイデオロギーとは「表象や象徴が権力と資源の非対象的配分に組み入れられている限りにおいて、こうしたあらゆる表象および象徴体系の一局面を作り上げるもの」(17)に他ならない。イデオロギーは、すべての意味生産に関わる概念図式であり、意味の編成によって人々の世界が構築される点で、いかなる世界を構築するかという問題は政治の問題であり、その故にすべての言説はイデオロギー的だ。あらゆる事象・出来事は本質的な意味を持たず、フレーム、スキーマ、そしてスクリプトによって分節化され意味づけられて認知＝表現される。その際、対象と文脈を含む認知環境における多様な焦点と焦点、図と地との関係、そしてそれらの全体においてイデオロギーが付与される。意味が付与される瞬間に事象・出来事はイデオロギー化する。あらゆる政治的中立、あるいはニュートラルなイデオロギーは存在しない。仮に中立のように見えるとしても、何かを一般・普遍として提示する際、別の何かを排除することになるからだ。

当然のことながら、政治小説も重層的そして段階的に広がる、いくつかの異なる意味で用いている。狭義には、政治小説は近代文学史研究において一般に明治初期政治小説とカテゴリー化される民権小説、〈政治小説〉は「政治小説」というジャンル意識を明示した小説、政治的物語は政治的な言説・含意を持つ様々な様式の物語、という意味として使っているが、こうした三つの意味区分を包含するような広義の言葉としても政治小説を使用している。ともあれ、今日、「政治小説」と呼ばれている物語は、本来フィクションとしての性格を持つ一九世紀末の多種多様な散文の物語が、「政治小説」という名のもとに一つの制度として括られる一八八五年頃にいたるまで、一つの公認のジャンルとして顕現していたわけではなかった。本書の議論は、政治小説の起源を一八八〇年頃に置く定説と衝突する。むしろ、今「政治小説」と呼ばれる初期のフィクションは、ずっと後になって初めて、多少なりともまとまりのあるジャンルとして一括される。それまで、多様な、まとまりのない、個々の具体的な生産物だと言えよう。言い換えれば、そうした初期の政治小説は、このジャンルが自らの制度としての歴史をあとから正当化＝正統化しようとしたときにその先駆的形態となる。つまり、より現代に近い文学の制度、文化の規範によって政治小説と名づけられることになる。

そこで、本書を内容面から整理する。

Ｉでは、政治的物語の展開と隣接諸ジャンルの交錯を、啓蒙思想、実録、戯文・戯作、歌謡・詩、劇・戯曲・院本、史論、自伝・日記等から捉える。Ｉは、今日、政治小説と目されるタイプの政治小説の嚆矢の発生及びその隣接ジャンルの動向を探ると共に、そのようなタイプの政治小説の定義を再検討することで、政治小説の解釈依存性を明らかにする。Ⅰは、ジャンル論であると共に、政治小説が言説空間に浮上する過程と環境を考える土台を直接・間接に構築することをめざした。

Ⅱでは、政治小説の語りとジャンル編成を革命小説・偽党撲滅運動の小説・国権小説・〈政治小説〉等から検討した。Ⅱは、「政治小説」という術語の登場によってもたらされた政治小説ジャンルの編成に様々な物語が関与していく過程を探ると共に、言説と政治・イデオロギーの力学が問題となる。Ⅱは、言説におけるイデオロギーの認知的枠組みから、文学空間のイデオロギー編制にいたる、小説のイデオロギーの問題化をめざした。

本書では、政治的物語から政治小説へという転換、及び〈政治小説〉から政治小説の編成と共に、隣接ジャンルや語り、そして認知の機構という領域が問題化される。

Ⅰ 政治的物語と隣接ジャンル

1　啓蒙思想と自由民権運動

1　啓蒙思想

明六社の思想は明治啓蒙思想と呼ばれる。啓蒙を民衆の精神的・政治的・経済的主体を喚起しその自立を促そうとする思想、人民に向かって彼らの知的道徳的自律性を啓発し近代国家の国民として教育していく活動と定義する。明六社にあって福沢諭吉と中村敬宇を除くとこの姿勢は脆弱である。西周・加藤弘之は官僚として政府を啓発しその知見を実行し、西村茂樹・森有礼は上下道徳・秩序意識の教化をめざした。一方、福沢・中村は知・独立心・勤勉・自助等を呼びかけた点で啓蒙にふさわしい(1)。

本章は明治啓蒙思想から自由民権運動にいたる経路を探ることを目的とする。そこで、啓蒙思想の代表として、明治近代国民国家思想の形成に重要な役割を果たし、福沢の思想の源流を形作っている『西洋事情』(尚古堂、一八六六〜七〇)、国民の道徳的・精神的自立を鼓吹した中村『自由之理』(木平謙一郎、一八七二)を取り上げる。第二節では『西洋事情』の自由思想の記述を概観し、自由党系の思想への転換の契機をテクストレベルで探る。第三節では、中村『西国立志編』（木平謙一郎、一八七一）と『自由之理』の自由民権運動との連関を概観する。

2 『西洋事情』の民権思想と解釈

日本と西洋の文化の普遍的要素の共通性を見出した中村に対し、福沢は西欧の文明と日本の伝統的文明との違いを強く意識し、その区別の意識から日本の近代文明社会への途を探求する努力を展開した(2)。そのため、『西洋事情』の言説は、西欧の事物・概念を翻訳する際に命名と定義づけ(1)によって対象を知覚可能にし、西洋の〈知〉の絶対化と逸脱の否定(2)を構造化している。

(1) 伝信機トハ越列機篤児ノ気力ヲ以テ遠方ニ音信ヲ伝フルモノヲ云フ〔初1〕

(2) 有用ノ実学／附会奇異ノ神説〔初1〕

『西洋事情』は、西洋の〈知〉（実学）の受容の強制によって、西欧化されるべき日本の近代国家の統治・支配にとって有用な人材の形成を目的とした。そのため、政治・経済制度・軍事・交通・通信機関が『西洋事情』の主要記述事項として選ばれた。

『西洋事情』が素描した〈勉強→賢人→富貴〉の能力主義・上昇志向(3)は、江戸時代の士族の人材選抜の野心と潜在的願望の顕在化とも対応する。『西洋事情』の主要啓蒙対象は、農工商ではなく、国民を指導すべき政府・富裕層であり、特に近代国民国家の主体となるミドルクラスとして想定された士族を重視した(4)。その「棒読体」の言説も士族・書生という新時代の知識人に受容されるが故に使用されている。外編巻一「ワットノ略伝」・「ステフェンソンノ略伝」が、成功以前に「窮理学ノ一大先生ナリトテ其名声日ニ高シ」・「百儒全備ノ才物ナリ」と先験的な人材の有用性を示す逸話と、努力の後に機会をつかんで成功するという叙述パターンを踏襲することや、欧米諸国の「史記」が国王の交替や戦争・改革等の記事を基に編成された英雄・事件史的な面を持つことが、指導者となるべき士族の立身出世願望に合致することも、その例証となる。

また、各国の「海陸軍」の状況を把握し、二編巻之一「一国ノ財ヲ費ス可キ公務ヲ論ズ」で軍事費支出を肯定することは、文明国家において戦争を必然的に把えて国民を戦争に動員し勝利させるためでもある。対外戦争遂行可能な近代国家・国民の自動的組織化も、『西洋事情』の目的である。また、外編巻之一「貴賤貧富ノ別」で「人々ノ天稟必シモ一様ナラズ」と人間の自然的不平等を説く。そこでの「文明ノ政治」〔初1〕の遂行主体は同じ精神的支柱を持つ士族となる。『西洋事情』で自明化された欧米の政治運用システムとしての民権思想と議会制度とは、その実現のために必要な構成要素となる。

そこで、『西洋事情』の自由思想を概観する。

初編の「文明ノ政治」で展開される「国法寛ニシテ人ヲ束縛セズ」に各人の「天稟ノ才力ヲ伸」すという自由観は、国家制度を前提とする。それは、英国「政治」で「英人ノ学術工作ノ諸科ニ於テ他国人ニ超越スル」〔初3〕理由であり、国家的繁栄をもたらす自由である。一方、「我儘放盪国法ヲモ恐レズ」〔初3〕という秩序逸脱・反逆の自由は抑圧される。初編巻之二でのアメリカ独立宣言や憲法の翻訳も、再三否定する大革命・二月革命と同じ独立革命ではなく、独立戦争によって「僅ニ其趣ヲ変ジ」た結果として位置づけられる。植民地からの利益は移民・貿易のみで逆に遠隔植民地維持は国勢を弱める。アメリカ独立実現によって、イギリスは「地理ノ便利ニシテ産物ノ多キト人才ノ多クシテ政治ノ公正」〔初3〕の結果、繁栄したとする。

外編では、「天ヨリ付与セラレタル自主自由ノ通義」〔外1〕＝天賦人権を「国ノ制度ニ於テ許ス」と法の枠をはめる。その目的は、「人間交際ノ大本」・「世間一般ノ為メニ設ケシ制度ヲ守ルコト」＝近代国家体制維持にある。外編巻之三「私有ノ本ヲ論ズ」・「私有ヲ保護スル事」・「私有ノ利ヲ保護スル事」で説かれた近代資本主義を支える財産権も、法の保護のもとに成立する。「力ヲ以テ暴逆ヲ恣ニスルノ自由」〔外1〕は、「蛮野ノ世ニ行ハル、自由」として「真ノ自由」とは見なされない。革命・蜂起＝体制変革の否定・抑圧する言説は随所にある。

二編では、自由の再定義の際に「我ニ自由ヲ与フル歟否ザレバ死ヲ与エヨ」・「我身ハ居ニ常処ナシ自由ノ存スル所即チ我居ナリ」〔二1〕の独立戦争時の名言が引用される。一方で、「人間ノ通義」は、天賦人権＝「蛮野ノ自由」を失うことで「処世ノ自由」＝「身ヲ安穏ニ保護スルノ通義」・「身ヲ自由ニスルノ通義」・「私有ヲ保ツノ通義」〔二1〕が手に入ると説く。「処世ノ自由」とは、民衆を近代国家に組み込む自由である。

『西洋事情』は、進歩史観と漸進的民主主義に裏付けられ、繰り返し志士・暴徒的革命・反逆運動を否定するように、後の自由党急進派的な抵抗権の発想が弱い。また、政党組織化・憲法制定等の主体的政治闘争を肯定的に主張しないため、福沢の門下が多く参加した立憲改進党と比較しても積極的ではない。しかし、『西洋事情』は、イギリス立憲君主制的な近代的民主的国家体制を志向し、立憲改進党の思想の原型となる。そして、民権運動参加への契機としても『西洋事情』は機能した(5)。植木枝盛が福沢の著述に親しみ自由党理論家に成長したことをふまえ、『西洋事情』では、思想類似性のある改進党への受容の他に、自由党系民権派への受容を捉える道も想定される。

『西洋事情』の語る主体の検討がこれにある種の方向づけを行えるだろう。小泉仰氏は、「我英国」〔外2〕・「我輩」〔外2〕のような原著に影響された一人称主語に着目し、外編の「意識的無意識的に英国に荷担する傾向」(6)を指摘している。その種の一人称主語は、他にも「我亜米利加合衆亜国」〔二1〕がある。問答体形式を採用した二編巻之一「収税論」にもウェーランドの原著の表現をふまえたらしい一人称「予」があり、アメリカに共感的である。このように諸書の翻訳の集成の結果、対立する二つの一人称主語が『西洋事情』本文には存在する。また、初編「小引」・外編「題言」・二編「例言」には、福沢諭吉を名乗る一人称「余」が存在し、これが各編の割注を通じて各編の本文を統括する。従来、後年の福沢のイメージでイギリス側の一人称言説を特権化して解釈されたのはそのためである。けれども、福沢諭吉を名乗る一人称「余」と現実の作者福沢諭吉を一端切り離すならば、各編の序文は、原著が英書であることを示し、二編「例言」でパトリック・ヘンリーとフランクリンの独立革命時の名文句を紹介し、アメリカに傾斜しかねない中立的な立場としても解釈できる。イギリスの紹介やイギリス寄りの部分が多いのは事実だが、イギリス対アメリカの関係性で捉えるなら、初編巻之二亜米利加合衆亜国「史記」中に翻訳された独立宣言の一人称「我輩」がイギリスを批判するように、アメリカ側の正義を肯定してもいる。『西洋事情』の一人称主語を含む語りは、表面的には作者・福沢諭吉に服従してイギリスに傾倒しつつ、それを相対化してアメリカの優位を潜在的に示しうる。福沢自身が独立戦争には理解を示しつつイギリス立憲制を至上化したとしても、アメリカ共和政をめざして独立革命を至上化し自由民権革命を志向するような『西洋事情』解釈も成立しえた。

むろん、読者の自由党系民権家への転換は一つのテクストの複数ある解釈戦略の一つから、任意に選択することでなされたわけではない。

3 『自由之理』の受容

『西国立志編』は、欧米諸国の富強の源を民主政治に、さらに人民の「自主ノ権」・「品行」に、これらの源泉「天道ヲ信」じ「天」を「敬」する教法に求めた(7)。

「国ノ自主権有ル所以ノ者ハ人民自主之権有ルニ由ル」(1論)は、人民の自由を国家の自立の前提とする。『西国立志編』は、「協和」(1序)という統合の理想と、「暴君汚吏之羈制」(1論)への抵抗や君権の制限とを説く。ゆえに、自助は単なる蓄富・栄達等の立身出世のためではない。模範となる人々は「大人」・「豪傑」と表現され、全編を締め括るのは「品行ヲ論ズ即真正ノ君子ヲ論ズ」という言葉だ。「真正ノ学士ハ浅学ヲ為スヲ恥ジズ之ヲ恥ジル者ハ真正ノ学士ニ非ズ真正ノ文人ハ俗務ヲ為スヲ嫌ハズ之ヲ嫌フ者ハ真正ノ文人ニ非ズ」(1序)という一節からも明らかなように、『西国立志編』は儒教の道徳・理想を産業社会に適合させようとした。

『西国立志編』は推定百万部刊行され(8)、天皇から小学生にいたるまで(9)、階層全般を通じ受容された。立志社・自助社といった民権政社名は『西国立志編』と原著『自助論』に由来する(10)。『西国立志編』は自由民権運動と関連を持っていた(11)。

一方、『自由之理』は一八七七年まで版を重ねたがそれほど読まれなかったらしい。『自由之理』は、個性の要素たるpowerを「天賦ノ才能」〔3〕、originalityを「本有ノ才性」〔3〕、spontaneityを「各人各個ノ本性ヨリ自由ニ品行ヲ発スル事」〔3〕と訳している。意見の自由は、「凡ソ人ニハ道義ノ心アルコトニテ、コレヨリ発シテ意見議論トナ」〔1〕ると論じる。この点で、人間に内在する天賦の善性、人間を支配する「理」として、libertyは「自由之理」〔1〕と訳された。

ミル『自由論』では、自由に対し、少数特権階級・国家権力以上に多数の世論や社会が脅威となる事態を指摘した。だが、『自由之理』は、societyを「仲間連中即チ政府」〔1〕と訳し、『自由論』の社会対人民の二元論(3a)は『自由之理』では政府対人民の構図(3b)へと変貌する。

(3a) individual independence and social control
(3b) 人民自主ノ権ト政府管轄ノ権ト〔1〕

また、人の「意見議論」は人間固有の「道議ノ心」の発現であり、この抑圧は「人ノ道義ノ心ヲ奪フコトニテスナハチ政府自ラ邪見ニ陥リタルナリ」〔1〕。自由の抑圧は自然法的な人間本性の抑圧であり、自然法的秩序の蹂躙と捉えられている。

河野広中の回想(4)が示すように、『自由之理』が自由民権思想に与えた影響は大きい。

(4) 是れまで漢学、国学にて養はれ、動もすれば攘夷をも唱へた従来の思想が一朝にして大革命を起し忠孝の道位を除いただけで、従来有つて居た思想が木端微塵の如く打壊かるると同時に、人の自由、人の権利の重んず可きを知り、又た広く民意に基いて政治を行はねばならぬと自ら覚り心に深き感銘を覚へ、胸中深く自由民権の信条を画き、全く予の生涯に至重至大の一転機を画したものである(12)

だが、大久保一翁は序文(5)で『自由之理』の難解さを指摘する。

(5) ふたたひよみみてはしめてかきりなきあちはひをはしりぬことおのがおろかなるゆゑにはあれとこの書おほかたによみみてはあちきなくおもふ人もありぬへし

『自由之理』の内容は民本の政治と受け取られ、思想の根本的転換をうながした。植木枝盛「世ニ良政府ナル者ナキノ説」(13)(一八七八・一一・二四)は、『自由之理』を参考にし、自由を政府との対立で捉えている。民権派の多くはこうした受け止め方をしていた。

ともあれ、啓蒙思想がそのまま自由民権思想として機能した事例の一つとして『西国立志編』・『自由之理』はある。政治小説の寓意としての自由民権思想は早期から準備されていたが、それが小説様式で展開されることは未だなかった。

2 実録の政治性

1 民衆運動の実録

士族反乱や一揆・困民党運動が自由民権運動と同調であれ葛藤であれ関わっていたように、民衆運動の実録という政治的物語も文学史的には政治小説の成立に関与した。民衆運動の実録は、題材面で、一八七〇年代の士族反乱の実録と、一八七〇〜八〇年代の一揆・困民党の実録に大別される。従来の政治小説研究では開化期小説から民権小説への展開は寓話系列が特権化されたが、本章では実録系列の作品を置くことが試みられる。

まず、題材となる民衆運動を概観する。

士族反乱は、一八七〇年代初頭の、散髪・脱刀・服装・結婚・職業・苗字使用の自由による士農工商の身分制の放棄、一八七三年一月の徴兵令発布による軍隊の平民化、一八七六年三月の廃刀令による士族の名誉・存在意義の否定、同年八月の秩禄処分による士族の経済的没落、といった一連の武士的特権の剥奪、一八七三年一〇月の明治六年政変で征韓論敗北による五参議下野を契機として勃発した。一八七四年、江藤新平は佐賀藩士族を鎮撫すべく島義勇と帰郷したが、各々征韓党と憂国党の首領に推された。政府は二月四日に鎮台兵出兵を命じ、江藤らは一六日に二千五百の兵で佐賀城を攻略して四千の政府軍と戦うが、ついに二三日江藤は佐賀を脱出し、翌月二九日に捕えられる（佐賀の乱）。一八七六年一〇月二四日には、熊本で太田黒伴雄らの敬神党二百名が県庁・鎮台を急襲したが、鎮台兵に翌日鎮圧される（神風連の乱）。同月二七日、秋月の宮崎車之助ら二百名が神風連に呼応したが、翌一一月一日鎮圧される（秋月の乱）。同じ一〇月二八日、前参議前原一誠も決起、萩を征圧する。三一日、前原は萩を脱出し一一月三日に捕えられる。前原なき殉国軍は六日に壊滅した（萩の乱）。また、同じく一〇月二九日、永岡久茂らの千葉県庁襲撃計画が発覚した（思案橋事件）。一八七七年一月二九日に私学校生徒が陸軍火薬庫等を襲撃する事件が発生、二月一四日には西郷隆盛が兵二万三千を率いて北上した。だが、熊本城を攻略できず激戦の末、退却した西郷は九月二四日城山で死に、桐野利秋等も自刃して内乱が終息した（西南戦争）。一八七八年五月一四日朝、島田一郎・長連豪等が大久保利通を斬殺した（紀尾井坂事件）。

次の、一八七〇年代後半から一八八〇年代の一揆・困民党運動は、不正な収奪によって民衆の生活を脅かすような緊急事態に、民衆の生活が成り立つよう道義的な配慮を求めて集団的実力行使を行ったものである。新政反対一揆・入会地騒動・負債農民騒擾等の一連の民衆騒擾(1)は、西欧近代的所有権が強化される一方で、農民蜂起・騒擾の弱体化の過程をたどっている。明治近代国家権力の法的支配の村落共同体への浸透と、村落共同体内部の道徳的／慣習的規範の強制力の弱体化とが連動して、大衆的実力行使を弱体化させた。

ここでは実録が刊行された三つの事件を挙げる。一八七八年一〇月、神奈川県大住郡真土村の富豪・松木長右衛門に土地を質入して借金した冠弥右衛門らが松木一家を殺害した（真土村事件）。一八八一年三月、官有地となった群馬県榛名山麓八二村の共同秣場への松の沢村民の単独植樹に不満を持った農民三千が集結した所、総代真塩紋弥等が処罰された（中野秣場事件）。一八八四年五月、神奈川県淘綾郡大磯宿で一色村の高利貸・露木卯三郎が負債農民等に虐殺された（一色村事件）。

民衆運動を描く実録と対象となる事件・出来事との関係を整理する。

本間久雄は、「巷説中、信拠すべき説を蒐集して、事態の真相を記録しようといふ要求」(2)が、民衆運動の実録化に影響を与えたという。確かに、大半の作者は、「著」と記さずに「編輯」・「編」・「輯」・「録」等と称し、テクストの多くはタイトル末尾を「録」・「記」とすることで事実を保証したかに見える。しかし、実現されたテクストは現実とは異なる虚構的世界を提示した。この現象を柳田泉は「事実を面白く報道することを目的」(3)としたためと把握した。だが、出来事を言葉で語る行為自体が虚構性をテクストにもたらす。

中村幸彦は近世実録の研究綱領で「実録と称するが、全部虚偽と思って対すべ」(4)きだと述べる。実録は幕府諸侯の秘事・実際の事件に題材を取っているが、内容的に脱線・誇張・趣向といった虚構があり、写本として伝わる過程で物語化が進行したからである。

また、山田俊治氏も概略以下のように説明する。現実を題材とする実録の場合、現実の事件・出来事の終結からその事件を既存の戯作的な概念図式で変換して物語るため、伝統的修辞や会話・内面を持つ戯作的な物語が展開する。雑報・実録が語る現在から過去の経過を物語る形式である以上、反乱敗北や犯罪者処刑という結末から勧善懲悪的教訓を付加することで物語化された。ただし、事件の長期化等の場合、結末からの物語的意味付けに困難があり、そのため福地源一郎のような語る主体の対象化する視線によって事件を再構成する〈客観的〉報道文体が形成される事態も生じた。幕末・維新の動乱から明治の太平を言祝ぐ実録も、国家によって容認された歴史解釈に基づく物語を語る点で、同様のイデオロギーを担った(5)。

本章の課題は、民衆運動の実録における事実の構成の方法と、実録の政治性を検証することで、政治小説への経路をたどることにある。そのため、仮名垣魯文『佐賀電信録』(名山閣、一八七四・九)・『西南鎮静録』(6)(名山閣、一八七六・一二、版権免許〜七七・三)、岡本起泉『島田一郎梅雨《さみだれ》日記』(島鮮堂、一八七九・七〜一二。以下『梅雨日記』とする)、伊東市太郎『相州奇談真土廼月畳之松蔭』(守屋正造、一八八〇・六〜九)・武田交来『冠松真土夜暴動《かむりのまつまどのよあらし》』(錦寿堂、一八八〇・九)、彩霞園柳香『榛名山朝朗箕輪村夕霞蓆籏群馬嘶《はるなさんあさぼらけみのわむらのゆうがすみむしろばたぐんまのいななき》』(金松堂、一八八一・四～一〇。以下『蓆籏群馬嘶』とする)・大沢宗吉『大磯新話燧山黄金一色里《おおいそしんわかちかちやまこがねのいしきり》』(柳心堂、一八八四・六。以下『燧山黄金一色里』とする)を取り上げる。なぜなら、魯文テクストは「歴史的事実の記録」(7)、『梅雨日記』は他の多くの実録とは「異色」(8)、と評され、これらの広がりから実録の一般的な様態を測定することができる。また、『真土廼月畳之松蔭』・『冠松真土夜暴動』は明治前期義民伝承の代表テクストであり、『蓆籏群馬嘶』はその反民権性のゆえに(9)、『燧山黄金一色里』はその困民党賛美のゆえに、その広がりを確認できるからである。

2 『佐賀電信録』における現実の構成と政治性

神奈垣魯文『佐賀電信録』は、佐賀の乱のルポルタージュである。「佐賀電信録小引《しやういん》」は、魯文の執筆姿勢を次の三点で示す。第一に、魯文が横浜毎日新聞社で入手した資料を抄録の際に「其中偶々《そのうちたま〳〵》謬説誤聞」を「各種の新聞紙に照対し」、「実地を経て確乎たる条件決して疑ひを容《いれ》ざる信書」を挿入した。刊行の目的は「聊《いさ》か世利を益し且後戒《かつこうかい》の針砭《じんぼう》たらん」とすることにある。これは、功利的文学観に裏付けられた事実尊重の姿勢の明記となる。第二に、「毎時繁机の寸間」に記したので傍訓の誤りも多く「就中《なかんづく》誤字錯脱等」もあるが度外視して「後日《かうじつ》善本の発行」を待てとした。ここは、表記の混乱を内容重視の結果とする。第三に「記録する所各事確証あり彼《かの》太平記の如き往々浮屠氏《ふとし》の編述に成り巻々空談妄説を混淆せる者と一束して看做《みな》す可《べ》からず公然歴史の一尾に付すとも虚飾作文の軍書に比すれば実に実録と唱するも更に又世界に恥ざる可し」と、確実な根拠から「実録」と自負している。のち栗本鋤雲は「神奈垣魯文子当著佐賀電報録新平始末拠実記載」(「序」『西南鎮静録』初編上)と評価した。

それでは、『佐賀電信録』は、その〈実〉をいかにテクストに取り込んだのか。

(1a) 時に明治六年一月初旬より九州の地方平穏ならざる電報あり〔1〕

(1b) 島義勇初名団右衛門外面《おもて》に鎮撫を唱へ帰県して此党に合体せしかバ士族の暴勢盛んとなり両氏を崇めて即該党《すなハちがいとう》の巨魁と仰ぎ此挙に乗じて県庁に迫らんと議するの風聞〔1〕

(1a)は電報を出典とし、(1b)は風聞に基づく。実際に作者が現場で事実を確認したわけではなく、電報や風聞巷説等の断片的・間接的情報によって叙述されている。

また、ほとんど新聞記事(2b)と同じ部分(2a)がある。

(2a) 同月十七日同盟を率い該地を去り三潴《みつま》県下柳川に退《しりぞ》き前山《さきやま》単身独行して直《ただち》に肥後熊本に至り鎮台兵を借り催し先登《せんど》佐賀に討入らんとするに台兵中佐賀県の士族百余名既に本県へ脱せんとするの景況なるにぞ前山其機《そのき》を察し懇々説諭して帰順なさしむ然《しか》れ共《ども》内五名ハ尚肯《なほがゑん》ぜずして脱走せり其後賊軍勢ひ強く熊本の台兵も最初《はじめ》利あらざるを聞き前に論説の届かざるを慙愧《ざんき》し遂に自《みづか》ら自己を責め割腹して鬼籍に入れりと其義憤忠胆実に惜《おし》む可《べ》く賞す可き操士《さうし》ならずや〔1〕

(2b) 同月十七日同盟を率いて三潴県下柳川に退き前山某は直ちに肥後熊本へ至り鎮台の兵を借り以て先発し佐賀に討入らんとすしかるにこの台兵中にも佐賀県の士族百余名既に本県へ脱せんとするの催しありければ前山某その機を察し懇々説諭して帰順なさしむ内五名はなほ肯ぜずして脱走せりその後賊軍勢ひ強く白川の鎮台兵もはじめ利あらざるを聞き前に論説の届かざるを慙愧しつひに身を責めて割腹せりとけだし鍋島氏の蹤跡を知らずといへども察するに死を全ふして以て賊を誅するの策をめぐらすなるべしあ二氏の誠忠義を見てよくすることある者実に瓦礫中の金玉々として響きある者なり(『東京日日新聞』一八七四・三・三)

このように、『佐賀電信録』は、新聞記事等を再編成して佐賀の乱を構成したテクストである。また、『東京日日新聞』一八七四年三月二日での江藤の潜伏先を伝えた雑報のように、事実を確定しえない場合には「未《いま》だ虚実の如何《いかん》を知らず」〔4〕と注記している。

だが、こうして語られた出来事は、必ずしも現実と同一ではない。

(3) 境原駅《さかいばらゑき》に進撃するに賊軍必死を決せし者此所《このところ》に対陣して終日《しうじつ》の戦争殊に烈しく弾丸箱を払へバ抜刀電光の如く死者狂ひの奮激突戦其矛頭《そのほこさき》当る可からず或《あるひ》ハ長槍《ちやうさう》の人に触る、楊枝飛燕《やうしひえん》の体をなし接して弾丸に斃る、あり対《むか》ひて刀下の鬼となるあり義に進ミ勇に走り臆して退くなれば追撃度に過るあり故に父撃るれ共回顧《かへりみ》る閑暇《いとま》なく兄倒るれ共救助《たすく》るの余地なし此時賊を討取こと無数にして官軍も又死傷あり〔5〕

戦闘描写(3)は、断片的な激戦の情報を入手し、その事実の欠落を埋める描写に戯作的な修辞を付している。事実と事実の間隙を埋める概念図式としての戯作性は、登場人物の内面表現にまで及ぶ。

(4) 逆徒往々各嘯集《かくしうしふ》し四方の有志を煽動し将《まさ》に大事を計らんと勢焔《せいゑん》日々に募り窃《ひそか》に兵器軍費を擁し奮起の情態確然たれバ清華惟熟思《つら〳〵じゆくし》するに旧主在京病床に臥し故園の風聞耳底《じてい》に入らバ心痛弥《いよ〳〵》病痾《びやうか》を増可《ますべ》し所詮《しよせん》騒擾の顛末動静の結局を見留め郷地神代《かみしろ》居住の士族を十分鎮撫せしうへにて出帆せんと意を決し〔3〕

(4)は、旧佐賀藩士で長崎県貫属の帆足清華が、佐賀士族の動向を調べて鎮めてからと上京の延期を決断する場面である。断片的な情報しか入手しえない事件の渦中の個人の内面・心情は、一方では記録の事実性を揺るがせかねない。

帆足清華の心情表現は、その忠孝を称える位置にある語り手が、帆足清華の行動という事実を説明するために仮構したものである。

事実と事実とを接続する虚構の役割を自覚した語り手は、到底知り得ないはずの人物の内面までも仮構してしまう。逃亡する江藤新平の心情がそうである。

(5) 江藤年長《ねんちやう》にて今春初老を越たるにぞ他《た》の青年等《ら》に気力劣り殊に旧冬在京中ハ寸歩たりとも馬車に駕《が》し壮館に座《ざ》し美室に臥し玄冬三伏の寒暑に触れずあらは風にも犯されざりしを天魔悪鬼に魅せられけん斯浅猿《かくあさまし》き落魄ハ只《たゞ》看《ミ》る屈原の放たれて江潭《こうこん》に游び沢畔に行吟《さまよひ》たるも斯やならんと思惟《しい》せられ顔色《がんしょく》憔悴として形容枯槁《ここう》たり然れ共a彼ハ世俗の塵埃に染まず三閭太夫《さんりょたいふ》の名潔《ないさぎ》ようして皎々の白たりb此《これ》ハ滄浪《さうらう》の濁水に混じて四位の記を汚せる暴動の魁たり噫《あゝ》c我のd渠《かれ》に恥る此一事反対の挙ある而已《のみ》以て後昆《かうこん》の炯《けい》戒とするに足る可し〔6〕

(5)は、江藤等が三月に四国に渡って愛媛県山中を逃亡する場面の一部である。(5a)は語り手が江藤の側によりそい屈原を指す三人称で、(5b)は語り手が江藤を指したもの。だが、(5c)は江藤の一人称であり(5d)は江藤が屈原を指した三人称である。実際には、江藤が屈原を想起したことは第三者には不可知である。だが、語り手は既知の事象として描いている。要するに、(5c)(5d)は、参議時代の江藤の華やかさと敗北後のみじめな逃亡を対比した語り手が、屈原の放浪を想起し屈原と江藤を比較して、江藤の内的独白を仮構したものである。これは事件・出来事を物語化する際に戯作的虚構が必然的に生じてしまう経緯を表わしている。

次に、実録の戯作性と政治性の連関を整理する。

『佐賀電信録』の冒頭(6)と結末(7)を引用する。

(6)　老子曰天下の難事ハ必ず易きより作《おこ》り天下の大事ハ必ず細《こまか》きより作《おこ》ると抑《そも〳〵》我大日本の帝業　神武天皇草創以降連綿として一系を断ず万世《ばんせい》不抜《ふばつ》の国体なるを政権一度《ひとたび》武家に帰せしより至尊の王位も有名無実に属し太陽靄雲《あいうん》の為に光耀《くわうやう》を覆はれ月卿雲客《げつけいうんかく》天を仰ひで嘆息の他なかりしが時なる哉去る《かなさんぬ》明治改元の歳次《さいじ》全国勤王の有志等振ふて錦旗の本《もと》に蟻集《ぎしふ》し大義を唱へ名分を正し一挙にして王政に復し万機の制度旧格を一新し封侯を廃し郡県を興《おこ》し外《ほか》に各国と交際を親くし内に海陸の軍備を整へ学校を盛んにし法律を改典し鉄道電信航海術百般の技芸挙《こぞ》つて功を奉せざるなき斯る開進の聖世に際し猶方向を誤つの士民等輦下《れんか》遠隔の僻地偶《たま〳〵》尠《すくな》しとせず其頑固元来憂国の情に出《いつ》ると雖《いへども》治を犯すの罪固に軽からず豈征罰せざるを得んや〔1〕

(7)　九州全く鎮静に及びしかバ征討総督伏見の宮内務卿に先駆して龍驤艦《りうじやうかん》を解覧ありて凱旋を奉し給へバ輦下を始め全国の民心安堵の思ひをなし続きて内務卿帰府ありしかバ衆庶喜悦の眉をひらき御代《みよ》万歳を鼓腹に合《がつ》し各地毎戸に首唱したるハ是ぞ皇統一系たる不易《ふえき》の国威と知られたり〔7〕

(6)は、国体の不変性と、王政復古で「開進の聖世」になったことを十七兼題の〈皇国国体〉〈皇政一新〉〈外国交際〉〈文明開化〉〈富国強兵〉を織り込み賛美し、「憂国の情」があっても「治を犯す」反対勢力は「征罰」しなければならないと説く。(7)は、叛乱平定が国体の不変性による国威に基づくことを示す。この額縁の規定するイデオロギーによってテクストは編まれていく。

まず、『佐賀電信録』は人物形象で政府側を高く評価し反乱軍側を貶める。例えば、木戸孝允に傲岸無礼と評された[10]岩村高俊権令が『佐賀電信録』では「九州の地理に渉《わた》り殊に人望ある」〔1〕と描かれ、反乱側を「賊徒」と呼称する。官軍の迅速な展開に江藤は「衆に先達て面色土《しよく》の如く驚嘆気力を減ぜり」〔4〕という反応を示したとされる。動静の描写は江藤ら反乱軍首領側だけで、大久保ら政府要人の場合は経過を伝えるだけにとどまる。そこに、反乱軍の表現に否定評価が入り込む余地がある。

また、政府軍寄りの評価は戦闘場面も同様である。それは反乱軍に有利に進行する緒戦の段階で既にうかがえる。

(8) 佐賀城中にハ倉卒《さうさつ》戦争の分配なしつ斥候《ものミ》を出し待間《まつま》もあらず果して月昇《げつしやう》の際《きは》に臨み城の四方に砲声轟き寄来《よせく》る賊兵雲霞の如く忽地《たちまち》間近く隊伍を列し大小の銃砲雷雨の如く城を目途《めあて》に砲発せり城中にハ岩村権令《ごんれい》鎮台兵を二手に分ち参事森長義が応援を頼み中村陸軍の大尉に牒じ賊軍頗《すこ》る多勢と雖《いへども》烏合の鈍兵何程の事やあらん疾撃散《とくうちちら》せと指揮を伝へ城戸を開きて発砲す然れども賊兵の我に比するに殆《ほとんど》百倍且地理に委《くは》しく出没亦《また》随《したがつ》て自在なり斯《か》りたれども城兵等ハ奮発防戦日夜を分たず抗抵互角の気勢撓《たゆ》まず時々敵兵を屠殺し勇鋭強力毫《がう》も沮《やむ》ことなしと雖原是《もとこれ》不意に出るの籠城既に三日を経て〔2〕

(8)の前半部では、政府軍側が補給・偵察等の準備をするが、それが完了しないうちに、反乱軍が先手を取る。また、後半部も政府軍の勇猛果敢な防戦にも拘わらず、急な籠城のため敗北する。圧倒的優勢な反乱軍に対し、政府軍の奮戦ぶりを印象づけることで、語りは政府支持の姿勢を明示している。

この点で、『佐賀電信録』第五回と第六回の接続は、同時間の構成的配列として注目に値する。第五回末では、賊徒征討令が出て東伏見宮が征討総督となり佐賀に出発する。また、第六回初めでは「佐賀県全く平定に」なり政府軍が佐賀入城を果たした。これは、同じ三月一日の出来事で、本来、両者の順序を逆に配列することも可能である。この構成は皇族が反乱鎮圧を決定・行動した後に完全平定を行ったと含意でき、皇室の権威を高める。

『佐賀電信録』は、皇室・政府を支持する既存の体制の中の図式によって現実の事象を解釈・評価し、事件を再構成・表現したテクストなのである。

3 『西南鎮静録』における政治性のゆらぎ

神風連・秋月・萩の諸反乱を描く仮名垣魯文『西南鎮静録』も、現実構成の方法は『佐賀電信録』と同じである。戦闘場面の構造を整理するため、村上新九郎・大槻丈夫・坂谷敬一の最期を見てみたい。

まず、六等警部村上新九郎の奮戦と死を概観する。神風連の襲撃により、県令・参事は重傷を負い、からくも仁尾大属は脱出する。別室にいた村上は、襲撃者沼沢を組み伏せ首を取ろうと刀を探すが見つからない。村上は、新手の伊藤を投げ飛ばし、村嶋を突き倒す。しかし、吉村に腕を切り落とされ死を決意した村上は、「蹴《け》付《つく》る奮激突戦死物《しにもの》狂ひの働きも如何《いか》にせん初度の重傷《おもで》に身体続かず呼吸逼《せま》りて後居《しりゐ》に堂と」〔3〕倒れ、襲撃者に切り刻まれる。

この場面の構造(9)は敵味方の優・劣が交互に逆転する構造だ。

(9) 敵の襲撃→味方の不利→勇者の登場→敵の一部を倒す→大勢の敵→勇者の死

格闘場面で、自分の首を取って「大将の勧賞」〔3〕に預かれという村上の言葉は、軍記物の図式を取り込み、村上の勇猛さを強調する語りである。

次に、種田陸軍少将の食客大槻丈夫の最期をまとめる。神風連の襲撃を知った大槻は棍棒を持ち、門の陰から現われた敵を倒し、種田の首を持つもう一人の襲撃者を追跡し撃ち倒す。自分を囲んだ五、六人の敵に大槻は棍棒で「右に当り左りを支え此処《こゝ》に顕《あら》はれ彼処《かしこ》に隠れ千変万化の力闘《はたらき》も蜻蛉稲妻行水《ゆくみづ》の運のつきかや大槻ハ雨霰《あめあられ》と降る賊徒の刃《やいば》に力《ちか》らと頼む桿棒を手元短かく切落され眉間肩口肋腹太股薄傷《うすで》重傷《おもで》数ヶ所を負ひて流るゝ鮮血《ちしほ》ハ韓紅《からくれなひ》龍田の紅葉《もみじ》と染《そめ》なせる棒を握りし其尽《そのまゝ》に倒れて息ハ絶」〔4〕てしまう。

この場面も(9)と同じである。相違点は、第一に村上が室内で素手の守勢なのに対し、大槻は棍棒を持ち敵を外に追跡したこと、第二に村上はまだ息があったが、大槻は完全に絶命したこと、第三に、村上を襲った敵は実名が記されていて乱後の取り調べから情報を得た可能性があったが、大槻の場合はまったくなく、大槻が自分を囲んだ敵を「冷笑」ったことの裏付けはない。

砲隊少尉坂谷敬一の最期を整理する。熊本鎮台を襲撃した神風連の主力は多くの兵を死傷させ鎮台の建物を炎上させた。第二・三大隊の敗退を見た坂谷は、十四、五人の兵を率い「素《もと》より装薬《たまごめ》するの遑《いとま》無ければ銃鎗を打揮《うちふ》りつゝ」〔5〕敵中に突撃した。しかし、他の兵は全滅し、ただ一人残った坂谷は自分の胸を突き火中に飛び込む。

坂谷が兵を率いる複雑化があるが、これも(9)と同じである。引用部分は、坂谷が銃撃しなかった理由を語り手が述べたものだが、敵に攻め立てられてやむなく銃剣で防いだのならともかく、こちらから突撃するなら銃を撃つ余裕もあったはずで、十四、五人を率いた突撃の事実を疑わせる。

これらは、緒戦こそ反乱軍が優勢だが、政府側の一方的な敗北ではないことを含意する。『西南鎮静録』は、政府支持の立場で政府側の戦死者を活躍させる劇的英雄化によって、いずれも類型的な世界を表出した。

ただし、語りの政治的位置は必ずしも一定ではない。基本的には語りは政府側に立つが、そこからのゆらぎも存在する。語りの政府支持からの逸脱である。

神風連の熊本鎮台襲撃場面には、「現兵凡《およ》そ百人余り其中にも衆に勝《すぐ》れて天晴《あっぱ》れ大将と見受たる武者三騎」〔5〕と好意的に上野・加屋・太田黒を対象化した語りの、神風連指導者の服装描写(10)がある。

(10) 太田黒の出立《いでたち》ハ一際《ひときわ》すぐれて華麗《はなやか》なり先《ま》づ頭《かしら》にハ銀の大鍬形うつたる白星の冑《かぶと》を戴き肌にハ紺紫濃《こんむらご》の直垂《ひたゝれ》に紅《くれない》下濃《したご》の大鎧《おほよろい》の裾金物透間もなく装ほひたるを草摺長《くさずりなが》に着下し豹の皮の尻鞘かけたる大太刀を鴎尻《かもめじり》に佩《は》き白檀磨《びやくだんすが》きの脛当《すねあて》に精好の大口張らせ白鳥の征矢《そや》にハ村滋藤《むらしげどう》の弓の握太《にぎりふと》なるを燃立つばかりの真紅《くれない》の厚総《あつぶさ》かけたる栗毛の馬の平頸《ひらくび》に引《ひっ》そえて雲珠鞍置《うずぐらおい》てぞ乗たりける〔5〕

これは、日本的な武士の盛装の具体的記述が、伝統的な軍記物の語りを呼び寄せ、その伝統的な審美眼によって、反乱指導者への好意的な評価を導いたものと考えられる。

秋月党不参加者には政府支持の立場から好意的な評価がされねばならないはずだ。しかし、実際には「素餐《そざん》に染《しミ》たる老耄《をひぼれ》士族」・「腰抜連ハ好機会《よきしほ》に之《これ》に托して逃るが如く姑息《こそ》〱として」〔8〕と否定的に描かれる。これは、語り手の戯作的な冷笑癖でもあるが、結果として、語りの政治的位置の政府側からの逸脱を示している。

『西南鎮静録』は、『佐賀電信録』と同様、反乱終結時に政治的正統性を獲得した側から勧善懲悪的教訓を付加し、既存の伝統的概念図式で解釈・表現することで事象を物語化した。その依拠した伝統的ジャンルの枠組みに基づく言説によっては、一見反政府支持ともとれるような表現が展開しえたのである。

4 『梅雨日記』における〈空白〉としての政治

『梅雨日記』は、紀尾井坂事件の暗殺者島田一郎・此木小次郎（長連豪）等の生涯を描く。物語は、事件ではなく、一郎と梅吉、小次郎と綾子の恋愛関係を中心に展開する。

テクストに〈実録〉・〈拠実〉といった言葉はない。そこで、紀尾井坂事件の先行研究(11)と対照すると、『梅雨日記』で史実に一致するのは、暗殺者の氏名(12)、一郎が武芸に、小次郎が学問に秀でたこと、一郎・小次郎の上京(13)、小次郎が鹿児島で犬をもらい(14)、結婚したこと(15)、浅井が鳥取出身で上京して巡査になったこと、大久保利通の五月一四日暗殺、七月二七月処刑という経緯、「後挙」（＝第二暗殺）グループの存在・発覚などである。また、『梅雨日記』は、小次郎の父・此木金十郎と吉浦辰の濡れ場から始まる。この発端は、明治政府への反逆の物語とは縁遠い人情小説として『梅雨日記』を読者に提示する。『梅雨日記』は、暗殺者の氏名とわずかな事実を用いた異なるフィクションである。

ところで、『梅雨日記』の大尾⑾は、芳川春濤の序文の「同志と共に一郎が其身をあやまる」という一節と対応し、政府側から暗殺者を批判し仏教信仰の功徳を説いて読者への懲戒を示している。

⑾　志しある人々の救護をうけて常修菩提《ぼだい》犯せる罪もはれてゆく真如の月に能消除皆帰《のうせうぢよかいき》妙法《めうほふ》一天《いつてん》四海《しかい》ゆたかに治まる御代《みよ》の徳大逆無道の一族に科《とが》の及ばぬ有がたさ長閑《のどか》な空に降る花を心にさかせて三人がおこなひすましておるといふまでの事を聞得し侭聊《まゝいさゝ》か世人《せじん》の懲戒ともならんかと斯《か》く長々しくは書綴り畢《をは》んぬ〔5〕

また、物語世界外の「編者」の弁明⑿aと、物語外の序文の作者の弁明⑿bは、要人暗殺事件を描くことと反政府を支持することは同一ではないとする。

⑿a　編者《へんしや》申す以下右様の挙動折々あれど何《いづ》れも其《その》心してお読取あらん事を願ふ〔4〕

⑿b　看客《かんかく》に此冊子《このさう》の旨趣《ししゆ》をしもおつう誤認《みちがへ》られじとの用心のみ〔5序〕

だが、⑾～⑿のような政府側に立つ言葉のみでテクストは織られてはいない。柳田泉が「表面懲戒のためというが、内心は、島田等の心事行動を壮とする風が見えなくもない」⒃と指摘するように、テクストは政府支持／反政府支持の二重の政治性を帯びている。

では、テクストでは反政府支持は、いかに描かれたか。

第三編序で「結局の大事件をお楽しみに」としながら、第五編の暗殺決行場面は省筆される。弁明⒀のように、専制政府の言論統制下では、大久保暗殺への思想と行動は直接描かれない。

⒀　此段尚記《このだんなほき》すべき事も多けれど大方は臆測に類するのみか憚《はゞか》り多き事共なるが上に記者も爰《ここ》に至り急に腕萎《うでな》へ指しびれ胸塞《むねふさ》がり筆の運びの澁《しぶ》りて其状《そのさま》を委しく記し能はざれば其大略《そのあらまし》を記すのみ看客《みるひと》よろしく察せられよ

そこで、一郎が暗殺に至る経緯をたどる。これによって、語りがいかに反逆を構成しているかが、看取できるからである。

まず、一郎の幼少時の記述⒁は、優れた資質を強調し直情径行的な反骨を明示する。

⒁　一を聞《きい》て十を知る才気あつて其性《そのさが》いとも活発に頗《すこ》ぶる激しく動《やゝ》もすると己れより遥か年層《としかさ》なる小供を相手に物の道理を争そひ少しも屈せず〔1〕

一郎の気質は、自己優越感と一体化した「頗ぶる激し」いもので、対立者と非妥協的な生を方向付ける。例えば、下級官吏となった一郎は、事務上の問題で長官と激しい口論をし、長官を恨むにいたる。衝突の原因は、「平生過激《へいぜいくわげき》の性質を圧《おさ》へかね」〔2〕ためで、合理的な冷静さではなく、感情的な気質に基づく。この独善的で短気な性行が、一郎を近代的官僚組織の秩序から逸脱させる闘争の立脚点である。この後、鹿児島に出張した一郎は、西郷等と「忽《たち》まち親しく成しのみか大山県令のおぼえ愛度殊《めでたくこと》に私学校の生徒とはうらなく交」〔3〕わる。それは、一郎の「気質の鹿児嶋人に似たるより」と西郷らとの先天的な一体性があるためである。
同様に、一郎等の大久保暗殺の動機も先天的な資質に還元されている。

⒂　西南の暴徒も官軍の猛威に敵しかね凶焔全たく鎮滅して西郷はじめ其他の賊魁等《ぞくくわいら》も悉《ことごと》く城山の土に帰せしと

聞て一郎等ハ悲憤に堪かね再び逆意を熾《さか》んに夫々《それ〴〵》手筈を示し合せて（略）出京して事を議《はか》らんと決議せし〔4〕

⒂では、西南戦争後の暗殺実行は「悲憤に堪かね」たもので「平生過激の性質」を抑えられなかったためと語られる。

だが、当初の大久保暗殺は、西南戦争勃発の「虚に乗じ」〔4〕て一八七七年春頃に決行することが予定された。しかし、連豪が予防検束されたため「今暫らく事を見合せ」たことで、結果的に西郷敗死後の実行となった。真の暗殺原因は、気質以外に求められる。

一八七六年秋に突然辞職して金沢に戻った一郎が私学校党の反乱計画を告げた際、連豪（小次郎）は(16a)のように答えた。また、その際に、後に同志となる浅井の様子を語ったのが連豪の言葉(16b)と杉本、脇田のそれ(16c)である。

(16a)　さもあらん〳〵僕も兼て彼等に大権を弄させおくを本意ならずと思ひゐたりし所公けには国家のため又私《わたく》しには彼先生等がためとあるからは何ぞ異議のあるべき速かに事を挙《あげ》ん〔4〕

(16b)　浅井壽篤が大いに慷慨気あつて当時の政体に不平を懐きおる様子の見へし事をいひ出てよく〳〵説得せば同盟にもならん〔4〕

(16c)　貴君が鹿児島の事を語られ西郷先生の思想を告られし時などは糊口にさへ差支へずば鹿児島へ遊びたき旨を述べ頻りに慷慨の模様あり〔4〕

連豪が「彼先生等がため」と言うように、大久保暗殺は西郷支援のための計画である。「公けには国家のため」と言うとき、連豪には現在の有司専制政府と異なる政府構想があることが含意される。また、それは「西郷先生の思想」〔4〕に基づくことも推測される。

だが、その構想や「思想」は、テクストでは何も語られない〈空所〉としてある。この〈空所〉は、読者の解釈戦略によって充当される。一八七〇年代末の読者共同体には、例えば、二つの解釈戦略が想定される。

第一の戦略は現実の一郎等の言説から構想を推論する。一郎等の「斬奸状」(『朝野新聞』一八七八・五・一五)は大久保の罪状の第一に「公議ヲ杜絶シ民権ヲ抑圧シ以テ政事ヲ私スル」ことを挙げた。『朝野新聞』掲載の「斬奸状」は罪状列挙箇所約一三〇字のみで、実際の本文は七千字に及ぶが、いずれも「民選議院建白書」等初期民権派のそれに類似した。「斬奸状」は、起草者・陸義猶の政治的立場を反映し、実際の一郎等とは微妙に異なったが(17)、言説空間上に展開された彼等の思想は「斬奸状」のそれである。

この戦略のバリエーションとして、士族反乱の言説一般から構想を充当する方略がある。士族反乱の言説は、人民に向け不平不満を注ぎ込み政府批判を行う民権派の言説パターンに接近することで、自己の政治的正統性を獲得した(18)。佐賀の乱の檄文は「夫れ国権行はるれば則民権随て全し」(19)と書き始められ、桐野利秋も「夫れ国は天子と人民との有にして、即今在廷児輩の有にあらざるは固より論を待たず」(20)と人民に訴えた。士族反乱の言説も民権派の立憲政体構想と接近しえた。いずれにせよ、第一の戦略は、一郎等の思想を自由民権思想と同一化する。

第二に「西郷先生の思想」をマスメディアの言説から推論する。士族急進民権派は、西郷を大久保政府最大の敵と判断し、専制権力に対する反抗者という点で西郷を支持した。一八七五年五月一六日の『評論新聞』でも、西郷・桐野を「両君ハ真正ノ憂国家ニシテ民権連ノ大将車ナリ」と評した。この圧制政府に抵抗する人民的英雄という評価において、西郷と自由民権は結合する。士族民権派は、反政府運動のすべてを自由民権運動として捉えた。一八七七年三月三日の『郵便報知新聞』は、「賊将西郷隆盛は『新政厚徳』と大書せし大旗をおしたて沿道の人民を諭す務めて偽仁政を唱えて人民を撫育す」と報じた。西郷が「新政厚徳」=世直しをするという噂は民衆に広く伝えられた(21)。西郷の死後、東京市民が西の空に大接近した火星を西郷星と呼んだ逸話は、西郷を慕う民衆感情を示す(22)。民衆は、自己の世直し思想の代行者としての西郷に同情した。この戦略も「西郷先生の思想」を士族民権思想と同一化しうる。

これらの（特に第一の）解釈戦略は高度な識字力を必要とし、民権派の言説に接した読者でなければ容易ではない。民権派の言説空間に属さない読者には、この〈空白〉は意味を持たず、人物の運命の転変や恋愛関係にのみ重心が置かれたテクスト解釈がなされる。

それまでの士族反乱の実録が士族反乱という政治的事件を政府側の政治的立場から語り、依拠した戯作の規範によっては反政府的ともとれるような表現を展開したのに対し、『梅雨日記』は、大枠として政府側から出来事を表現しつつ、細部では一郎等や「西郷先生の思想」の〈空白〉を同時代の士族反乱や民権派の言説によって推論することで、民権派の立憲政体構想、自由民権思想を解読しえた。それは言語化された思想ではない。この解釈は、『梅雨日記』の一部の読者に限定される。だが、このテクスト解釈の内包の広がりは、実録から自由民権の政治小説へいたる道を示している。

5　真土村事件の実録における政治性

伊東市太郎『真土廼月畳之松蔭』は、「神奈川県下真土村騒動の始末」（『読売新聞』一八八〇・六・三～一三）を増補した物語だ。

富田砂莚「叙」(17)の勧善懲悪（義悪対抗）の図式は首謀者助命決定後の「神奈川県下真土村騒動の始末」以来踏襲されている(23)。

(17)　冠らの義者が衆命に代つて奮起し、一朝に彼の毒木を伐倒して年来の怨恨を散じ、而して命を法剣に陥す、固《もと》より期したる処なりしに、神奈川県令君が、彗眼に其実情を酌量せられし恩恵に拠り、生命を保持することを得し本県の一大美事を、這回《しやかい》伊東氏が其正況を渉《わた》りて、一部の歴史に編輯せられし〔1〕

それ以前のテクスト、例えば、質地受戻裁判に敗れた農民総代・福田小左衛門が、一〇月二六日に蜂起して松木一家を惨殺し、一一月一日に逮捕されるという「真土村長右衛門謀殺一件」(『仮名読新聞』一八七八・一一・五〜一〇)の場合は、農民側を「暴徒」と呼び、福田が松木の雇人を助けると決めたことを「偽仁義」〔2〕と批判し、蜂起を「近年希なる狼藉」〔6〕と把握する(24)。

真土村事件が発生するにいたる経緯をテクストにそって要約する。

平塚駅分署詰長の調停失敗後、農民は、一八七六年八月に小田原駅警察所に訴え、塩谷俊雄の協力をえて好意的調停を受けた。松木の質地受戻拒否にも、横浜裁判所への提訴で対抗し、一八七八年四月に勝訴した。だが、名義譲渡を証拠にした松木の控訴により、同年九月の東京上等裁判所判決は農民敗訴となる。農民は、松木の土地所有を認めて困窮を訴え、小作料・裁判費用請求減額を求めた。この和解が失敗し農民が「争闘」を決意すると、冠弥右衛門は「尽力して、これを止め」て「司法省への駆込訴」〔2〕をするが同年一〇月に不受理となる。同月、冠の「我々衆に代りて彼れを殺し」〔3〕という決断に基づき蜂起する。その後、同年一一月に提出された地域住民一万五千人の嘆願書は、「一村一郷の衆民にして悉《ことごと》く之れを悪《にく》まば是一人の私怨にあらずして一村一郷の公怨」なので、冠らの行為は「御国法の容さざる所」だが、一方で公怨を受けた松木にも原因があり、「至仁至明の官庁に於て真土村の悲況惨状を洞察せられ早く弥右衛門等を以て恩仁の寛典に処せられんこと」〔4〕を望む。

鶴巻孝雄氏は、この真土村事件を「大枠において近世後期の質地騒動と同様」(25)と指摘する。それを語るテクストも、それに対応する義民伝承の規則によって事象を整理したと考えられる。

地券交付・地所永代売買許可という明治政府の土地政策を私的所有権確立として理解した松木は、従来の共同体内の道義的な無年季金子有合次第請戻しという質地慣行に代えて、質地の流地化という法的処理を施して土地を獲得する。その点で松木の行為は合法的であり、延滞小作料・訴訟費支払請求も自己の土地所有権確認後の当然の権利行使だ。松木は、法・契約の厳密な履行による共同体の明治的再編成の論理に基づいている。

一方、農民は、共同体維持のために強者は構成員の生活が成立するように配慮すべきだと考える。支配者には民生安定のための道義的配慮が必要だとする、農民側の仁政イデオロギーは、近世共同体の道徳的社会秩序を維持する論理である。

この対立から、政府の近代化政策の体現者たる松木を、農民側は私的欲望のみを増長させた絶対悪と見なし、共同体の安定のために政府権力が行うべき介入を共同体の制裁として農民自身が緊急避難的に代執行し、松木一家を排除する。行政権力の道義的配慮を期待する騒擾は、民衆の自己正当化願望、政府・民衆の同化幻想の表象となる(26)。『真土廼月畳之松蔭』では、第五回前半までが共同体的道徳への松木の侵害と、冠等による秩序回復を引き延ばして葛藤を描き、第五回後半では政府との和解により葛藤が浄化され共同体の安定を描く。『真土廼月畳之松蔭』は、真土村事件裁定後の政治・社会秩序を賛美する保守主義の物語である。

ところで、『真土廼月畳之松蔭』をふまえたテクストに武田交来『冠松真土夜暴動』がある。ここでは、両者の、挿話の配列順序、内容、時期の改変を整理する。

第一に、同一挿話の時期変更には、松木が平塚駅の揚屋で騒々しく遊ぶと、隣座敷の通客が「こんどサヱー所はさがみの真土村でおとに聞えし松木といふは人の田畑に我名をつけて是も私のとおかみへしらせ情け心は少しもなくて遣《や》るが嫌ひで取のがすきよ夫《それ》につけても今度の出入り人の怨みに其身の末をすこしや思へよねぢくれ松ヨヤンレー」〔前下〕とヤンレ節を歌い、松木が農民への怒りを強める場面がある。『真土廼月畳之松蔭』では松木の一審敗訴後の場面であり、松木は「いまにぞ思ひ知らせて呉ん」〔2〕と控訴を決意する。ヤンレ節は、近隣地域社会の真土村農民への同情と松木への敵意を示す。一方、松木二審勝訴・農民直訴失敗の後に配列した『冠松真土夜暴動』の場面は松木の非業の死を含意する。

第二に、『真土廼月畳之松蔭』の挿話が『冠松真土夜暴動』で改変された事例には、松木邸襲撃前に伊藤元良が松木の外出を知って冠らに報告し待伏せる『真土廼月畳之松蔭』第三回の挿話が、待伏せを避けて逃げた松木を尾行して帰宅したことを冠峯松が冠らに報告する『冠松真土夜暴動』〔後上〕の挿話に変更された事例がある。両者は対照的であり、前者が後者に変換されて織り込まれて劇的緊張を高めている。

第三に、『真土廼月畳之松蔭』の挿話が『冠松真土夜暴動』で削除された事例には、平塚駅分署詰長が松木の「奸計」〔1〕を察する挿話がある。これは、二審勝訴後の周囲の和解工作を拒否した松木の「彼等が仮令何ほどの野心を懐くにもせよ国法ありて之を護るべき職掌の人保護さる、然らば少しも気支《づかひ》なし、これ乃ち開化の聖代の有難さなり」〔2〕という発言や、第三回で引用された二審判決書と同様に、松木の行為を政府側が承認したことを示す。助命確定後の道義的評価図式から逸脱したり、松木と政府の一体化を強調する挿話は、『冠松真土夜暴動』では削除される。

第四に、『真土廼月畳之松蔭』にはない挿話が『冠松真土夜暴動』で物語られる事例には、塩谷が農民の依頼を受け真土村を調査した際に、松木の塩谷暗殺の噂に農民が塩谷を護衛した逸話の増補や、結末で家族が監獄の冠らと面会する逸話がある。前者は松木＝悪の図式を強化し、後者は家族の情愛と共にそれを許可した政府の温情を示す。

これらの挿話の順序・内容の改変は、単に「明治新政府の正当性をより強める」(27)だけでなく、松木＝悪、冠＝義の図式を強化した。「松木の行為を責め、（略）農民の側をもなじることばを記し」た語りの「客観的な立場」(28)とは政府が承認した既存の政治秩序に依拠する立場の別名だ。『冠松真土夜暴動』は、政府の善を勧め松木の悪を懲らす物語なのである。

6　『蓆籏群馬嘶』における反転する反民権

彩霞園柳香『蓆籏群馬嘶』の冒頭(18)は民衆運動を反政府運動＝悪として批判する。例外は、単独闘争を実行した点で唯一の義民とされる佐倉宗吾である。

⒅　一犬嘘を吠えて万犬実に鳴くの道理《ことはり》、往古《いにしへ》より今世《こんぜい》に至るまで良《やや》もすれば無智頑蒙の徒《やから》を煽動し、其挙に乗じて己が不平の積鬱を散ぜんとするの輩《やから》、枚挙する遑《いとま》あらず。近くは越後の月岡帯刀のごとき、其他紀州の児玉、三重、茨城、福岡抔の農民暴動に至つては何れも政府に抗じて不軌を企謀《くはだつる》の奸悪なり。これには反して真に義民の名に空しからず、身を犠牲にして頑民を制し、衆庶を救ふに至りたる那《か》の佐倉宗吾の輩は、また比類なき者なるべく〔初上〕

この立場では、題材である中野秩場騒動も同様に悪であり、騒擾参加者は「頑民」として批判される。中野秩場騒動の経緯をテクストにそって要約する。

事件の原因は、中野原野での部分植林が、長年の慣行に反して、一八七九年一月に松の沢村に許可されたためである。一八八〇年一〇月、示威運動的な中野秩場へ農民千人が結集し、部分木を強制伐採するが、県会議員志村彪三・旧郡長子息下田純一郎の和解説得に応じ農民は解散する。一八八一年三月、保後田村満神社に農民二千が集結した後、翌日に三千人が金剛寺に結集し、森大書記官・加藤一等属の説得にも応じず、巡査二百名の急襲に農民は逃走する。その後、総代は「飽までも命を的に請願せん」〔三下〕とするが、総代・真塩紋弥は「内務省へ自首」する。だが、『蓆籏群馬嘶』の現在時では、「暴動の顚末は目今お調べ中」〔三下〕である。史実では、紋弥は内務省に直訴して逮捕されたのであり、結末の自首は騒動を悪と規定するために導入された語りの詐術と言える。

紋弥は、「幼年より漢書に眼をさらし、維新の後欧米各国の事情を伝聞して、常に自主自由の貴重なるを洞察し、人に語るにまた卑屈に安んぜざらん事を述べ、圧制の下には一日も甘んじて居るべからざるを説きしゆえ、自然と郡中に其名を知られ、公私ともに事あるときは僉真塩が許に来てその裁断を尋問ひ、最も人望もありたる」〔初上〕民権家なのである。だが、『蓆籏群馬嘶』の語りは、民権家を「なすべき業もなければ、人を煽動て権理だとか、条理があるとか云触らし、公事を起させ糊口の安代言をなす」〔三中〕と否定する。反民権的立場だが、『蓆籏群馬嘶』は、民権家を主人公にする点で民衆運動の実録から自由民権の政治小説への結節点に位置するテクストと言えよう。

テクストは、紋弥とその息子紋之助を対比し、後者を称えることで、前者を否定する。

まず、紋之助は「私しの勝手をいひ立て義挙なりとして、上へ迫るは不義の一揆」〔初下〕だと村落共同体の利害は公的ではないと指摘する。紋弥も集団闘争ではなく「身を犠牲に、妻子を棄て、家を捨てても請願の貫徹まではやつて見る」と、一身を犠牲にした義民・志士的な行動を志向する。「大勢立寄つては悪いから、己一人で引受願出る」という運動形態の転換は、紋の助の批判のためではない。それは、「理非明白なる倅が風諫、元より腹には心得たる」とあるように、八〇年一〇月の和解成立後の対行政交渉には民衆結集が逆効果と見越した上での既定闘争方針である。ここでの「説諭の為とて出行しを、真実と思へば」〔初二〕という地の文は、紋の助の想像に反して外出は「説諭の為」ではないことを含意する。しかし、合法的請願を紋弥は意図しており、紋弥の説諭は事実だ。実は、紋の助の単独闘争推進と紋弥の集団闘争制止は表裏一体のものであり、闘争への意思の強弱の他に差異はない。紋の助の紋弥批判は批判にならない。紋の助の紋弥批判は、孝子＝紋の助を正当化し、紋弥の不正を作為する語りの詐術なのである。

一八八一年三月に、紋之助が自首した場面も同じである。紋之助の自首は、「父が罪を其の身に代えん所存ならんと、掛りの人々も感心」〔三下〕したが、「兎も角自分の白状なれば縄を懸けて引立」ていった。一方、農民は紋の助奪還のために三千人が集結したが、石川警部の「其方等が騒ぎ立てなば紋の助の所存に悖り不都合少なからざる」との説諭で、農民も「紋の助が心を感じ、事なく退散」した。この挿話は、語り手が「噫《ああ》紋の助がごとき孝子にして、斯る縲絏の難あるも、偏へに父紋弥が些少《いささか》の学力を頼みとし、我意を貫徹んとせし心得違ひ」〔三下〕から生じたとするように、父の不正をかばう孝子と、同情する人々という図式によって、紋弥を批判するためにある。第一、明白に紋弥＝主犯と判明しており、自白ゆえに紋の助を逮捕したのではなく、警察の拘引も事情聴取レベルと推測できる。

これも人情話で事件を隠蔽しようとする語りの詐術である。

直訴も例外ではない。紋之助は「比喩《たとえ》内務省に直訴あつても御聞届けなきは必定、夫よりは集合を解散させて惣代は其筋へ自首あつて、其の後県庁の不理の廉は上等裁判の裁許を仰ぐが却つて村のため」（三中）と批判する。紋弥は、「妻子の諫めを道理と思へど、今更に止むべき事にあらざれば」（三下）と、内務省直訴が不成功に終わることを予め納得している。その理由は、民衆のための自己犠牲的な単独闘争を、最後まで継続することを決意したからだと推測される。直訴を決意した紋弥と家族との別れの挿話は、「佐倉宗吾が身の上も斯ありしか」（三中）とあるように、義民譚のそれだ。また、紋弥の行動も、「身を犠牲に頑民を制し、衆庶を救ふに至りたる那の佐倉宗吾の輩」（初上）という(18)で肯定された義民イメージに同一化する。ここで、『蓆簱群馬嘶』の語りの紋弥への否定は自壊し、語られない肯定評価が浮上する。

このように、『蓆簱群馬嘶』の語りの意味づけはテクストの各所で矛盾を露呈する。『蓆簱群馬嘶』は、政府支持／民衆蜂起批判の批評基準から、地の文で首謀者真塩紋弥の理念・行動を批判するが、地の文のイデオロギーも読者に相対化させるテクストなのである。

7 『燧山黄金一色里』の政府非依存の語り

大沢宗吉『燧山黄金一色里』(29)の語りは、「負債農民に同情的」(30)である。

鼓腹庵狸雄の序は、「記者が貧乏なればとて那般《かやう》に御意見まをすならねど貨幣《かね》を溜ては身の為ならずと申すはおため圧制《ごかし》には非ずかし」と蓄財を批判する。これは、自己利益のみを追求し他者への配慮を持たなければ民衆的実力行使の対象となるという警告である。事件の翌日に書かれた序には困民党への親近感がある。また、序は、政府に承認されることに評価の根拠を置く従来の実録とは異なるテクストとして、『燧山黄金一色里』を提示する。

また、『燧山黄金一色里』冒頭⒆は、高利貸殺人事件と真土村事件の類似を示し、日常的社会秩序から事件への距離感を表明するが、ここでも現政治体制を言祝ぐことはない。

⒆ 明治十七年五月十五日午後二時の白日陽下の恐惶もなく東海道大磯駅の貸座しき宮田楼に於て五人切の闘場は再遭《ふたたび》松木の発動乎《か》と世の衆人に疑ふ様ある騒暴《さはぎ》ぞ起る幵《そ》も這遭《このたび》の動乱は松木にあらぬ梅の樹の露木宇三郎が身況《うへ》にぞ在る

『燧山黄金一色里』は、冒頭での一八八四年五月の露木宇三郎殺害を終着点としてそこにいたるまでを宇三郎側・困民党側からほぼ時間的継起にそって語り、決起直前の妻お雪の別離の決意、第三者債務者の動向、困民党若手指導者と家族との別離の各々の挿話を並列させている。『燧山黄金一色里』は、後述する困民党の活動と指導者の挿話と、それと対抗関係にある露木宇三郎が悪の限りを尽くし高利貸となり人の恨みをかう挿話と、宇三郎を支えるお雪の活躍の挿話の結合によって構成される。

『燧山黄金一色里』の負債農民騒擾は三段階からなる。

第一は、一八八三年一一月の子安村四七人の寒風峠会議。総代いく次朝五郎は「人数を以て一色へ推進せ幸助めを説破て殊に依たら打殺しても大事ない」とするが、露木を殺せとする者がいて評議がまとまらず、近村戸長の説諭で一二月一〇日までに退散した。

第二は、一八八四年四月に七国峠に一七〇人が長兵衛を総代にして集まり、竹槍・食料を持参し薪でかがり火を焚いた。警官数十名に、困民党は、竹槍は「此の上へ蓆を掩ひ雨を防がん工夫」のためだと「口に出るまま弁才に任かせて喋吐散」す。警察は「此奴等暴言吐く」と思いながら「荒立てては平和を取るには至らじ」と穏便に説諭し、困民党も矢沢の天奏院に退く。関山戸長・宮田戸長の一五ケ年年賦案での示談仲介に、「固来示談の存意」がない困民党側は三〇ケ年無利息を主張して決裂させる。

第三は、天奏院に退いたグループと大竹村地蔵堂の百人とが連携し、同年五月に一色村に押し寄せたもので、このため宇三郎・幸助らは大磯に逃げる。下巻で描かれるはずの民衆の「露木宇三郎が住居を襲ふ件より大磯切込」は、この三番目の騒擾での事件となる。

個々の騒擾で困民党指導者の蜂起制止の言動がまったく見られないのは、殺人事件という、困民党運動では特殊な結末から、殺人に向けての物語を再構成したためだろう。

史実の一色騒動は、「負債民たちが負債の延期や年賦返還を交渉で露木に求めることをすでにあきらめた上での行動」(31)とされる。また、総代の制止は、江戸期以来の首謀者厳罰という政治権力の一揆処理が指導者に内面的に禁忌化されたことの表象でもある。制止の消去は、政府による内面的禁圧が真土村事件での冠らの助命で軽くなったことも関係する(32)。

『燧山黄金一色里』は、新聞報道を利用し(33)、テクストを統括することで、政府の構築する社会秩序を、物語世界の道義的再構成の根拠とする必要のない物語となった。新聞報道による現実の構築は既存の世界秩序(や解釈図式)に基づくが、世界秩序の構成と政府の権威とが関係を持たないものとされたとき、テクストにおける事実の構成に政府賛美の言説は消去される。

テクストにおける現行政治体制への言祝ぎが消去されるとき、政府依存の民衆運動の実録から政府批判の政治小説への経路が確保されるのである。

3 戯作の民権化

1　はじめに

戯作の政治思想は寓意によって読者へ伝達された(1)。より小説的な様式である戯作の寓意に自由民権思想が充当されるにいたる過程の検討が本章の課題である。

本章では、この過程を次の三段階で考える。第一に物語・小説の実用的意義の確認による、民権思想を担いうる知識人の書き手への参入、第二に政策啓蒙を主題とする物語テクストの登場、第三に民権思想を主題とする物語テクストの登場。その際、政治小説の嚆矢を検討することによって、政治小説の新たな定義と政治小説史の再検討が要請される。

2 啓蒙的小説観と『かたわ娘』

小説・物語は、江戸時代では文学外のジャンルとされたが、一八七〇年代以降少しずつ文学ジャンルに組み込まれていった(2)。しかし、ジャンルの序列(1)では、言語芸術としての文学は実学に対して劣位にあった。

(1a) 学問とは、ただむつかしき字を知り、解し難き古文を読み、和歌を楽しみ、詩を作るなど、世上に実のなき文学を言うにあらず。これらの文学も自ずから人の心を悦ばしめ随分調法なるもの(3)

(1b) 千四百年代ニ至ルマデハ世ノ学者詩歌ヲ玩ビ小説ヲ悦テ実学を勉ルモノ少シ(4)〔初1〕

「学問」から虚学としての「文学」を排除した事例(1a)の「文学」は、和漢の古学即ち漢詩文・和歌等を指すが、物語・小説を含むかは断定できない。ただし、実学に反するジャンルとして詩歌・小説が挙げられる事例(1b)もある。とするならば、「人の心を悦ばしめ随分調法なる」ジャンルとして、物語・小説を捉えることもできよう。小説・物語を人の精神に作用しうるテクストとして捉えるとき、それらを民衆教化・啓蒙に利用しうるとする把握が登場する(5)。ただし、民衆啓蒙を担う知識人には戯作的な物語は蔑視された。津田真道「新聞紙論」(『明六雑誌』一八七四・一二)は物語の現状(2)を概観する。

(2) 我国固有ノ和歌物語等ヲ閲スレバ歌ハ概スルニ恋歌ニシテ語ハ大率犯姦ノ事ナリ、豈我帝国淫奔ノ風特ニ甚シキ歟。曰ク否、我帝国ノ開化ハ(略)色欲発生ノ時ナリ。

⑵では、和歌・物語は、色欲を題材とする点で並置される。だが、色欲の主題化を開化期の特殊事情と考えることは、色欲に捕われない物語の制作可能性も示唆しうる。⑵での物語蔑視は、物語・小説に功利的な実用性を付与することによって、留保される。

そもそも、一八七〇年代の啓蒙思想の小説観⑶では、小説は寓意的物語の要素を含む。

⑶　小説（fable）即ち羅甸の話（fari）なる字なり。凡そ歴史に似たるものを以て稗史として話になしたるものを以て小説とす。此小説に二つの区別あり。諧語（Apologue）及び芻辞（Parable）是なり。諧語は総て実跡なきことにて唯だ其情態と道理とを生活なき木石の類に比喩して話せるものを言ふなり譬へば我が国俗の小児の話に桃太郎或は蟹の仇討の説あるが如き是なり。芻辞とは唯だ僅かの拠りどころより其他種々の実跡なきことを以て書き記せしものにて譬えば我が草双紙或は源氏物語の如き是なり（6）。

⑶によれば、小説は、歴史的な稗史と話としての小説に大別され、後者はさらに道理・情態を喩える諧語と僅かの根拠に基づく大幅な仮構としての芻辞に区分される。諧語の教訓性を実用的な仕掛けとして捉えるとき、読者啓蒙を口実とした知識人の小説執筆への通路が確保される（7）。

福沢諭吉『かたわ娘』（福沢屋、一八七二・九）は、以上のような啓蒙言説空間における小説の付置に対応して登場した。『かたわ娘』は、既婚婦人のお歯黒を着け眉を剃る風習を廃止させようという趣意による寓話である（8）。『かたわ娘』の語りは、かたわ娘の結婚にいたる事象・出来事の叙述部分と語り手の感慨・説教部分⑷からなる。

⑷　実に不思議なるは世間の婦人なり髪を飾り衣装を装ひ甚だしきは借着までしてみゑを作りながら天然に具はりたる飾をばおしげもなく打捨てかたわ者の真似をするとは何より勘弁なきことならずやまして身体髪膚は天に受

けたるものなり慢にこれに疵付るは天の罪人ともいふべきなり

(4)は、当時の日本の文化的慣習に変更を迫る物語世界外からの批評的言説である。(4)が、それまでのかたわ娘の半生の叙述を、日本女性の結婚における慣習実践を合理・道理に反する「不思議」な旧慣陋習、「天」に対する犯「罪」として、意味づけていく。同時代文化状況への物語テクストにおける批評的介入は、政治小説の政治性を支える基盤となる。

3 『蛸入道魚説教』と政治小説の思想

一八七二年四月、教部省は、三条の教則(5)を発布する。

(5) 一、敬神愛国ノ旨ヲ体ス可キコト
二、天理人道ヲ明ニスベキコト
三、皇上ヲ奉戴シ朝旨ヲ遵守セシムベキコト

戯作者は、仮名垣魯文・條野有人「著作道書キ上ゲ」(一八七二・七提出)で、従来の「虚ヲ主トシ実ヲ客トシ」た「作風ヲ一変シ」て、「教則三条ノ御趣旨ニモトツキ著作」することを誓った。

仮名垣魯文『太洋新話蛸入道魚説教《たこのにゅうどううおせっきょう》』(存誠閣、一八七二・六。以下『蛸入道魚説教』とする)は、龍王が文明開化期に魚類に訓示して龍宮の進歩を計り、水掛論に終始する官員に鯨大臣が説教する戯作であり、「著作道書キ上ゲ」提出前に三条の教則奉戴の立場(6)を示したテクストである。

(6)　其体裁頗ル戯語ニ近シト雖モ其実今般三則ノ御趣意ヲ基本トシ広ク皇漢洋ノ三教ヲ折衷シテ下情ヲ穿チタル訓
蒙ノ著述ナリ(9)

『蛸入道魚説教』は、冒頭の日本と龍宮の交流史、龍王・鯨大臣の決意表明からなる。両国橋・吾妻橋で助けられた亀・鰻から日本の開化を聞いた龍王は、隣接する閻羅王の地獄の侵略を防ぐため人間界の文明開化を龍宮も摂取することを決意する。龍宮の開化は専制啓蒙政策だ。龍宮開化の目標日本の描写(7)は、三条の教則遵守によって実現されるはずの理想的日本、日本から見た欧米のイメージである。

(7)　旧弊を一洗し文運を隆盛《さかん》にし理学を研究し政令を改革し発明を一新し文明開化の域《き》に臨《のぞ》み君民一和《くんみんいっくは》して国を護り知覚をひらき知識を博め従事に進歩の最中《もなか》〔1〕

龍宮の「代々の龍王深く神国の風儀を慕ひ鱗《うろくず》世界の政令も諸事　大皇《おほみ》国を模範《てほん》」とする。龍宮の情勢は日本の情勢として語られる。この結果、『蛸入道魚説教』の寓意レベルでは、龍宮の開化は日本の開化を諷し、人間界は欧米、地獄はロシアに対応する。

龍王の開化演説には、これまでの所行の自己批判(8)がある。

(8)　朕《ちん》従来雲を呼び雨を降らすをのみ天帝報恩の要務と心得a自己《みづから》龍神と僭上し（略）驕奢の止まらで年来《としごろ》水虎《かっぱ》に申つけ水泳《みずおよ》ぎする人間の尻子玉を穿抜《くりぬ》かせ佃煮として滋養の食とし残忍酷烈の甚しき懶惰放逸《らんだほういつ》の勝《すぐ》れたる先非後悔限りなし〔1〕

だが、(8a)は悔い改めた龍王の言葉ではない。冒頭の日本・龍宮交流史で彦火〃出見尊に豊玉姫が嫁ぎ鸕鷀草葺不合尊を産んだことで、龍王は「神孫の外戚たる故を以《もつ》て龍神の尊称を給」ったので、自ら僭称してはいない。(8a)は、語り手が龍王の言説に解釈的変容を加えた痕跡だろう。新体制を推進する龍王は旧体制の頂点でもあり、旧体制の欠陥を批判する関係上、龍王の自己批判を過度に強調したと考えられる。

龍王の命で「海州大変革の集議院」が設置されるが、「因循姑息で埒《らち》あかず」・「旧弊染込《しみこ》」(2)んだ魚官僚は、酒宴に日を送り、実効的審議を行わない。物語は、魚官員のサボタージュに鯨大臣が説教する部分で中絶している。中絶後のストーリーは、「総括」によれば鯛博士・蛸入道の説教・訓戒によって龍宮を開化に転換させる構図と想定される。しかし、龍王の命令に官僚が即応しない物語展開は、天皇もしくは政府指導者を寓する龍王の権威を貶しめてしまう。結果として、『蛸入道魚説教』は、三条の教則奉戴に逸脱する時勢諷刺性が浮上するテクストになる(10)。

次に政治小説との比較から『蛸入道魚説教』の政治性を検討する。

松井幸子氏は、『蛸入道魚説教』と戸田欽堂『情海波瀾』(聚星館、一八八〇・六)を対比し、民衆の読み物だが「目覚めたる民意」がなく「官」に「常に従属的」な前者に対し、後者は「民権を中核」として「官」に対し「主導的」で「民衆を啓蒙する姿勢の中に、最も明治的民衆性がひそんで」(11)おり、三条の教則の宣伝戯作と政治小説との間には「政治の受け止め方」(12)の点で根本的な相違があると分析した。だが、松井氏の「民意」は民権派知識人の思想で民衆思想ではなく、「明治民衆性」の正体は知識人性だ。官に主導的か従属的かという違いも、政府に忠誠を誓うことと政府に反抗することはベクトルが異なるだけで絶対値としては同じである。

また、龍宮を舞台とした政治小説には、風頼子『龍宮奇談黒貝夢《こくかいゆめ》物語』(風頼舎、一八八〇・一〇)・上田秀成『自由之栞《のしおり》蝴蝶《こちょう》紀談』(温古堂、一八八二・九)がある。『黒貝夢物語』は、作者風頼子が夢に浦島太郎に誘われて太平洋底の夢想国にいたり龍宮のある首府豚犬(東京)で黒貝(国会)開設の物語を聞こうとする話である。また、『蝴蝶紀談』は、玄道先生が夢に異人に誘われ神仙のくれた望遠鏡でのぞいた龍王国の物語である。龍王国は、非開港派の守旧党と開港派の進歩党との対立後に開国に決定し、岩開宰相（薩長政府）が一条学士（土佐）の反対を無視し神木（幕府）を切り倒して軍艦を作り、進歩党が専制化すると守旧党は自由党となり龍王国を自由の国にしようとする。政策普及を担う戯作『蛸入道魚説教』と『蝴蝶紀談』・『黒貝夢物語』の政治性の相違点は、思想内容、三条の教則と自由民権思想の違いにある。

三条の教則の啓蒙戯作によって、戯作が政府の政策普及に貢献する物語テクストとしての実用的意義が主張される。思想内容のベクトルが政府支持から自由民権論に基づく政府批判へと反転し、絶対値としての近代国民国家形成が維持されることによって、政治小説は誕生する。政治小説は政治戯作の民権化によって成立する。

4 「痴放漢会議傍聴録」と政治小説の嚆矢

服部撫松「痴放漢会議傍聴録」（『東京新誌』一八七八・四・六〜五・一一）は、瞑痴充市年死月（明治一一年四月）、同驕（東京）で開かれた痴放漢会議（地方官会議）で、腐剣会開設案（府県会規則）・腐剣税徴収法（地方税規則）の是非が討議され、腐剣会開設と徴税方法の修正緩和が決定したという会議での発言を記録した漢戯文である。

題材となった第二回地方官会議は、一八七八年四月五日招集、一〇日開院式、翌日から五月一日まで、郡区町村編制法・府県会規則・地方税規則からなる三新法を審議し、五月三日に閉院式をした。郡区町村編制法は、内務卿から戸長にいたる直線的な行政命令系統を法制化し、内務卿に地方行政に関する絶対的権限を与えた。府県会規則は満二〇歳以上で地租五円以上納入者に選挙権、満二五歳以上で地租一〇円以上納入者に被選挙権という制限選挙制による公選民会を設置し、議会の審議権を地方税での経費予算と徴収方法に限り、県令に発議・認可権を与えた。地方税規則は、従来の民費・府県税をすべて地方税に統合し、区町村限りの経費を別途に人民に負担させる実質的な増税だ。

三新法体制は、後藤靖『自由民権』（中公新書、一九七二・一）によれば、地方制度改革のみならず中央集権官僚支配体制の完成をもたらす明治藩閥政府の新国家体制である。三新法は、府県会開設で人民への譲歩を見せかけ、実質的な増税を狙い、地方の行政権・財政権を一層中央に集中させる。三新法は自由民権運動への対抗政策でもある。三新法の国家機構的中心は郡区町村編制法にあるが、「痴放漢会議傍聴録」は取り上げていない。「痴放漢会議傍聴録」は、当時の民権家の主要課題たる国会開設前段階としての地方民会と税制を対象とした。

「痴放漢会議傍聴録」第一〜四号掲載は、実際の会議の開催日・報道日以前にあたる。しかし、会議閉会後に掲載された「痴放漢会議傍聴録」第五〜六号は、先行する地方官会議の報道を参照できる。第五号は腐剣税徴収法の第三次会（逐条審議）であり、第六号は腐剣税徴収法の修正小会議・閉場式である。そこで、「痴放漢会議傍聴録」と地方税規則第二次会以降の『地方官会議傍聴録』[13]（弘令社、一八七八・四〜五）を比較・検討する。

痴放漢会議では、腐剣税徴収法第五条[14]「腐剣税固ヨリ絞リ取ラサルヘカラサレトモ、成丈ケ人民ヲ馬鹿ニセヨ」〔5〕を僻地はともかく都会ではできないと同驕議員が発言しているが、地方官会議でも四月二七日に東京議員は東京等都会と郡村の財政を別にすることを動議している。また、同驕議員は徴収を「先ツ腐剣会ニ於テ議セシメ、然シテ後チ徴収スルノ主旨」〔5〕に修正せよと言い、痴馬（千葉）・野魔那死（山梨）・猥痴（愛知）・暈婆（群馬）・才情魔（埼玉）・鈍痴奇（栃木）の議員が賛成した。すでに同趣旨の動議は第四号でも亜偽唖（秋田）・奈加佐偽（長崎）・主魔佞（島根）・唖汚罔理（青森）議員等から出された。これは地方官会議では、五月一日に出された地方税規則第四条の修正動機に相当する[15]。島根議員に提案された修正案は、地方税徴収の予算等を立てて内務卿に報告する前に府県会の決議を取るというもので、長野・大分・群馬・愛媛・広島・愛知・福岡・和歌山・福島の議員の同意をえた。しかし、現実の修正案は否決されたのに対し、「痴放漢会議傍聴録」では修正が可決され、小会議が開かれている。

次に作中人物の形象を検討し、次いで会議の政治性を分析する。

語り手は、痴放漢会議議長の「居丈《イタ》ケ高カ」な立ち方に「男孀《ヤモメ》ノ妓院ニ侵入シテ忽チ野箆棒《ノッペラボウ》ヲオッ立ルカ如ク、ニヨキ〳〵然」と猥雑に批評し、その大声を「生醒《ナマクサ》坊主ノ引導乎タル大音」〔4〕と信頼性に欠けることを諷刺し、「大々タル博識博聞ノ驕慢面《ツラ》」〔3〕を揶揄する。この「イト大々タル博識博聞」は第二回地方官会議議長伊藤博文に通じ(16)、議長の否定的造型は、明確な政府批判を意味する。

また、痴放漢は、議場で大声を上げ、居眠り・あくび・私語をしたり、自己の政策構想も理解力もない存在として描かれる(17)。痴放漢は、政治的に無知無能な藩閥政府の操り人形として否定される。

これら否定的形象の議長と痴放漢で構成される痴放漢会議も、「議長カ下附セラレタル議案ハ、固ヨリ議員ヲシテ異論ヲ云ハシメヌヤウ預メ議定」〔3〕されている政府の協賛機関たる「茶々苦茶ノ会議」〔1〕として否定的に描かれる。

議題の腐剣会は、腐剣会開設案議案説明では「腐《クサ》レタル剣ヲ集メテ品価ヲ議定」し「価丈ケノ剣利ヨリ他ニ得セシメサラントスル」〔1〕会議たる腐剣の品評会とされる一方で、議案に「閑内ノ事務ヲ閑《ヒマ》ニ任セテ商議」〔1〕する会議とも定義される。

腐剣会議員の被選挙資格も原案では「一疋ノ馬ト十羽ノ鶏トヲ所有シ、毎歳数升ノ膏血ヲ納ムル者」〔2〕とされる。「膏血ヲ納ムル」は血税であり、府県会規則第四条の定めた府県会議員の被選挙資格の財産制限が厳しいことを諷刺する。また、死鹿（滋賀）議員が「議事規則ハ草案ノ通リタルヘキモ議事ノ事項ヲ限ルヘシ。然ラサレバ矢鱈《ヤタラ》ニ議員ヨリ建議シ」〔2〕と発言するのも、府県会規則第三二条で府県会議員に政府への建議権を与えるのと対応する。また、腐剣税徴収を腐剣会に図ることからも、「痴放漢会議傍聴録」の腐剣会は、府県会に近似する。

「痴放漢会議傍聴録」には人民を意味する「蛆虫」と「人民」も混在する。

(9a)　人民ニ各自ノ剣ヲ有スルノ自由ヲ許ス以上ハ須ラク相当ノ税ヲ収メサルヘカラス〔3〕

(9b)　三千余万ノ人民ヲ以テ皆ナ一様ノ蛆虫ト看ル歟〔5〕

(9c) 我々ハ及ハスナカラモ蛆虫ヲ以テ人間ニ化生セシメントス〔5〕
(9d) 而シテ他ノ蛆虫モ亦漸々智識進歩シテ、我管下ノ動物ト同位地ニ進ムノ時アルヘシ〔5〕
(9e) 同ク是レ蛆虫ナリト雖モ、豈ニ一様視スヘキ者ナランヤ。糞溜《クツタメ》ニ湧ク者アリ。泥溝《ドロホリ》ニ生スル者アリ。又動物ノ肉腐レテ出ル者アリ。此ヨリ出ル蛆虫ハ最モ智アリ。是レ方今芋堀ヲ止メ卑屈ヲ脱シテ、都会ニ集屯スル所ノ蛆虫ナリ。此蛆虫ヲ御スルニ、猶ホ糞溜ノ蛆虫一般ニ圧気ヲ以テセントセバ、以ノ外ナル紛議ヲ醸シ、我々カ髯府モ方一ニ転クラ返ヘルナキヲ保ツヘケンヤ〔5〕

第一号から四号の用例(9a)では、「蛆虫」は「人民」の蔑称だ。一方、第五号は、それまでの「人民」＝人間＝「蛆虫」の図式とは異なる。確かに、(9b)は「人民」＝「蛆虫」だが、従来の「人民」＝人間＝「蛆虫」ではない。「蛆虫」が「人間」に進化するという(9c)は、現段階では「蛆虫」が「人間」ではないことを示す。また、(9d)では「蛆虫」以外の「動物」も「人民」だ。(9e)は「蛆虫」の多様性と、知識の進歩した「蛆虫」には圧制・弾圧が逆効果だと主張している。第五号は人間とは異なる「蛆虫」達の世界だ。

第五号は、腐剣税徴収法の第三次会で、腐剣税の徴収等はまず腐剣会に図るという修正案が可決された。第五号は、痴放漢同士の論争の形を取り、多くの痴放漢に、髯府・痴放漢の利益のみを追及しながら「蛆虫」を抑圧して支配する姿勢を批判させる。現実には否決された地方税規則第四条修正案を可決したのは、地方官会議を外見だけの単なる御用会議にした有司専制政府への異議申立てと言えよう(18)。こうした批判への言論弾圧を回避するために、それまでの直接的な「人間」の物語から、第五号は寓意のレベルを高次化し「蛆虫」の物語へと移行したと考えられる。

現実で否決された議案修正の「痴放漢会議傍聴録」における可決は、それが地方税の徴収に府県会の議決を必要とする府県会権限強化案であり、政府批判と共に地方自治の拡充を喚起させる。

府県会に限らず大区会・小区会や町村会を含む地方民会は、上意下達式の行政機構として作られた(19)。町村会を除いては(20)、大半が官選議員で占められた。しかし、民撰議院設立建白が出、地租改正事業が進められると、地方民会は、次第にその性格を変えた。例えば、千葉県会は一八七四年に議員公選を要求し、山口・兵庫県では一八七五年に民費決定権を県会が獲得し、後者は議員に民選議員も加えた。また、一八七六年の静岡県では公選民会が地租改正プランを策定した(21)。

民会の公選・官選は、議員選出方法の問題ではなく、地方自治思想につながる。そこに自由民権思想の台頭がある。ただ、後の自由党は地方自治の問題には消極的だ。例えば、福島自由党指導者河野広中が道路問題は重要ではないと認識した。しかし、それは自由党主流派＝土佐派が一八七八年の土佐州会闘争で敗北したことにより、国会開設を第一目標とする戦術に転換したためだ(22)。一方、立憲改進党は地方分権制度による地方自治をめざしており(23)、自由党に比べて改進党の府県会議員組織率は高く、党中央は府県会闘争を指導した(24)。「痴放漢会議傍聴録」が、後に立憲改進党幹部となる服部撫松が主宰する『東京新誌』に連載されたことは、その点で意義深い。江村栄一氏が自由民権運動の「国会開設・国約憲法・地租軽減・地方自治・不平等条約撤廃という五大要求」(25)を教えるように、地方自治は自由民権運動の基本方針である。

「痴放漢会議傍聴録」は、御用会議としての地方官会議を批判しつつ、諷刺としての「痴放漢会議」を利用して地方自治の確立を示唆する物語テクストである。地方自治という民権思想を主題とする点で、「痴放漢会議傍聴録」は政治小説だ。

ただし、通例、政治小説の嚆矢は、柳田泉『政治小説研究・上』に従い、戸田欽堂『民権演義情海波瀾』(聚星館、一八八〇・六)が挙げられる。一方で、『情海波瀾』以前の政治小説として、一八七八年の島田三郎・萩原乙彦『通俗民権百家伝』(薔薇楼、一八七八・八)や「痴放漢会議傍聴録」の名が挙げられる(26)。そこで、柳田の政治小説嚆矢設定理由を検討する。

柳田が『情海波瀾』を嚆矢とした理由は、第一に「時勢の民権的盛り上り」、第二に「作者個人の思想」、第三に

「作品として小説らしくまとまった程度」(27)である。第一〜二の条件は政治小説の政治性を、第三の条件は政治小説の小説性を検証する。嚆矢設定理由は、政治小説の定義に関わる。柳田は、「政治小説は『情緒』よりも『観念』に重きを置く一種の散文物語であ」り、「或る与えられた一片の既成法制の功過よりも寧ろ立法機構の如きを扱」い、「作者の主な目的は、(最初は)人民の政治的啓蒙、政党の革命宣伝乃至闘争の補助的武器として利用し、(中頃は)個人的政見発表乃至は社会改良思想の積極的機関に充て、(最後には)新興日本の国権伸張意識を反映させる一面、政府を支持する人々、政府を構成する諸勢力を暴露する諷刺的武器として利用すること」(28)だと定義している。この定義は、政治小説の表現に織り込まれた政治によって規定されている。だが、嚆矢設定の第一・第二条件は、政治小説のテクストに外在的な背景・作者の民権性を要請している。

柳田の第一条件は、政治小説を民権小説に限定する。だが、自由民権論の高揚は民権小説流行の要因にはなりうるが、成立に不可欠ではない。文学テクストが時代の政治文化状況とある程度対応するにしても、物語表現に内在する民権理念表現や含意としての寓意が問題である。さらには、その自由民権性の測定は当時の解釈戦略をも参照しなければならない。テクストを支える解釈的背景を言うなら、国会開設期成同盟の誕生した一八八〇年に設定する必然性はなく、基本的には自由民権論がメディア空間で流通し自由民権運動が出発した七〇年代前半に設定すべきである。

柳田の第二条件は、民権理念を持つテクストを描く作者に民権理念が不可欠だという認識に基づく。しかし、政治小説の「作者」は民権理念の信奉者のみに限定されない。民権理念の知識があれば民権理念を持つテクストを作ることは可能だからだ。問題はいかに自由民権思想が物語テクストに織り込まれているかであり、作者の思想と物語の思想とは次元が異なる。第二条件の立場にたてば、伝記事項のほとんど不明な作者の物語は政治小説とは認定できなくなってしまう。しかし、革命文学の先駆である「仏蘭西大革命の原因一名西海血汐の灘」(『欧米政理叢談』一八八二・二〜八)や「自由の恢復一名圧制政府の転覆」(同、一八八二・五〜七)を訳した、澗松晩翠その人の伝記や思想は不明だが、これらの物語の政治性は否定できない。

第三条件の「小説らしさ」とは何か。柳田は、当時の小説概念には「戯文、諷刺文、スケッチ、雑記、史伝、戯曲、筋書、翻訳」(29)等が混入していたことを指摘したが、それらを包含した「小説」はきわめて多種多様なものとなる。前述の『文学連環』を参照してもわかるように、物語形式を採用しているすべてのジャンルが「小説」たりえよう。ところが、柳田は、「小説としての形式が整はぬ」(30)点で『通俗民権百家伝』を政治小説以前の政治文学としたが、「小説の形式」がどう「整はぬ」のかは曖昧である。先に提示した広義の「小説」概念を、ここでは近代的に解釈しているると思われ、柳田は自身の「小説」概念規定を混乱させたまま、第三条件を設定している。むしろ、和田の「演義による文学化」の検証が説得力を持って『通俗民権百家伝』に(嚆矢か否かはともかく)政治小説の資格を与えることになる。

そこで、最後に本章での政治小説の定義を要約すれば、自由民権思想や自由民権論的な枠組みを物語表現に内在させたり寓意として仕掛けたりする物語形式のテクストとなる。しかし、政治小説が「政治小説」という名前を自らにつけジャンル意識を明確化させるのはまだ先であった。

4 民権詩歌

1 民権詩歌の構造

ところで、政治小説ばかりが自由民権運動の文学ではない。自由民権期の政治文学は、小説・詩歌・講談・演劇など様々なジャンルで展開した。自由民権の理念・情念を直接または含意として詠み込んだ民権詩歌は、特に政治小説以上に広範な時期・読者層に受容された。本章では、政治小説以外の民権運動の代表的ジャンルとして民権詩歌を取り上げる。具体的には、民権詩歌の代表的なテクストである、暁鴉道人（安岡道太郎）選『よしや武士』（一八七七暮）・「民権数へ歌」（一八七七・一一）・植木枝盛「民権田舎歌」（『民権自由論』集文堂、一八七九・四）・植木『新体詩歌自由詞林』（市原真影、一八八七・一〇）を主に言及する。

民権詩歌はヴァリアントが多い。例えば、「民権数え歌」のヴァリアントは家永三郎『植木枝盛研究』（岩波書店、一九六〇・八）・森田敏彦「福島県の『民権かぞへ歌』」（『平尾道雄追悼論文集』高知市民図書館、一九八〇・七）が計五種類を検討している。これは、森山弘毅「江差と高知・上」（『北方文芸』一九八二・一〇）・「山間に自由の歌が」（『北方文芸』一九八六・六〜一〇）が指摘するように、伝統的な元唄の共同体への蓄積を利用し、既成の曲調に新しい歌詞を付けて伝播させる替唄の力が民権歌謡の普及に効力があり、新体詩的な民権詩も表現の規範は音曲歌謡の長い詞章に依拠したからだ。この伝統的な表現・韻律に基づく民権詩歌の近代性を越智治雄は「詩の外枠としたその思想にしかない」(1)と把握し、亀井俊介『自由の聖地』（研究社選書、一九七八・九）も、民権詩歌は勇壮な表現によって自由概念が日常性から離れ観念性を高めたと説く。だが、民権詩歌における表現・韻律、替唄という生成過程での伝統依存とは、近代における伝統の再発見・評価にあたる。さらに、言葉の観念性も、概念を論理的に検討する論文ではなく、情念の強度や表現の巧みさが中心の詩では不可避であり、いかなる詩にも観念性が存在する。政治と文学という通俗的で紋切型の物語を紡ぎ出すことは、テクストに盲目になることであり、民権詩歌をいかほども読んではいない。

民権詩歌は、俗曲・小唄・端唄・都々逸・数え歌・新体詩・唱歌・漢詩などの下位ジャンルからなる。様式面では多様な広がりを見せる民権詩歌だが、その詩的・思想的コミュニケーション構造は似ている。例えば、それらの多くは、第一次の聴き手（＝第二次の語り手）を国民としての自負を持つ民権家や国民として形成途上の民衆として想定し、聴き手に呼びかける二人称志向を持つ。そのために、詩的言語の平易化・俗語化が進められる一方で、国語文体の伝統としての漢詩文体が詩的言語に取り込まれる。さらに、詩的言語の展開、メッセージの情念的強化に、韻律が関与する点も、俗謡調・漢文調の民権詩歌は共通する。民権詩歌の音声中心主義は、新体詩・演歌・唱歌・軍歌とも呼応しあいながら、島崎藤村・北村透谷等の近代詩を招来した。

本章は、民権詩歌の音声中心主義の三つの位相の素描を目的とする(2)。そこで、第二節で詩的言語における俗語の位置を測定し、第三節で替歌における俗語の効力を概観し、第四節で俗語性と散文性の結合を考察し、第五節で新体詩における漢文脈の導入を検討する。

2　詩的言語の理論における俗語の位相

小鱗逸人「序」（『よしや武士』）(1)は、「人智の開達」には「高尚ナル著書」・「優雅ナル詩歌」が必要だが、「中人以下ニ訴ヘントスル」には「優雅ナラザルモノ」が有効だと指摘する。

(1)　人智ノ開達（略）ヲ培養スルニ於テハ素ヨリ高尚ナル著書アリ優雅ナル詩歌アリト雖モ要スルニ皆ナ中人以上ノ得テ其智力ヲ発成スベキモ中人以下ニ至テハ（略）其益ヲ受ル能ハズ（略）暁鴉老兄ハ大ニ此ニ見ル所有テヨシヤ節ノ編纂アリ其殊ニ優雅ナラザルモノハ蓋シ中人以下ニ訴ヘントスル所アルガ如シ

(1)は、「下等人民」に対応する便宜から低俗な文体を選択したことを述べる。語り手たる自己と聴き手たる「下等人民」とを区別し、知的階層序列と文体の結合関係から語りかける対象に対応して語る文体を選択する、明治初期啓蒙言説に一般的な社会言語観だ。福沢諭吉『学問のすゝめ』一二編（一八七四・一二）の「演説の法を勧むるの説」は、「詩歌の法に従て其体裁を備ふれば限りなき風致を生じて衆心を感動せしむ可し」と説き、「一人の意を衆人に伝ふる」効率は「伝ふる方法に関すること甚だ大」だという。文体の平易化・俗化は、送り手／受け手の階層格差による伝達障害を解消し伝達を効率化する方略である。

それを一般化したのが、無署名「民権ヲ拡張スル方法」（『大阪日報』一八七八・七・一九）である。「民権ヲ拡張スル方法」は、民権論を普及させる方法として、中流以上の階層向けに新聞雑誌の文章、演説討論、中流以下の階層向けに詩歌俗謡(2)、宗教を挙げる。

(2)　社会ノ心ヲモ感通セシムルモノハ俚語若クハ竹枝ノ流行ノ流行詞ノミ古ヘ支那堯舜ノ民ハ皆愚夫愚婦ナリ然ルニ万口一談ニ舜禹ヲ謳歌シテ丹朱商均ヲ謳歌セズ益ヲ謳歌セズシテ啓ヲ謳歌スルモノハ豈ニ一先覚者ノ之ヲ教ヘテ皆之ニ習フモノニアラザランヤ（略）近頃高知ニよしや武士ナル一謳歌ノ流行スルコレ元立志社員中ノ手ニ成ルト聞ケリ其歌意或ハ粗慢ニ流ルルモノアルガ如シト雖ドモ之ヲ以テ人民ニ国事ノ重キヲ示サントスルトキハ亦一ノ好手段ナリト下等人民ヲ感化スルハ豈ニ夫レ之ヲ措テ何ゾ

(2)は、「下等人民」の心を動かす流行の詩歌俗謡の感化力に着目し、『よしや武士』を「人民ニ国事ノ重キヲ示サントスル好手段」として評価する。(1)～(2)は、文体と人の階層性を前提とし、俗語の使用はその越境を目的とした。だが、民権詩歌の俗語性を語る言説のすべてが、(1)～(2)の構図に属するわけではない。

小室屈山「序」（『新体詩歌』一八八二・一〇）(3)では、俗語使用の目的は、文体と人の階層性の越境にあるのではない。自己の「心ニ感スル所ヲ述べ」るために「平常用フル所ノ語」たる時言俗語が使用され、そこでは雅俗の人の階層の差異は解消される。

(3)　平常用フル所ノ語ヲ以テ其心ニ感スル所ヲ述べ而シテ之ヲ歌フ

また、植木枝盛『無天雑録』一八八一年三月三一日の条(4)は、詩歌の弊害を指摘したものだが、詩歌と「情」の結合を指摘している。

(4)　詩歌ハ早ク情ヲ漏スモノナレバ、不平ヲ鬱積ノ極ニ至ラシメズシテ、先ヅ之ヲ散ズルコトナキニアラズ。然ルニ人ハ不平ヲ積ミ重ネテ、愈々其思ヲ深クシ志ヲ深クスルモノナレバ詩歌ヲ作ル者ハ、思想ノ害ヲ為シ、推究ノ力ヲ損ズルコト多カルベシ

(4)の詩歌否定論に対し、民権詩歌が、民権派の集会・場で歌われ、以後、壮士節・自由演歌のように演説の副産物たる実用的な歌としての系譜を保った事実(3)は、詩歌の実用的価値を示し、その故にこそ、植木自身の数々の民権詩歌が編まれたと考えられる。ともあれ、(3)は、誰もが了解しうる詩的言語の提示である。人と言語の階層差を無化することは、すべての人を包摂することであり、その点で国民の文体へとスライドしうる。

3　替歌における俗語の効力

『よしや武士』は、句頭が「よしや」で統一した七・七・七・五の都々逸を六八句集録する。その半数が表現等から政治的解釈が可能だが、残りは民権とは一見無縁である。前者も民権思想の(5a)のような直接表現は少数で、多くは(5b)のように上句七・七は単純な色恋の世界を歌い下句七・五で寓意に転化するという構造である(4)。

(5a)　よしやシビルはまだ不自由でも　ポリチカルさへ自由なら
(5b)　よしやなんかい苦熱の地でも　粋な自由のかぜがふく
(5c)　よしやいなかのかた言葉でも　うそを信といひはせぬ
(5d)　よしや深山の埋れ木じやとて　いろは都にまさるはな

(5a)は、自己の執着する政治的自由の実現を願う心を詠む。(5b)は、圧制支配を自由によって解消することを、苦界に縛られた芸者の恋愛の自由、南海の酷暑をやわらげる風、で多重的に喩える。民権を第一次的形象とするほとんどの歌句は、「粋な自由」や「惚れた権理」のような遊里等での男女の情感によりそう「恋愛の自由と権利」(5)を歌うか、その色恋の内容に憲法制定や言論の自由を下句で加味して成立する。これは『よしや武士』が、「よしや朝寐が好じやといへど殺し尽せぬあけがらす」という近世以来の男女の情感を歌う俗謡の替歌だからだ。また、非民権的な後者も多くは、啓蒙知識人が支援する専制政府の統治下にある都会に対して自由民権をめざす立志社が活動の根拠とする土佐を田舎として称揚する、都会対田舎の構図(6)に収まる。(5c)は、田舎の方言でも「うそ」を「信」と言わないと、立憲政体確立の約束を守らない政府を批判し、「いなか」の言葉の誠実さを主張する。(5d)は、山間の都会に対する卓越性を称揚する。小鱗逸人「序」(『土陽雑誌』一八七七・一〇)が収録された連載記事「土佐国民俗一斑」は、土佐民権派が土佐の民俗の中に革新性を見出す試みであり(7)、自由民権思想と民衆の伝統の間に接点を探る模索である。

一方、「民権数え歌」は、上句五・七・五・七・五の内容に下句七で評価を付す構造である。下句は、民権運動への共感と政府・特権階級への批判・疑問を高める機能を持つ。

(6a) 一つとせ人の上には人はなし権利に変りはないからはコノ人しやもの
(6b) 一つとせ人の上には人はなき権利にかはりがないからはこの人じやもの
(6c) 一つとせ人の上には人ぞなき権利にかはりがないからはこの人じやもの
(6d) 一つとせ人の上には人はない権利に異《かは》りがあるものかこの同じ人
(6e) 一つとせ人の生れは皆な同じ権利に異りがあるものかこの同権よ
(6f) 一ツトセー人の上には人はない権利にかはりがないからはコノ人ジャモノー

(6a)は『土陽新聞』(一八七八・四)掲載、(6b)は佐々木高行『保古飛呂比』一八七八年八月二二日筆録、(6c)は一八八一～二年頃高知各地で歌われたものを浜本浩が部分採取・合成し『明治文化全集』に掲載、(6d)は(6e)の自筆原稿で『土佐史談』(一九三七・一二)翻刻、(6e)は植木枝盛「民権自由数へ歌」(『世益雑誌』一八八〇・九～一〇)、(6f)は刈宿仲衛「民権の歌」。歌いつがれる間に(6a)～(6f)の変化が生じる。伝統的な元唄の共同体における蓄積を利用し、既成の型に新しい歌詞を付けて伝播させる替歌の力が民権数え歌の普及をもたらしている(8)。替歌で重要なのは「即興的にヴァリアントを作ること」であり、「ヴァリアントであることによって新たなヴァリアントを促すあり方」が「口づて」に替歌が「急速に伝播してゆくエネルギー源」(9)である。送り手・受け手が相互に入れ替わりうる民権的な替歌の浸透は、送り手・受け手の連帯・闘争・抵抗を形成しうる。自由民権運動を一部の知識階層だけではなく、広範な共同体に波及させるには、替歌の媒体は「下等人民」の文体たる俗語でなければならない。

自由民権の情念を励起させる替歌の活性化は、究極的には蜂起と結びつけられた。実状は不明だが、「民権数へ歌」の一部(7)が結合し改変されて、一八八四年四月、群馬事件前に八城の演説会で革命歌(8)が歌われたという。(8)は、アメリカ独立革命を「席旗」・「血の雨」と一揆のイメージで捉え、革命蜂起を決意する。

(7) 六つとせ昔し思へばあめりかの独立なしたるむしろ旗このいさましや
九つとせここらでもふ目をさまさねば朝寐其身の為じやないこの起きさんせ

(8) 昔し思へば亜米利加の。独立したるも席旗。此らで血の雨降らせねば。自由の土台が固まらぬ(10)。

4 詩的言語としての散文

植木枝盛「民権田舎歌」は、口語自由長詩型民権詩の嚆矢である。タイトルは、西欧近代政治思想たる「民権」を伝統的な民衆たる「田舎」の人々に広める「歌」を意味する。

「民権田舎歌」の口語性は、「御百姓様」等を聴き手とした『民権自由論』の語りをふまえ、「おまへ」＝「国の人」に向けた呼びかけ(9)によって多用された俗語表現や、概ね七五調を基調(11)とした韻律に基づく。

(9)　権利張れよや自由を伸べよ／民選議院を早く立て／憲法を確かに定めーよ／これは今日の急務じやぞ／やれやれやれやれ国の人／立憲自由の政体で／自由の権を張り伸し／学問修めて智恵磨き／職業努め働て／文明開化の人となり／三千五百が一致して／国の威光を輝かし／秀で栄えて行かしめよ

(9)は、圧制政治を打破し民生の安定を図るために、「権利張れよや自由を伸べよ」と自由権の伸長を民衆に呼びかけ、「民選議院」開設と「憲法」制定と「今日の急務」として強調する。「国の人」に「やれ」の四回反復で決起を促し、今後の日本国民の歩むべき方向として、「民の自由」の伸張は「国の威光」に結合する。このように、「民権田舎歌」の主題は、自由の希求と民衆・国民への自由獲得の呼びかけにある。

「民権田舎歌」の詩的リズムは、一二回に及ぶ「自由」の反復使用以外にも、頭韻・脚韻、対句、同一構図の反復で形成される。頭韻は、「心」・「自由じや」・「おまへみんかへ」の反復等がある。脚韻は、二一・二三・二五行の「も」音や、三一・三四・三六行の「ば」音、三三・三五行の「は」音等があるが、構成韻ではない。連鎖法は、三二～三三行「あの塩を／塩と」等がある。対句は、一〇～一一行「行くも自由よ止るも自由／食ふも自由に生るも自由」、一二～一三行「心は思ひ口は言ひ／骸は動き足しや走る」等、多い。

さらに、都々逸の七・七・七・五を用いた同一構図の反復がある。第一パターン群は二〇～五行の二行ずつ三組、第二パターン群は三三～六行の二行ずつ二組だ。

(10a)　おまへ見んかへ籠の鳥／羽があつても飛ぶことならぬ

(10b)　おまへ見んかへあの塩を／塩と云ふのはからいが塩じや／からくなければ沙である

第一パターンの第一例(10a)が、空を飛ぶ翼を持つ鳥でも籠の中にいては飛べないとするように、第一パターンは、計二行の第一行上句で読者に呼びかけ、下句で動物を挙げ、第二行上句で他の動物とその動物を区別するその動物固有の能力を生む特徴を示し、下句で前行の規制が動物固有の能力を発揮できないことを説く。他方、第二パターンの第一例(10b)は、塩の特性は辛さにあり、辛くないものは塩でなく砂だとするように、第二パターンは、計三行の第一行上句で読者に呼びかけ、下句で物質を挙げ、第二行で他の物質と明確に異なるその物質固有の特性を示し、第三行でその特性がなければ区別がなく、別の物質となるとする。両パターンは、人間固有の権利としての自由を挿入し、自由を失えば本来の人間らしさがなくなり非人間的動物になるという自由の重要性を喚起させる民権の喩なのである。亀井秀雄氏は、真理の存在を卑近な事例で確認する箇所に都々逸の比喩・リズムが使用され、「思想啓蒙的な言説に詩的な標識を与える」(12)と説くが、詩的技巧はテクスト全体に見られる。テクストの改行によってリズムやレトリックと同等の詩性が生じるからである。

だが、改行を外して論理展開をたどれば、人間が自由を持つという真理が提示され、権利伸長による幸福という理想と、圧制政治の暴虐という現実の対立が展開し、最終的に人の立憲自由を確立する行動が求められるという散文的内容に、「民権田舎歌」は要約できる。「民権田舎歌」は、政治論文『民権自由論』を配列変更し簡略化して説明するテクストである。この点と、俗語・口語性を関連づけて整理しよう。

『よしや武士』や「民権数へ歌」が、基本的に声にだして歌われることが前提の台本としてのテクストなのに対し、「民権田舎歌」は、印刷され書記として自立した活字テクストである。『よしや武士』・「民権数へ歌」と「民権田舎歌」への流れは、替歌の語る／聞く位相から散文の書く／読む位相への転換であり、俗謡の伝統をふまえた韻律に基づく抒情から散文的な直情への離脱でもある。後者では、韻律・リズムは民権思想の説明のための補助的役割を果たし、前者のような比重を持たない。テクストは活字テクストとして定着し、思想伝達の透明性・効率性が重視される。幅広い受け手を対象とするテクストには、表現と内容が一致するわかりやすさが不可欠であり、その故に詩と散文が一致し、その詩的言語に俗語が使用される。「民権田舎歌」では、国民啓蒙の文体として、自由民権思想を担う漢語に加えて、俗語を多用した詩的言語としての散文が用いられる。

5　詩的言語における漢文脈

植木枝盛『自由詞林』は、「米国独立」・「瑞西独立」・「不盧多」・「自由歌」三編の、六詩を収める。「米国独立」・「瑞西独立」・「不盧多」の序詞が題材となった歴史的出来事を説明・評価し、「米国独立」・「瑞西独立」・「不盧多」本文では、個々の歴史的事象を題材に、自由・独立革命・愛国心・志士性・民主制を賛美し、以上をふまえて「自由歌」三編は自由を賛美する。「米国独立」が植民地全体の闘争を、「端西独立」が前半で維廉剔爾《うゐれむてる》の決意と後半でスイス人民の闘争を、「不盧多」が不盧多《ぷるちゆす》の愷撤暗殺を描き、「自由歌」は「我」・「吾」・「われ」の自由への憧憬を描く点で、叙事から抒情へと配列されている。叙事詩性(13)は自由獲得の歴史的経緯の例示で、抒情性(14)は自由への憧憬の中心化で、生じる。

また、詩の構成は三種類に分けられる。第一に、発端－クライマックス－大団円という構成(15)の「米国独立」・「瑞西独立」。「米国独立」は、第一連は現在のアメリカの繁栄を描く発端部、第二連はイギリスの圧制、第三～六連は植民地の決起を、第七～一一連はクライマックスとして両軍の激戦を描き、第一二～四連は独立を勝ちとる大団円となる。「瑞西独立」も、第一連は発端部で自由な現在を、第二連では過去のオーストリアの圧制を、第三～七連は維廉剔爾・米爾底撤《みるちざる》の独立蜂起の決意を、第八～十連はスイス人民の不満の高揚を、第一一～一七連はスイス人民の決起・戦いを描き、第一八連は自由の国の誕生を祝う。第二に、A－B－Aという構成の「不盧多」・「自由歌（其二）（利韻）」。「不盧多」では、第一連は不盧多《ぷるちゆす》への賛美、第二・三連は愷撤(16)の野望、第四・五連は不盧多の決意、第六～九連は暗殺の計画と行動、第十～一五連は、暗殺直後の不盧多の演説を称え、第一六連は再び不盧多を称え、A

（一）-B（二～一五）-A（一六）となる。「自由歌（其二）」は、第一・二連は自由への憧憬をうたい、第三～九連は欧米各国の命をかけて自由を求めた人々を称え、第十連は再び自由に殉ずる決意を述べる。第三に、それ以外の「自由歌（其一）」・「自由歌（其三）」。なお、「自由歌（其一）」は第一～三連は自由の重要性、第四～一四連は自由の欧米各国への影響、第一五～二一連は自由がない東洋諸国の惨状を説き、第二二連はアジアの現状への志士の悲しみを詠む点で、四部構成となる。

また、『自由詞林』も受け手への伝達をテクストに構造化している。第一に、語り手-聴き手のレベルでは、「自由歌（其一）」は、「之を思へば」と憂愁する語り手が聴き手たる「世の人」に「看よや」等と呼びかけ、「自由歌（其三）」は「我を捕ふる者あらば／我を捕へよ咄汝」と民権家の語り手が官憲たる聴き手に呼びかける構造を持つ。第二に作中人物の会話・呼びかけのレベルでは、「瑞西独立」は群衆が「国人」に呼びかけあう。

各詩は、七五調を基調に、四行で一連を構成し、対句や押韻、反復等の詩的レトリックを用いる。「自由歌（其一）」第一連(11)で例示する。

(11)　茫々乎たり茫乎たり／太平洋は太平の／基も固し文明の／風も薫し亜米利加州

(11)では、「茫乎たり」・「太平」の反復、一・三行の「の」の脚韻、一行めの「り」や三・四行の「し」の行内韻で、七五調を生かしたリズムを形成している(17)。

一方、語彙のレベルでは俗語が一掃され、対句、韻律、訓読調(12)、民権論語彙としての漢語の使用、漢文の序詞によって、『自由詞林』は漢文脈に接近する。

(12a)　いかでかは（瑞）

(12b)　自由なくんば死せんのみ（自二）

(12c)　死しぬ可んば死せんのみ〔自三〕

ところで、井上哲治郎・外山正一・矢田部良吉『新体詩抄』（一八八二・八）は、新体詩は「易読易解」「平々担々」の「俗語」（井上哲治郎「新体詩抄序」）、すなわち「我邦人ノ従来平常ノ語ヲ用ヒテ（略）新体ノ詩ヲ作リ出」（矢田部良吉）そうとした。だが、『自由詞林』の漢文脈七五調(18)は、詩的言語の俗語化＝透明化に対する詩的フォルマリスムの側からの抵抗(19)を意味しない。一八八〇年代には日本漢詩は隆盛を極め、詩語便覧『佩文韻府』（鳳文館、一八八三）の刊行で中国古典詩語が普及し、江戸漢詩と違って和習が排された。また、明治前期における漢詩文の再興は、鈴木貞美氏は、高級な言語芸術・知的著述である〝(polite) literature〟と、経史の学と漢詩文を中心とする立派な文章としての「文学」とを同義の概念として対応させたとする(20)。西洋をふまえて近代国民国家日本を建設する際に、西洋諸国と対抗しうる文学的伝統の創出・重視が図られるからだ。その意味で、『自由詞林』の漢文脈七五調は、伝統の創造と対応した近代国民国家の詩的言語の創出と言えよう。

5 民権戯曲

1 自由民権の演劇・戯曲

自由民権運動では政治小説の劇化や民権劇の政治小説化・創作が行われた。

明治初年には、佐倉宗吾を主人公とした義民劇が各地で行われており、戸田欽堂『民権演義情海波瀾』（聚星館、一八八〇・六）にも劇中劇として取り込まれている。義民劇の普及は、松沢求策『民権鏡加助《かがみかすけ》の面影』（一八七八起稿、一八七九追補、「民権鏡嘉助の面影」『東洋自由新聞』一八八一・三・一八〜四・二八）の上演・院本化(1)や小室案外堂の政治小説『東洋民権百家伝』（大橋忠孫、一八八三・八〜八四・六）の院本化として小室案外堂「法燈将滅《ひはくらし》高野暁《たかのあかつき》」（『日本立憲政党新聞』一八八三・四・二〇〜五・二四）・「義人伝淋漓《なみだの》墨坂《すみざか》」（『自由燈』一八八四・七・三〇〜九・九）を準備した。また、アルフレッド大王伝の院本化として戸田鉄研『薫《かおる》兮東風《こち》英《はなぶさ》軍記』（増田三郎、一八八二・一二）がある。

一方、歌舞伎も現代風俗劇（散切物）や史劇に民権戯曲を取り入れた。特に当時の大阪劇壇では半数が散切物である。史劇には、河竹黙阿弥「夢物語蘆生《ろせいの》容画《すがたえ》」（新富座、一八八六・五、藤田鳴鶴『文明東漸史』報知社、一八八四・九）、古河新水「文殊智恵義民功」（新富座、一八八六・一二、『東洋民権百家伝』）、河竹新七「勤王美談筑波曙」（市村座、一八九六・四、高瀬真卿「名高嶺筑波旗揚」『東北新報』一八八〇・五）、河竹新七「倭仮名経国美談」（東京座、一八九七・七、矢野龍渓『斉武名士経国美談』報知新聞社、一八八三・三〜八四・二）等があり、一八九二年に上演が見送られ約二〇年後に「安政奇聞佃夜嵐」（市村座、一九一四）として上演された古河新水「新舞台安政奇聞」（深野座）は、赤井景韶・松田克之の脱獄事件を旧幕時代に置換したものだ。また、現代劇には、一八八二年六月に堀詰座で上演された馬鹿林鈍子・鈍々編『九《く》寸《す》五《ご》分《ぶ》金華雷光《きんかのいなづま》二十三年《にじゅうさんねん》浪華真変《なにわのまさゆめ》東洋《あづまなだ》自由曙《じゆうのあけぼの》』（高知出版会社、同・八）、勝諺蔵「夢余波徴兵美談」（弁天座、一八八八・一、案外堂「夢の余波《なごり》」『朝日新聞』一八八〇・一〇・一七〜一二・一六）、一八八七年四月に角座で上演された勝諺蔵『演劇脚本雪中梅高評《うわさ》小説』（中西貞行、一八九四・七、末広鉄腸『政治小説雪中梅』(2)博文堂、一八八六・八〜一一）等がある。会話が口語体の『雪中梅高評小説』で言えば、原作と比して趣向面を取り入れ政論面を排除して成立した。この点で、小笠原幹夫氏は、旧派が欲望的個人の技巧的描出を目的とし、稗史的虚構と古風な小説的粉飾に力点を置いていると指摘する(3)。

新派の政治劇としての壮士芝居・書生芝居は、以上の自由民権の演劇化という背景に支えられて出現した。壮士芝居は、一八八八年一二月に角藤定憲が大日本壮士改良演劇会を名乗り新町座で「耐忍之書生貞操佳人」（角藤定憲『剛胆之書生』大華堂、一八八八・九）・「勤王美談上野曙」（大阪事件）を上演し旗揚げした。書生芝居は、一八九一年二月に川上音二郎が卯の日座で「板垣君遭難実記」・「希臘歴史経国美談」を上演、四月には上京し中村座でも公演した。いずれも、会話は文語体で、歌舞伎式である。

これに対し、依田学海「政党美談淑女の操」(4)（『都の花』一八八八・一〇〜一二）は、男女合同改良演劇済美館として、口語体の会話と女俳優千歳米坡を起用し、一八九一年一一月に吾妻座で上演された。

このように概観するならば、壮士芝居・書生芝居の民権劇としての特権的地位は再考されねばならない。おそらく、歌舞伎から新派へというジャンルの交替ではなく、歌舞伎と新派のジャンルの並存として、事態を捉えるべきだろうが、もはや本書の領域を超える。

次節では、『民権鏡加助の面影』を分析する。『民権鏡加助の面影』は、一六八六年に松本で発生した貞享騒動（加助騒動）(5)を題材に、「義民の人の為め無理圧制を訴へて貴重の性命を犠牲にし終に幾分の自由を得たる其大略」（「民権鏡嘉助の面影」序）を描き、一八七九年二月松本常磐座を皮切りに塩尻鳳鳴座、穂高の豪農邸宅等の長野県各地をはじめ一八八〇年三月の国会開設期成同盟大阪大会で上演され、大阪公演では松沢求策自身が加助を妻お民に大阪の名妓小豊が扮し、大新聞に院本が連載される等の点で、壮士芝居・書生芝居以前に民権家が作成・上演した本格的民権劇と言えるからである。

2 『民権鏡加助の面影』の構造

『民権鏡加助の面影』は全十段だが、現存する『民権鏡加助の面影』は加助処刑前後の七〜九段や五段末・夢の場末を欠き、『東洋自由新聞』掲載の「民権鏡嘉助の面影」は五段以降を欠く。『民権鏡加助の面影』梗概(1)を掲げる。

(1) 家老土方義平は、水野家横領を目論み、決起の軍資金のため増税を決める〔大序〕。農民は年貢減免を求めるが、代官加藤五右衛門・三輪松右衛門達は増税を通告する〔2〕。一揆勢をなだめた中萱村名主多田加助は増税廃止を嘆願し、家老鈴木主馬が嘆願をかなえる家老一同の書付を与える〔3〕。主馬失脚・書付返却で捕吏に追われる加助は河を渡り、弟彦之丞と再会する〔4〕。自宅で加助一家が捕縛される〔5〕。主馬は牢で嘉助から書付を受け取り幕閣に訴える〔6〕。悪事が露見し土方は切腹し、藩主水野忠直の乱心のため水野家改易となる〔10〕。水野周防は、嘉助の祟りで水野家の命運が尽きたという夢告を受ける〔夢〕。

「民権鏡嘉助の面影」は、『民権鏡加助の面影』を院本化するための増補・改変があるが、両者のストーリー展開は同一だ。大きな改変の一つに、三輪松右衛門・加藤五右衛門の来訪前の加助邸の下男掃助の洒落がある。掃助は、『民権鏡加助の面影』では代官は放光寺から来たといい、「民権鏡嘉助の面影」では親骨子骨がないから代官はこないという。前者は大根（代官）が放光寺名物のためであり、後者の親骨子骨は扇の骨（または煮串・箸）を指し嘉助父子の不在を寓する。この場合、前者は長野の観客を対象に身近な地域名を用い(6)、後者は全国の読者を対象に一般的な道具名を使ったと考えられる。

『民権鏡加助の面影』の民権理念表現は、(2)に限られる。

(2a) 聖人も言ひし如く民は国の本なりき民あればこそ君も有り上下の分限定まりて勢ひ同じからざれば下より上のあやまちを責める事はならざれども道理をなして考ふれば百姓互ひの争ひや妨げをなす悪者をしらべてもらふその為に作りし内より幾分の租税を納めて吾々を雇ふて置くも同じ事然るに其雇ひ賃を雇ひ主の定めたより余分によこせと言ふ時ハ雇ふた主人が立腹して苦情を言ふは無理ならず〔3〕

(2b) たとえ賤しい身の上でも好くとすかぬはこつちの自由あなたが二本さすならば私も二本簪をさし〔2〕

(2a)は一揆をなだめ加藤に増税撤廃を嘆願する加助に、家老鈴木主馬が嘆願許可の書付を渡す際の言葉で、(2b)は加藤に横恋慕された、加助の弟彦之丞の恋人お静が拒絶する際の発言である。(2a)は「民惟邦本」（「五子之歌」『書経』）を根拠とし、傍線部は『社会契約論』的な農民武士関係の把握であり、農民の為政者への批判を天賦人権論的に肯定的に捉える。(2b)は、恋愛の自由＝意志の自由の主張である。

むしろ、『民権鏡加助の面影』総体から解釈される自由民権性を考えたい。『民権鏡加助の面影』等の義民伝的民権文学は、かなり強固で類型的な枠組みを持つ。例えば、『民権鏡加助の面影』を構成する挿話の一部は、佐倉宗五郎伝承に接近する。具体的には、船頭梶六・棹蔵が命がけで捕り手から嘉助を救い法を犯して渡す四段目は、渡し守甚兵衛の挿話に対応する。宗五郎は、直訴直前ではおたずね者であり、ひそかに妻子に別れを告げ、渡し場に戻る。このとき、捕り手に出会った宗五郎を渡し守甚兵衛が救って渡す。この挿話は、瀬川如皐『東山桜荘子』（一八五一）に登場して以来(7)、宗五郎伝承には欠かせない挿話となった(8)。他にも五段目の子別れ、十段目の水野忠直の乱心などがあり、『東洋民権百家伝』所収のテクストにも類似挿話は多い。そこで共通する設定・枠組みは、自己を犠牲にして人々を救い民権を回復するというものである。義民の現世的身体・資本・価値のすべての剥奪という代償（または危険性）によって自由民権の価値は上昇する。自由民権は身体・資本の交換物であり、自由民権を実現・招来する義民という主体は常に男性を前提とする。男性の身体は自由民権を達成する資本である。この設定上の特徴から、『民権鏡加助の面影』は、義民性＝〈男らしさ〉を伝達する装置として、「義によつて死ぬるは男の本意」〔5〕などのように男性性＝義民性を顕現させる。

また、義民性は、自由と専制、正義と不正の葛藤によって作成される。『民権鏡加助の面影』は、農民と武士との間に生じる対立・闘争という劇的な葛藤を描く。発端の増税はストーリーの全進行過程を決定する。葛藤のすべては発端で導入された善悪・正邪の対立で形成され、自由民権／専制の二元論的含意を構築する。

第一に、支配層内部の陰謀派と正義派の対立。『民権鏡加助の面影』のストーリー系列の一つは、酒色におぼれる水野忠直の暗君ぶり、土方義平の水野家横領の陰謀とそれを阻止する鈴木蔵人・鈴木主馬という「お家騒動」(9)である。御家騒動的話型は「義人伝淋漓墨坂」・川上音二郎「希臘歴史経国美談」（一八九一・七検印）などでも見られ(10)、「法燈将滅高野暁」での高野山の悪僧と若干の善僧という人物配置もこれに類似する。また、大序は、蔵人が忠直を諫めて失脚する過程を描く。土方一派の陰謀は、上層部が公正な善政の実現を阻害する点で有司専制の喩となる。蔵人は「たとへ御咎め掛るとも厭はぬ」と懸命に諫言し、忠直は「誠の忠臣ならば何とて主命を用い（略）ずしておれが存慮をたつて通すを汝は忠義と思ふか」と蔵人を追い払う。忠直は、君命違反＝不忠という自身の考えを変えず、君命違反と不忠とは違うという蔵人の申し開きをまったく聞こうとはしない。この場面は、松本藩指導者の腐敗を描き、圧制政府に正論が通用しないことを含意し、十段目は専制や不正が最後には打倒されることを含意する。

『民権鏡加助の面影』の第二のストーリー系列は、支配層・武士と被支配層・農民の対立から構成される。二段目での楡村名主善平と加藤・三輪の論争では、善平は、不作を訴え「お慈悲」で減税を求めるが、加藤は増税を通告し批判は手打ちにすると発言を封じ込め「浮世は金次第」と賄賂を要求する。善平は、農民が「一国こぞつて乱をなさば」武士も危険であり為政者といえども無謀な政策はできず、「百姓あつての御地頭」であり農民が主体だと抗弁し、加藤は反論できず善平を追い払う。善平が期待する儒教的仁政思想は、人民主権の主張と連結する。一方、加藤は、自己に批判的な他者を力で押さえ付ける横暴な圧制政治家の喩である。また、三段目の加助と加藤の対決では、加助は一度決定した内容は秩序維持・安定のため変更するのが困難だが、情け深い藩中枢部は、何度も誠意を込めて嘆願すれば必ず聞き入れてくれるという嘆願戦術をとる。だが、「詞を尽し利を尽し涙」を流しながらの加助の嘆願も空しく、加藤は強訴の計画性を疑い「命がいらずバ百姓共勝手に騒動致して見よ」と要求を認めない。加助・善平が農民のために献身的に尽力し論理的に主張する正論が通らないことで、加藤は、反感・憎悪の対象となる典型的な悪役として造型されている。

このように記述した『民権鏡加助の面影』の戯曲構造は、受容の仕方を指示している。戯曲テクストは、舞台構築のシステムを利用しつつ、その舞台の解釈の仕方、受容の様式をも形成する。『民権鏡加助の面影』の受容様式とは、受け手が義民達の苦闘に親しみ、圧政への怒りに浸ることである。苦闘がやがては報われるテクスト構造は、不正への抗議に安心して身を委ねられることを保証する。共感・怒り・憤慨等の情動的要因をテクスト解釈の主軸に位置づける受容様式は、受け手に自由民権の情念を励起させられる。『民権鏡加助の面影』は、圧制・専制に対する反発と自由民権に対する共感とが心情的に強化されるテクスト構造なのである。

6 フランス革命史論

1 『政理叢談』における「史論」と「文学」

『政理叢談』は、一八八二年二月から翌年一二月にかけて、中江兆民の仏学塾から発行された政治理論誌である。誌面は、政論門・理論門・法論門・史論門・文学門に分類される。

『政理叢談』の自由民権思想を中江兆民「民約訳解」とともに担い、修辞的な表現で読者にフランス革命像を提示したのは、史論門での潤松晩翠(1)「仏蘭西大革命の原因一名西海《せいかい》血汐《ちしほ》の灘」(2)(『政理叢談』一八八二・二～八)・「仏蘭西大革命史」(『政理叢談』一八八二・一〇～八三・一)・「自由の旗揚」(『政理叢談』一八八三・五～八)と、文学門での潤松晩翠「自由の恢復一名圧制政府の転覆」(『政理叢談』一八八二・五～七)である。

文学門には他にフランス国歌の翻訳「馬耳塞協士歌」(『政理叢談』一八八三・四)、史論門には他にJ・ブラック＝ド＝ラ＝ベリエール「近代社会主義の歴史起源」(『社会主義』一八八〇)の翻訳・無署名「近世社会党ノ沿革」(『政理叢談』一八八二・三～七)、無署名「仏王十六世路易の獄を記す」(『政理叢談』一八八三・五～一二)がある。ただし、晩翠テクストは、その分量・時期の両面で、『政理叢談』の史論門・文学門の中心に位置づけられる。

(1) 口々に言はねど通ふ誠心は、甲より乙の伝信機、丙より丁に、何の間にか[一]、二心なく[二]、身を堅め[三]、世を[四]、何時[五]迄も、睦まじく[六]、何をも蚊をも[七]、矢武雄の[八]、苦労娯楽を[九]、与にせんと[十]〔1〕

(2) さてまた義党の人々は。今日こそ自由恢復の戦なれ。仮令《たとひ》此身は死して自由の鬼となりぬとも。生きて再び暴君の。下には立、じと潔き。言葉をかはす益良雄か。正々の陣を布き。堂々の旗を春風に。飄かへしてぞ勇ましく。城に向つて進みける〔3〕

『政理叢談』は漢字カナ混じり漢文訓読体だが、文学門・史論門は基本的に漢字かな混じり戯作体である(3)。飛鳥井雅道氏は、「西海血汐の灘」の表現(1)は史論門が「読みものの扱い」(4)であることを意味し、「院本」〔序〕の「自由の恢復」との表現(2)との親近性から、「当時の表現における『正史』と『稗史』の区別を、どこに求めるかは、きわめてあいまい」(5)だと、指摘する。ただし、異なるジャンルに属するというジャンル観は、第一次的には原著の違いが反映していると考えられる。エルネスト・デュヴェルジエ・ド・オーランヌ氏夫人『通俗フランス革命史』(6)（一八七九）の翻訳である「西海血汐の灘」・「仏蘭西大革命史」・「自由の旗揚」と、アルニー・ド・ゲルヴィル「自由の回復」（一七九一）の筋書きの翻訳である「自由の恢復」との違いを反映している。さらには、実在的世界に対応することを前提とする歴史的な物語である「稗史」が「史論」に、それを前提としない虚構性の強い物語が「文学」に対応する。

本章の目的は、晩翠テクストにおける「史論」と「文学」を個々のテクスト間の関係を整理することで概観することにある。そこで、まず「西の洋血潮の暴風」と「西海血汐の灘」の関係を革命像から検討する。次に「自由の恢復」の「文学」的機能を考察する。「仏蘭西大革命史」と、その「続編」〔1〕である「自由の旗揚」を本章では〈仏蘭西大革命史〉と総称するが、最後に〈仏蘭西大革命史〉と「西海血汐の灘」との関係を革命像を中心に分析する。

2　「西海血汐の灘」における革命像

『自由党史』には「革命文学の流行」の記述(3)がある。

(3)　新聞紙の論調は、婉曲陰微に赴き、一種の革命文学なる者を孕胎するに倒れり。或は仏蘭西革命時代の惨史、魯国虚無党の悲劇を小説に編して、『西の洋血潮の曙』と称し、『自由の凱歌』と称し、『鬼啾々』と名け、以て筆墨の外に人心に伝神することを勉め、或は政談演説を廃して講談演芸に托し、巧に法網を脱して思想の啓導を勉むるにあり

おそらく、『西の洋血潮の曙』は、桜田百華園「西の洋血潮の暴風」(『自由新聞』一八八二・六・二五〜一一・一六)、馬鹿林鈍子・鈍々編『東洋自由曙』(高知出版会社、一八八二・八)や「西海血汐の灘」等が融合して誤記されたタイトルだろう。「西の洋血潮の暴風」と「西海血汐の灘」は、大革命を物語内容とする共通点がある。また、板垣暗殺未遂を物語内容とする『東洋自由曙』は革命前夜の白色テロを描く点で革命史の一齣に位置づけられる。この限りで、三つのテクスト・イメージを共通のカテゴリーに属させる回顧的な視点が『自由党史』の叙述には存在する。飛鳥井氏は、「西海血汐の灘」の「西の洋血潮の暴風」への「影響関係」(7)を指摘する。だが、宮村治雄氏は、「西の洋血潮の暴風」がフランス革命を「専制抑圧」に対する反抗として捉えようとするテクストなのに対し、「西海血汐の灘」は「西洋『理学者』の継続的な思想的営みへの関心を抱く必要のあることを、可能な限り平易な文体で表現」(8)したテクストであり、両者には根本的な対立性が存在すると指摘する。

そこで、「西海血汐の灘」の革命叙述を検討する。「西海血汐の灘」の挿話配列は、〈民衆蜂起→宗教改革→大革命〉であり、革命蜂起を強調している。その大尾(4)にも大革命への熱望がある。

(4)　噫噫革命や〳〵、汝果して何為者《なんするもの》ぞ、能く圧制政府を顚覆して之に代るに、自由政体を以てしたる、我が仏蘭西国の、今日斯く安寧盛隆なるを得るは実に汝の賜物なり、謝せすんはあるへからす、然れども汝長く西国に逗《と》繋《どま》らじ必ず将に東洋諸州に至りなん、噫噫革命や〳〵、汝果して何為者ぞ、我等汝に因つて大寶を得たり、曰く以レ正レ易暴矣〔6〕

(4)では、フランス革命が東洋、日本の現代に接続することが予告される。外国史叙述のみで閉じた完結よりも、テクストの開かれた煽情性を、より強く持つことになる。「西海血汐の灘」は、フランスの大革命を明治日本の自由民権運動と連続的に捉えている。

ただし、「西海血汐の灘」は、「大革命の事の濫觴《はじまり》」を「時の政事の正からす、暴逆無道の処置多く、徭役賦税の一ならぬ、苦し紛れに為ん方なく、かくなり行きしと云ふもあれと、爾るに全く左はあらて、源遠く根も深き」〔1〕と語るように、革命を一時的失政・圧政への反発としては捉えない。また、志士的な粗暴な直接行動への批判(5)もある。

(5)　浅智の輩《ともがら》は、無理な理屈を附会《こじつけ》て、大行は細謹ヲ顧みすと、大度気取りの生気《しゃうけ》なし、夜狐が言はする出放題、遂には其身の災難と、なるとも知らぬぞ愚なる〔3〕

「西海血汐の灘」の説くフランス革命像は、一六世紀を淵源とする思想史的系譜、人間がその「本心良知」のより十全な完成をめざし試みた持続的な精神の営みの全過程(6)として提示される。

(6) 上は千五百年代に遡ぼり、下は今世に至る人心、一向正義自由を宗とし、不正無道は言ふ迄もなく、道に背ける事とし云へば兎の毛の芒に置く露程も、為さす容れざる大正大義を、其身の標準とするに至れるも、畢章本心良知の為せる業ならすや〔1〕

例えば、「千五六百年代の宗門」は神の前での平等を説いたが、「理学者」は「人たる者は死して平等の人たらば生きても何か平等ならざるへき、天の覆ふ所、地の戴する所、何れの人が、自由ならざらん自由は天に得たる者」と、「理に理を推して」〔2〕「妄想臆説を排斥なし、人民智識の進路を開き、正義自由の道筋をつけ」〔3〕た。また、レイブニッツの「我に教育を与えよ、世界の面目を一新して、見せんず」〔3〕という啓蒙の自負と、「まて霎時、人智の進まん其れ迄と、理学者か独り心の内に秘め置きて、真理をは述へつ、駁しつして、人民知識の進歩をぞ待居〔4〕たという慎重・堅実な実践が語られ、「千七百年代」には、遏爾的児《ウオルテール》・孟得士瓜《モンテスキユ》・婁騒《ルーソー》が「本心の自由」・「従政の自由」・「平等の権」を説き「人倫を明にし民権を皇張する学問の基礎をぞ建」〔5〕てたとする。

一方で、「西海血汐の灘」中盤の革命蜂起叙述〔7〕は、「西の洋血潮の暴風」の革命観とまったく相反するわけではないことを意味する。

(7) 自由にならぬは浮世の自然、広ひ世界に我か爺々親《て、おや》は、運の尽かや罪咎無きに、鉄が柵《しから》む身の憂き辛苦《つら》さ、つらき思は親のみならて、血をば分けたる私の心、何の此世に長生《ながら》へて、親の幸苦を余所に見ん、看よや鉄石丈夫が魂日本魂は他国の事よ、我は仏国人民魂、行けや進めや一歩も退くな、獄窓の内からのぞくは誰ぞ、私の爺々や汝の爺々御、親は子を見て子は又た親を見つ、こほすは血の涙、涙斂めて劔戟とぎすまし、進め〳〵の声諸共に、壕は深くて土堤《どて》高けれと、屍填《かばね》みて徒渡る、退くな〳〵と必死の軍《いくさ》遂に親子の対面は、目出度く共和と新まる〔4〕

「私」は、「罪咎無きに」牢獄に捕えられた父を救出するため蜂起する。「私」の決起は、専制抑圧への異議申し立てだ。この点は、修辞的な文体と共に、「西の洋血潮の暴風」と類似する。「西海血汐の灘」は、専制抑圧への反発の淵源に哲学の発展による精神の発達史を描く修辞的テクストとして捉え直される。

3　寓言としての「自由の恢復」

「自由の恢復」は、学士の、「人民の自由権利を、保護せんが為」に政府があり、その「政府の労を報ゆる」〔1〕ために租税があるというの天賦人権論の啓蒙に人民が目覚め政府に反抗し、君侯は軍備を増強し対抗するが、県令が君侯の腹心となり「陰かに人民の内援」〔2〕をしたため、君侯は一揆に敗北し人民の講和が「立憲政体を建つる事」〔3〕を条件に成立したが、君侯の弾圧計画を察知した人民は再び蜂起するという物語である。

テクストは、序(8)の寓言論が示すように寓言として語られる。

(8a)　荘周か寓言《つくりこと》も什に八九は真かと、思ふばかりの法螺を吹くも、法螺に似たるの真あれば、寓言とても捨つべからず、さりとて悉くハ取るへからす、取るべきは取り、捨つへきは捨つるぞ、真の道理

(8b)　人を困むれは己を困むるの敵あり。さても忌〳〵しき浮世かな寧与《いっそ》此身を擲棄《なげす》て。無何有の郷とかやへ。卜居《やどかへ》したなら。自由自在の逍遙もなりぬべき歟と。思ふなりとは是れ荘周を気取る似是《えせ》寓言、果たして什に、八九を

信せらる、やらん、更に知る由もなし

(8a)は、虚構テクストである寓言にも高い普遍的真理性、論理的妥当性があり、一方で真理も世界で実現していない場合には非現実的と把握される。世界での実現の程度から真理を確定するのではない。(8a)は、虚構テクストから必要な真理を取捨選択することを要請する。また、(8b)は、作用が反作用を生む応報の世界の不自由さに他の世界に自分が移れば自由になれるという。(8b)は、世界を変えれば自由をえられるという含意を持つ。

「自由の恢復」は、「君なるものは（略）天より降臨坐したる天神《あまつかみ》の子孫にもあらす。地より湧出させ給ひたる地祇《くにつかみ》の種子にもあらす。（略）我々同等の人間ノ子なり」だという君主制を批判する一方、「共和政体を組織《くみたつ》るには。素より各自《おのおの》公平無私にして。仁義を主《むね》とする其人なからんは。仮令一旦之を組織てぬにも。無程土崩瓦解の浅猿しき。景《さ》状《ま》となりなん」と「唯々一途に理論のみに泥渉」〔3〕ることをも批判し、最も妥当な方略として立憲議会制定(9)が提示される。

(9) 善良なる政府を立つるは国会を開くにあるなり国会未た開けす憲法未た制せられさるの国は仮令治平無事なるも、何んぞ是を善良の政府と云はんや〔1〕

だが、テクストの帰結(2)が示すように圧政への対抗として共和革命が示唆される。

「自由の恢復」は、バスチーユものを原作とするが、フランスを指示する言葉はない。「自由の恢復」は、フランスでも日本でもない地球上のどこかの国の革命の物語だ。「自由の恢復」の無国籍性は、歴史的・地理的制約に捕われない、真理の普遍性を提示する文学的方略である。

4　〈仏蘭西大革命史〉という再・語り

「仏蘭西大革命史」は、顕理《アンリー》三世の労働権管理による労働者の苦難から過爾的児・孟得士瓜・斐騒等の啓蒙を経て、路易十六世治下の財政危機打開のための国会開設までを描き、「自由の旗揚」は、王室・軍隊・貴族・僧侶等の干渉を排した国会でのミラボー、シエイエス等の活躍による平民勢力拡大とバスチイユ奪取を経て憲法制定へと向かう経緯を叙述する。〈仏蘭西大革命史〉の叙述対象時期は「西海血汐の灘」と重なる。

「仏蘭西大革命史」は、「言の葉は、聴いて益なき綷ならず、一には栄枯特質盛衰興亡の道理を理会《さとり》、一には人民自由の権あつて、各其国を主とるを得るの道理を会得《さと》らん」という前提のもと、「仏蘭西国大革命前後の、栄枯得失」を「尊卑貴賤の階位」の存在から「一切衆生平等無差別」〔1〕にいたる経緯を叙述する。また、「自由の旗揚」は、「仏国大革命の起源《をこり》」に「『バスチイユ』と云へる廓を奪略《うばいと》りたるを着手」〔1〕に挙げる。特に、「自由の旗揚」⑽は、革命・反乱の原因を専制抑圧に置く。

⑽　国の乱る、や必ず之に依るの因果あり驕奢放縦《きやうしやはうしやう》にして民を窮《くる》しむるは其因にして誅戮殄滅《ちうりくてんめつ》を招くは其果なり民は素《も》と治を愛して之に趣くこと猶ほ水の卑下《ひき、》に就くが如くなるも一旦その安寧幸福を傷《きずつく》る時は忽ち沸騰して一国を禍乱の彊《さかへ》に沈めり之を古今に鑒みるに邦に騒乱あるは民の求て作すに非して概ね他より作さしむるなり〔1〕

「西海血汐の灘」が哲学発達史を叙述の主系列とするならば、〈仏蘭西大革命史〉は人物の器量と平民・特権階級との力関係の相関として叙述を構成する。叙述様式も「西海血汐の灘」の豪傑訳に比べると、〈仏蘭西大革命史〉は直訳に近い。この点で、〈仏蘭西大革命史〉は、「西海血汐の灘」の語り直しと言えよう。

7 自己表象

1 民権家の自己表象

まず、自己表象テクストを、自己の経験を表象するテクストと簡素に定義しておく。自伝、回想録、私小説、自伝詩、日記、自己描写、ライフヒストリー等は、自己表象の様々な下位ジャンルとなる。なかでも、自伝は、ライフ・ヒストリーが具体的な調査対象者を設定してインタビューを行う対面的相互作用に基づき、私小説が虚構性が強いジャンルなのに対し、一般的に、他者の媒介なしに経験が直接表現されると考えられた。換言すれば、自伝の著者は、自己の経験を自分の意志と判断で自発的に能動的に表現していると目され、自己表象の代表ジャンルに位置する。

本章が取り上げる民権家の自己表象は、民権家の活動意図の探求のために読解されることが多く、民権文学研究の対象にはほとんどならなかった。政治小説・民権詩歌に限らず、自由民権運動の中から生まれた創作的・情趣的著述を「自由民権運動文学」と総称する岡林清水『増訂自由民権運動文学の研究』（土佐史談会、一九八七・一）もそれらを「実録文学」と区分するにとどまる。まして、表現レベルでの本格的検討は、関礼子「福田英子『妾の半生涯』の語り」（『語る女たちの時代』新曜社、一九九七・四）等に限られる。このため、自由民権の自己表象をめぐる解読格子もほとんど準備されないまま、安易に通俗的な近代文学観・アイデンティティ観から事象を裁断していく事例が見られた。

例えば、色川大吉氏は、植木枝盛・馬場辰猪は自伝を「三人称で他人事のように描き」、田中正造・玉水常治・松山守善は「一人称で包み隠さず描いている」とし、三人称自伝の「形式はモダンなのだが、内容は型にはまって陳腐であり、文章家なのに、かえって生彩を欠いている」(1)と評し、『植木枝盛自叙伝』で失敗談が語られないことから、「彼は自由民権運動の挫折、それによる多くの同志たちの受難と民衆の非常な苦しみをどう感じていたのか疑わしくなるほど、この自伝は楽天的」(2)だと批判する。だが、前者の批判は、当時の自伝の伝統では三人称が通例である点であたらない。また、後者も西洋型自伝観に基づいて告白・懺悔を三人称の自伝に求める強引な倫理批評である。

また、米原謙『植木枝盛』（中公新書、一九九二・八）は、Ｅ・Ｈ・エリクソンのアイデンティティ形成論を参照しつつ、精神分析的立場から、幼児期・少年期の体験などを重視する視角を採用し、自伝・日記からなる自己表象を解読した。米原氏は、「四歳前後は精神分析学者が幼時体験としてもっとも重視する年齢であ」り「この時期に、枝盛がとくに母親との関係で悲劇的体験を味わったことは、かれの性格形成に決定的刻印を残した」(3)ため、「枝盛が他者との良好な信頼関係を築け」(4)ず、また「枝盛にとって父性はあまり弱く、自己同一化する対象にはなりえなかった」ため、枝盛は「アイデンティティの対象」に「新時代の価値の体現者として天皇」(5)に注目したという。だが、もともと、エリクソン『幼児期と社会』（みすず書房、一九七七・五〜八〇・三）・『自我同一性』（誠信書房、一九八二・二）のライフ・サイクル論は、性衝動を理論の中核に据えるフロイト精神分析の影響下にあるが、精神分析がいわば身体的・生物学的側面を重視し、幼児期決定論的な立場にあったのに対し、エリクソンは対人関係・社会的義務等の人の社会的側面を強調し、生涯全体を発達過程としてそれぞれの時期に固有な成長の契機があるとする。また、エリクソンの説は近代西欧文化でのみ有効であり、アイデンティティ形成と危機とは必ずしも連動するわけではない(6)。この点で、米原氏の仕事は、第一にエリクソンのアイデンティティ概念の有効射程を超えた拡大適用、第二に精神分析の図式への還元は精神分析が曖昧で多様な情報を後づけで何でもあてはまる反証不能性を持つために客観的論述には適さない、という欠陥を持つ。

民権期の自己表象の従来の評価・分析はその解読格子を含めて再考を要する。本章は、自由民権の自己表象をめぐる理論的諸問題を検討する。自伝を主とした自己表象の表現を支える形式とその意味作用の考察を行い、どんな形式の枠組みで自己表象が構成されているかを見ていきたい。その際、様々なジャンルの形態を検討し、自伝以外の自己表象の下位ジャンルにも目を配る。また、自伝を、時間、そして自己と他者、人称という三つの視角から、経験を表現することがどんな意味作用を持つのかを捉えたい。そこで、民権期を対象とした民権家の様々な自己表象テクストをジャンル分析し、民権家の自伝の下位様式である一人称の自伝と三人称の自伝について検討する。次に、民権家の自伝を自伝たらしめる物語運用論上の規則である自伝契約を検討し、自伝契約と相互作用的な操作概念である物語的自己同一性の問題を考察する。自伝契約と物語的自己同一性は自伝行為の両面であり、自伝行為は本来的には同時代読者を対象とする。そのため、最後に民権家の自伝行為をめぐるメディア空間の動態を分析する。

2　自己表象のジャンル

明治初期の自己表象には、自伝、回想録、疑似伝記、日記、自己描写、調書等の様々な様式がある。本節では、フィリップ・ルジュンヌ『自伝契約』(7)(水声社、一九九三・一〇)を参照枠として、それらの様式的特徴を素描する。

自伝は、(1a)「実在の人物が、自分自身の存在について書く散文の回顧的物語で、自分の個人的生涯、特に自分の人格の歴史を主として強調する」(PA16)テクストである。ルジュンヌの自伝定義は四つの自伝条件(1b)を満たすことが要請され、ある条件のみが欠落するテクスト(1c)は隣接ジャンルに属することになる。松山守善『松山守善自叙伝』

（私家版、一九三三）で例示しよう。『松山守善自叙伝』は、松山守善が、一九三一年の語る現在から〔四ｂ〕、一八四九年の出生からそこにいたるまでの自己の生涯〔二〕を、守善である「余」〔三、四ａ〕を主人公にして、回顧した散文物語〔一〕である。

(1b) 一 言語形式 ａ）物語 ｂ）散文
二 取り扱う主題 個人的な生涯、人格の歴史(8)
三 作者の立場 作者（その名前は実在の人物を指示する）と語り手の同一性
四 語り手の位置 ａ）語り手と主人公の同一性 ｂ）物語の回顧的視点（PA17）

(1c) 回想録〔二〕、伝記〔四ａ〕、私小説〔三〕、自伝的な詩(9)〔一ｂ〕、私的な日記〔四ｂ〕、自画像・エッセー〔一ａ・四ｂ〕（PA17）

まず、日記は、一般に、不連続の記述形態に属する、形成されつつあるテクストである。ただし、日記も「書かれる事柄と、書く行為のあいだに完全な同時性はな」(10)い。これは二つのことを意味する。例えば、植木枝盛『植木枝盛日記』（一八七三・二・一五〜九二・一・三）(11)の叙述は、概ね即日記述だが数日まとめて記載する場合(12)(2)もあり、また(2b)のように即日記載されてもその日の出来事を記載する語りは回顧的なのである。

(2a) 此夜代言試験に時刻を失し、こと敗することほ夢む（一八八五・九・一八）
(2b) 本日代言試験の所与遅参したるを以て斥けらる（一八八五・九・一九）

いくつかの日記を概観しよう。片岡健吉『日記』（一八七一・四・一〇〜一九〇三・一〇・二一）(3a)は、作者＝主人公を指示する主語がなく、行動・出来事への主観的評価もない。小野梓『留客斉日記』（一八七九・一・一〜八五・一〇・八）(3b)では、自己を指示する一人称主語「余」は、ほとんど登場しないが、感慨を述べる箇所等で時々使用される。岸田俊子『獄ノ奇談』（一八八三・一〇・一二〜一九）は、「妾」で自己を指示し、八日間の獄中体験を感慨を込めて叙述する。しかし、叙述の目的(3c)からもわかるように、獄中の日々の同時記録ではなく、釈放後の回顧による記述である。また、『留客斉日記』は一八八一年以降は漢文だが、馬場辰猪"Diary"（1875.1.1〜1888.10.31）(3d)のように英文で書かれた日記もあった。これら日記の多くは公刊されず、せいぜい写本として回覧される程度であり、読者圏はきわめて限定されている。一方、保安条例で東京を退去する過程を描く尾崎行雄『退去日録』（一八八七・一二・二六〜八八・一・三二）(3e)は、一八八八年二月に書かれ集成社・博文堂から同年四月に刊行された。

(3a)　午前六時横浜着　同日東京行銀坐壱丁目七番地西本信良へ泊ル（一八八三・一一・一）

(3b)　考祖・先考、共に其日記ありて我々子孫を利するもの太だ多し。其事後人倣ふべし。是れ余の之を作る所以なり

(3c)　妾ガ知己朋友ハ、未ダ世上ニ馴ザル人ノ多ケレバ珍ラカナル事ハ之ニ過タル事ナキノ思ナシ、我モ我モト獄中ノ其有様ヲ話サン事ヲゾ求テ止マザレバ、多時ノ際一々話スニ遑マナケレ。獄ニ繋ガレシ事ノ緒モ弁セテ茲ニ筆セン。

(3d)　I went to Oakland with Mr. Tailor. Boarding $50/Ferry &c. $0.50/ Scissors $1.00/ Drawn $30 from Mr. Nabekura.（1886.7.6）

(3e)　退去日録を作つて他日の考資に供す

これらの日記の特徴は、漢文・英語系では一人称主語を省略することが多い点にある。日記の伝達回路が、日ごと

に自分に反省的に立ち向かい、自分を意味づけるという書くことを媒介とした〈私〉－〈私〉コミュニケーションと、事実の記録を重視し、子孫など後代の他者に有益であろうとする〈私〉－〈他者〉コミュニケーションの二つからなるとすれば、(3b)・(3c)・(3e)は後者を有標化しているが、人名と出来事もしくは会計の備忘録である片岡・馬場の日記もまた後者に比重があると見るべきだろう。しかし、多くの日記の読者圏は狭く私的に限定されており、さらには日々の第一次読者が自分であることによって、作者＝語り手＝主人公＝読者という主体の自明性が一人称主語を省略しうる文脈を形成していると考えられる。

次に、自己描写は、自分の肉体的・精神的特徴を簡潔にまとめるジャンルであり、エッセーは、自分の感想や自分自身についての考察を思いつくままに述べていくジャンルである(13)。様々な場所で、偶然に心に感じたことや読書後の随感、日々心に思うこと等を筆録した、長短八七〇余編の文章からなる語録集成であり、「精神上の葛藤や思想の発露や思考の過程を示す内面的な日記」(14)と評される植木枝盛『無天雑録』(一八七七・一二・三〇～一八九一・七・二四)(4)は日記形式の自己描写・エッセーと言えよう。

(4) 予善ク貪ル、書ニ於テ甚ダ貪ル／予自由ヲ好ム。自由に反スル事ハ、天地間ニ在リトアラユル神々ニ誓ヒテ之ヲ拒絶セン／出来ルト云フコトヲ先キニ立ツルトキハ方便ハ随テ生ズベシ。出来ヌト云フコトヲ先キニ立ツル故ニ方便アルコトモ方便ヲ失フ也(一八八〇・七・一〇)

ところで、一八八〇年代の調書は官憲と被疑者との問答形式であり、被疑者が自己の言動を述べる「口供」には「自分」(15)の素性や過去の出来事を語る部分が、ごく一部含まれる。(5)は奥宮健之「名古屋事件関係調書」(一八八五・一・一二)である。

(5)問　年齢産地ハ如何。
答　年齢ハ牛年ニテ則チ旧ニテ廿八年ナリ。産地ハ高知県土佐国土佐郡布池田村ナリ。
問　従前ヨリ平民ナルカ。
答　元ハ士族ニアリタルモ明治十二年中現時ノ原籍エ分家ノ際平民トナリタリ。
問　父母兄弟妻子等ハ之レアルカ。
答　父母ハ既ニ死亡シ兄両名妹壱名之レアリ。妻子ハ未タ無之。尤モ自分ハ一名一戸独立ニ有之タリ

しかし、調書は、物語ではなく〔一a〕、題材は事件が大半の分量を占め自分の生涯ではなく〔二〕、官憲が作成し被疑者が同意する点で、被疑者は作者＝語り手としては二次的な位置に後退する〔三〕。

この第三条件は、作者と著者名が異なる自伝や、書き手と作者が異なる自伝も存在する点で、再考の余地がある。前者は、林有造が監獄内で執筆した草稿を坂崎紫瀾が編纂した鏡水漁人『林有造氏旧夢談』（嵩山堂、一八九一・八）だ。テクストでの「余」は林有造であり紫瀾ではない。後者は田中正造の口述を記者が筆記し掲載にあたって正造が手を加えた「田中正造昔話」（『読売新聞』一八九五・九・一～一一・二四）である。また、複数の様式を混合するテクストもあった。竹内綱晩年の草稿「竹内綱自叙伝」は、一八三九年から一九一一年に渡る「余」＝竹内の生涯を題材とする自伝だが、主題は竹内が関わった政治的事件にある点で回想録でもあり、一方では「北清漫游日記」（一九一〇・四・一～六・二〇）・「朝鮮金剛山ニ遊ブ」（一九一一・五・一一～七・四）という日記もそれぞれ自伝の一章となっている。

おそらくルジュンヌに従えば、民権家の自伝形式の自己表象はほとんどが回想録となるだろう。回想録では作者は証人としてふるまう。作者の個性は個人的な視点に現われるが、叙述の対象は作者の帰属する社会的・歴史的集団の事件・出来事である(16)。例えば、島本北洲『夢路の記』（無可亭、一八九一・六）は、保安条例によって退去し大赦に

よって帰京するまでの経緯を、詩文を織り込み、政府高官への不満や過去を追憶した感慨を描く。『夢路の記』は、詩文のやりとりに見られる感慨が叙述の中心だが、物語の時間的振幅が保安条例施行・大赦の三年間である点で、回想録となる。また、玉水常治『自由か死か』（白揚社出版、一九三六・七）は、「自由党大阪事件加波山事件志士玉水常治自伝」の副題を持つが、一八八四年の加波山事件の発端から、大阪事件での逮捕・脱獄と三年程の逃避行、大赦後の自首を経て八九年に帰郷するまでを描く。時間的振幅が、出生から執筆する現在に近接する時点までを含む長期にわたる場合も、植木枝盛「植木枝盛自叙伝」(17)（一八九〇・二）小野梓「自伝志科」(18)（一八八四・一二）・福田英子『妾の半生涯』（東京堂、一九〇四・一〇）・馬場辰猪“The Life of Tatsui Baba”（1887.11）等、政治的活動が叙述の中心を占めるテクストは多い。政治的事件と直接対応した自己の生を描く、または政治的事件にいたるまでの自己の前半生を描くこと、これらは、ルジュンヌの第二条件の違反であり、自伝ではないとされるだろう。

だが、自伝とは、語る現在の時点から、自己の生涯の体験の記憶を想起し、その中から自己の生の軌跡を表わすのにふさわしいエピソードを選択・配列して表現するテクストだとするならば、これらのテクストが政治活動を行う自分の生涯を表現するのにふさわしい題材・主題でテクストを織り上げている点において、ルジュンヌの第二条件も再考の余地がある。

本節では、ルジュンヌの自伝条件(1b)に基づき民権家の自己表象テクストを概観しつつ、さらに(1b)自体をも逆照射する手法をとった。その結果、(1b)の諸条件は必ずしも必須ではない場合があった。そこで本節では、(1a)を改め、(1d)として自伝を定義し直すことにする。

(1d)　実在の人物が、自分の個人的生涯を題材として自己の体験を回顧的に意味づける物語的テクスト

もっとも、ルジュンヌも、(1b)の不十分さを承知しており、自伝が成立するための基本条件として、「自伝が存在するためには、作者、語り手、登場人物の同一性がなければならら」（PA18）ず、それは「言表行為のレベルで引き受け

られる同一性」（PA30）を前提とすると主張している(19)。ルジュンヌによれば、作者が物語行為の中で作者自身と物語テクストの語り手、物語世界内の作中人物の関係を公表し、ここで自伝契約を結んだテクストのみが自伝とされる。そこで、次に民権家の自伝の基本様式を概観し、その後の節で自伝の物語運用論上の規則である自伝契約を検討する。

3　自伝の様式と人称

明治初年の自伝は一人称と三人称のいずれでも表現された。後者の場合は隣接ジャンルである伝記との境界が曖昧であり、また必ずしも人称面の統一がなされているわけではなかった。本節では、一人称の自伝の基本的枠組みを整理した上で、三人称の自伝の語りの特徴を浮かび上がらせることにする。

まず、『妾の半生涯』をもとに一人称の自伝の語りを支える時間と自己の枠組みについて記述する。第一の時間の枠組みは、過去と現在の双方向的な編年体のベクトルと、過去よりも現在に重点を置く現在中心主義からなる。編年体とは、過去の経験を古い年月から新しい年月へと時間継起順に記述することである。『妾の半生涯』の場合、「妾は八九歳の時、屋敷内にて怜悧なる娘と誉めそやされ、学校の先生達には無邪気な子と可愛がられ、十一二歳の時には」〔1〕という語りで始まり、八～九歳から一一～一二歳、一五歳、西暦でいうと一八七四～五年から七七～八年、八一年というように、英子の年齢で自己の経験の流れを区切り、個々の生の局面に起こった出来事を記述している。

編年体の記述は、二つの時間を持つ。一つは過去から現在へと向かう時間である。『妾の半生涯』の第一次物語言説で最も古いのは八歳であり、そこから語り手の現在まで、昔から今に向かって進行してくる時間である。もう一つは現在から過去へと向かう時間である。過去を「回顧」（はしがき）することは、現在の位置から過去を記憶からイメージ化することだが、ベクトルとしては現在いる「妾」の位置を基点として過去を遡っていることになる。『妾の半生涯』は、これら二つの過去と現在の逆方向の時間ベクトルが補完的に組み込まれている。もう一つの現在中心主義とは、作者＝語り手＝主人公である「妾」の時間の捉え方である。関氏によれば、『妾の半生涯』は、冒頭の「はしがき」に代表される語りの現在と、十年代を中心とする語られる過去、「獄中述懐」や末尾の「日本女子恒産会設立趣旨書」などの政治的言語という理想の実現への運動という未来投企性の時間という、三つの異なる時間から織られている(20)。これらの時間は、三種類の現在に他ならない。過去は記憶として、未来は期待として、現在の人の心の内部に存在している点で、自伝における時間とは、現在を中心として主観的に捉えられるべき事象である。

『妾の半生涯』は、大阪事件前後を叙述の中心とするが、英子の「回顧を充たすものは」「行ひし事とて罪悪ならぬはなく、謀慮《おもんぱか》りし事として誤謬ならぬはなき（略）羞悪懺悔、次ぐに苦悶懊悩」だ。にも拘わらず、「敢て半生の経歴を極めて率直に少しく隠す所なく叙せんとする」のは「新たに世と己れとに対して、妾の所謂戦ひを宣言せんが為め」（はしがき）だ。記憶から想起された出来事は、英子が「社会主義者として、自らを規定し世間一般に宣言」(21)するという一連の政治的戦術・価値観の存在によって現在の連続性が付与される。社会主義という現在の英子が抱く思想が『妾の半生涯』における過去を語る基盤となっている。現在の政治意識がたどれるものに基づいて、過去の出来事を現在の英子に向けて指示し、過去から現在へのつながりを明らかにし、現在の自己を支える手掛かりとしている。語り手は、過去の経験を語るが、現在という時点にこそ中心があることになる。

第二の自己の枠組みは、態度変更と自己正当化に基づく二つの自己の対照からなる。『妾の半生涯』は二つの自己で構成されている。物語られる人生の前半と後半は対照的に区分されており、前半の自己と後半の自己とは異なる。例えば、前半は「政権の独占を憤れる民権自由の叫びに狂せし」自己であり、後半は「赤心資本の独占に抗して、不幸なる貧者の救済に傾ける」（はしがき）自己だ。大阪事件後一家上京に至る前半は「マダム・ロラン」・「ルイーズ・ミシェル」(22)・「ソヒヤ・ペロースキ」(23)・「ジヤンダーク」(24)等に比せられる順境の時期であり、変心した重井と別れ福田友作の未亡人となり困窮する後半は「災厄頻りに至る」(12)逆境の時期だ。佐伯彰一氏が「女語りの二重性」(25)と呼ぶ、『妾の半生涯』における行動家的な目的論と女性生活者としての言葉の対峙も、二つの自己の対照と重複しよう。対立する二つの自己は、政治的・社会的・地理的移動によって主体が新たな意味システムを獲得し、その意味システムによって自己の経験が再解釈され、自己の人生が新たに秩序づけされる態度変更によって生じる(26)。語る現在に接続する後半の自己への態度変更によって、前半の自己の言動は「徒に感情にのみ支配せられ」〔2〕たものとして否定的にカテゴリー化される。

自伝は、そのような態度変更によって構築された自己を他者に呈示することが動機づけられている。『妾の半生涯』の「はしがき」(6a)は後述する自伝契約の一つだが、そこでは妾の「宣言」の伝達対象としての読者が想定されている。

(6a) 敢て半生の経歴を極めて率直に少しく隠す所なく叙せんとするは、強《あなが》ちに罪滅ぼしの懺悔に代へんとには非ずして、新たに世と己れとに対して、妾の所謂戦ひを宣言せんが為めなり

『妾の半生涯』は、少なくとも読者を二種類以上想定している。一つは自己に批判的な読者であり、自己を自由民権運動の闘士と目するような読者である。それは、官憲や、さらには三角関係の相手として変名表示された重井・泉等も含んでいる。それに対し、語りはそうした自己像を修正し、自己の真意や正当性を主張しようとする。同時に、『妾の半生涯』は自由民権問題に限定されない、より広範な読者を想定している。『妾の半生涯』は、民権家時代を否定し、日本女子恒産会設立の「趣意を貫」き「誠を尽」すことで、より多くの賛同者を獲得しようとする。このもう一つの読者は、『妾の半生涯』が活字印刷によって出版・流通することを前提として想定される。第二の読者は、英子が世間に流布された自己をめぐるイメージを修正・払拭するために率直にありのままに叙述した自己像から、個々の解釈によって英子像を理解し、賛同者・支援者となることが期待される。

このように見るならば、一人称の自伝で、過去と連続した自己を確認する正当化がはかれるのは時間のフレームが構成されているからであり、他者に対してたえず自分の思う自己を呈示して自己を維持していく正統化は自己と他者

のフレームに基づいた意味作用である。正当化は自己の存在の保証と安定、現在の自己の支持、二つの自己の一貫性を与え、正統化は主観的アイデンティティの正当化と自己の自己像を正しいとする意識である。

ところで、三人称の自伝とは、主人公が三人称で指示される自伝を指す。(7a)は「植木枝盛伝」(27)（一八七九・九・九）、(7b)は「植木枝盛自叙伝」からの引用だが、そこでは主人公は「先生」・「氏」と呼称されている。一方で、「植木枝盛自叙伝」には一人称主語「吾」が用いられる箇所(7c)もあったが、その場合は語り手を指示している(28)。

(7a) 先生方七歳之秋従母而往浮津是為旅行初。

(7b) 父母之れを譴責し児よ試に世間を一観せよ誰か児の外に児の如きことを為す者ありやと云はば氏は必ず之れを応へて云ふ外に児の如きことを為す者あらざれば児は何故に児の如き事を為すべからざるか児は決して斯の如きの道理あることを領せずと蓋し之れ等の時よりして既に自家独得の一天地を有したることを知るべし〔1〕

(7c) 氏は是等の未刊書に就きて會て折々人に語りて曰く是般の著書中には余り遠からず出版に附するものもあるべし併し其中の或る部分をば予が存命中に必ず之を刊行するものと定め居らず寧ろ仙遊したるの後に至つて、始めて発版せらるることを期するものも無きにあらずと此事や吾其の果して如何んかあるべきやを知らざるなり〔9〕

この点で、「植木枝盛自叙伝」は異質物語世界の自伝だが、語り手の明示されない「植木枝盛伝」は等質物語世界か異質物語世界かは区別できない。これは、古代漢語における三人称の呼称が、語り手と作中人物の一致不一致に非関与的であること、すなわち等質物語世界と異質物語世界とが、言語の形態に示差的に表示されないという特徴が、自伝と伝記の区別を無効にしていることと対応する(29)。

この三人称の自伝の場合も時間と自己のフレームは存在することを、「植木枝盛自叙伝」で説明する。まず、編年体の過去から現在へというベクトルは、(7d)「植木枝盛君は安政四年丁巳の歳正月二十日を以て土佐の国土佐郡井口村中須賀に生る」〔1〕という〇歳から八歳・一〇歳・一一歳……と、植木のライフステージでの出来事を記述する。また、(7b)〜(7c)の傍線部や(7e)が示すように過去の事象は現在から想起・意味づけして記述される。

(7e) 氏は民権家なり、又民肩家なり。民の権利を拡張し、民の肩上を安全ならしめんことを熱心に企図せずんばあらず。茲に酒屋会議の一条は氏が履歴中に於て乃ち忽視すべからざる所なれば、今其顛末を考へて左方に掲載すべし〔15〕

さらに、(7b)〜(7c)・(7e)は過去や未来の出来事を現在からの自己像の意義づけと関連づけて提示していることになる。特に、違法と合法の曖昧な境界すれすれで展開した過去の輝ける闘争経験である酒屋会議は、現在の民権家としての自己に結実する。酒屋会議の合意事項は、当事者たる植木には既知の事柄である。しかし、現在の政治闘争に不利益になるような情報は(7f)傍線部の如く隠蔽される。これら酒屋会議を初めとする植木の様々な活動の記述は、自己の現代の闘争の栄光と持続を他者へと含意する(30)。

(7f) 蓋し此の如くに是般の談話を陸地に於てせず而して河上に於てしてしものは警官の追跡を避けたるなり舟中に於てするものは却つて陸地に於てするよりも悃情を惹き易く晩鴉過別村の頃桜宮辺に遡りて互に胸襟を開きたる真味は迚も筆舌の尽すべきに非ざりしならん此時に於て便ち如何なる約束の整ひしや否やは未だ傍人の知る所にあらざりき〔15〕

また、態度変更は、あるとすれば、(7g)と(7h)の間に見られる。

(7g)　氏の年八歳なるに及び父之れに向ひ少しく習字読書の二科を授けんと為したりしが、氏は其の父に対し謂つて曰く児は決して習字を欲せず、又決して読書を欲せず且つや児に於て万々之れを要せざるなり父よ唯だ一個巨大の鉄棒を児に与へられよ児は這の鉄棒に憑《よ》つて万事を做《な》し了すべし其の智者不智者強者弱者富者貧者に対する一に只だ這の鉄棒を以て之に抵《あた》らんに果して何の不可なることかあらんと左れば其の父母に於いては頗る之を憂へ百方術を加へて漸く其学に就かしめたりしとぞ〔1〕

(7h)　十五歳の時夏七月よりは県庁の為めに公費を以て致道館入塾生を申付られ転《うた》た感奮して一層学事に勉励することと為り是れよりは唯り漢学のみならず翻訳書をも併読することとなり大いに智見を広むるに至りしとぞ〔2〕

八歳の時点での勉強嫌い(7g)から一五歳の時点での学習意欲(7h)という形で、植木の態度変更がなされる。このため、語られる過去の大部分を占める政治活動を展開した青年期以降の時期は、語る現在と政治的姿勢・価値観が共通する。語る現在と語られる過去の態度がほぼ共通する結果、語られる自己は「一貫して正しく、自分自身の変化を振り返る、かつての自分とは異なった自分がかつての自分を見るという自己省察はまず見られない」(31)ことになる。ところで、中国古典文学の自伝は、自己の探求よりも、同時代から理解されない自分をなんとか理解してもらいたいという「世間に対する自己弁明」（CA40）を目的とするという。ルジュンヌは、三人称の自伝が「絶大な自尊心なり、ある種の謙遜なり」（PA20）を持つと推測するが、この場合、テクストが自己の過去への批判的意味づけを必要としない以上、過去の自己への記述は自己の活躍の列挙となる。したがって、主人公が、隠者の場合には自己弁明となり、政治家の場合には自己宣伝となると考えられる。

4　自伝契約と解釈戦略

ルジュンヌは自伝の基本的特徴として、読者がテクストを自伝として読解するために作者が提示する自伝契約を挙げる。自伝契約(6b)は、「表紙の上の作者の名前を最終的に指示する、テクスト内でのその様な同一性の表明」（PA31）として現われる。

(6b)　1　自伝契約の際に、作者－語り手の関係のレベルで、暗黙理に。その契約は二つの形をとり得る。即ちa）一人称が作者の名前を指示することについて、疑問の余地を全く与えない題名の使用。b）テクストの冒頭の節において、語り手が、作者であるかの様に振る舞って読者と結ぶ契約。その契約の仕方から読者は、「私」が、表紙に記載された名前を指示することについて、その名前がテクストの中で繰り返されない場合でさえも全く疑問を抱かない。

2　語り手－登場人物が物語自体で自分を呼ぶ名前であって、表紙に記載された作者名と同一である名前のレベルで、明白に。（PA32）

自伝契約は、明示的なレベルでは、物語の伝達において、指向対象との対応に関わるテクストの「誠実さ」を守るという倫理的契約を指す。だから、自伝契約とは、テクストで物語られる内容が作者自身の経験の事実に基づいていることを、作者のテクストに対する態度表明としてテクスト内で明示するという、語りの誠実性条件を守ることである。その際の作者・語り手・登場人物の三項関係を抽出したのが(6b)である。ただし、多くの場合、自伝契約は、「本当らしい」物語の形式からあまり逸脱しないことを約束するという、著者と読者の暗黙の契約の形で現われる(32)。

ともあれ、作者が物語運用の中で作者＝語り手＝作中人物という関係を公表し、作者と読者が自伝契約を結んだテクストが自伝と見なされる。そこで、(1e)には、自伝契約を組み込んだ自伝定義を掲げる。

(1e) 作者が物語運用の中で作者＝語り手＝作中人物という関係を公表し、作者と読者が自伝契約を結んだテクスト

民権家の自伝にも自伝契約をテクストに明示したものがある。

(6c) 余は泰西人の為す所に倣ひて自ら吾が伝を筆し之を後人に伝へんと思ふこと久し。既にいぬる明治八年の頃に其筆を下し始めしかど、其後故ありて止めたり。今又其念を興したけば次第に其志料を輯めばやと思ひてこの筆作を始めぬ。茲に書き載することは、先日の筆記、南嶺翁の会話、萱堂の物語れること共、さては余の自ら記憶をもし自から記しても置きつるものなどに就き、余が伝とも成べき事柄を綴りたるなり。されば余の得失皆な挙げて遺さず、其得は益々拡充して之を大にし、其失は自から警戒して之を避け、皆な余が大成の種子にせばやと思へり

(6d) 試みに此の世の中を通観するに其の性行の我《わ》が如きもの殆んど罕《ま》れなり之れを上智なりと云ふべからざるも亦《ま》た別に一機軸を出したるものと云ふべきか嗚呼上帝は何の思ふところありてか尋常《よのつね》一様の模型《いかた》の外に出て偶《たま》ま我が如きの大奇物を造り出したるか世の人果して上帝の深意如何《いか》んを知らんと思はば此の一篇を通読したる後其の判断を下すを得べし若し夫《そ》れ薤路《がいろ》一消棺を蓋ふの時に及ばば我れ将さに此の一篇を捧げ進んで上帝の前に頓首再拝し高声大呼某《それがし》は前生に於て斯る行為をなし又た斯る思想を懐きたりと揚言せんとす故に此の篇中に於ては我が生涯の事実を一切直筆明記して掩ふところなく罪悪といへども減削せず功徳《こうどく》といへども加乗せず賞揚すべきものあり貶斥《へんせき》すべきものあり時に或ひは卑陋《ひろう》賤《いや》しむべく時に或ひは高義貴とむべきあり是れ我が真面目《しんめんもく》にして世の人此の一篇を繙《ひもと》かば宛《さな》がら我が胸中を見るが如くならん嗚呼上帝よ願くば其の坐側《ざそく》に我が無数の同胞兄弟を召し

集へ某が陳述を聞かしめ某が猥行醜態を聞て自づから戒しめ某が艱難窮苦を聞て自づから奮はしめよ其れと同時に某は決して尋常一様の模型にて造り出されざりし大奇物なるを知らしめよ〔12〕

(6c)は「自伝志料」の、(6d)は宮崎夢柳「仏蘭西太平記鮮血《ちしほ》の花」（『自由燈』一八八四・五・一一〜七・二七）でギルベルトが読んだルーソー〈告白〉の「草稿」の、冒頭部だ。(6c)は、「余が大成の種子にせ」んとするため、「余の得失皆な挙げて遺さず」に「余が伝とも成べき事柄を綴」ったとする。自分の成長のために自己の体験の成否をすべて誠実に叙述したと語ることで、一人称の語り手「余」＝作者「小野梓」＝登場人物「余」という同一性が確保される。(6d)は、自己の個別性＝卓越性の提示と自らの行動を読者の教戒・奮起へと結びつけるために、「我が生涯の事実を一切直筆明記して掩ふところな」いと語ることで、一人称の語り手「某」＝作者「ルーソー」＝登場人物「某」の関係が作られる。これらは、(6b)の1bを満たすことで自伝契約をテクストに刻印している。また、「植木枝盛自叙伝」・“The Life of Tatsui Baba”・『自由か死か』・「竹内綱自叙伝」・「田中正造昔話」等は、(6b)の1a「自叙伝」・「自伝」や作者名を書名や副題に組み込むことで作者＝語り手＝登場人物の同一性が構築される。

ところで、疑似伝記とは、陶淵明「五柳先生伝」に代表される、作者＝語り手と作中人物とを、故意に別人物のように仕立てた異質物語世界によるテクストだ。民権家の疑似伝記としては、中江兆民『三酔人経綸問答』（集成社、一八八七・五）がある。ルジュンヌに基づく定義(1e)をもとに『三酔人経綸問答』を考えてみる。自伝契約が『三酔人経綸問答』にあるとすれば該当するのは(6b)の2である。表紙・奥付の著者名「中江篤介」と、扉の著者名「南海仙魚」は「著」という文字で結ばれ、一方で、扉の著者名「南海仙魚」は登場人物名「南海先生」と「南海」が一致することで結ばれる。

むろん、虚構の登場人物の議論を展開する『三酔人経綸問答』を自伝や疑似伝記と見なすことには異論もあろう。そもそも、『三酔人経綸問答』は、ルジュンヌの自伝契約を満たさない点で、自伝ではない。しかし、南海先生を兆民とする読解も従来存在した(33)。もちろん、南海先生の政治思想は予め確立し固定しており、一般的自伝のように自己の政治的・思想的遍歴が描かれるのではない。他の登場人物との対話も、それぞれの正当性は留保されるが、ともかくも先生の思想の輪郭を描くのである。また、南海仙魚という名は人物の特徴を集約している。「南海」は登場人物が自由民権運動の揺籃の地である土佐の出身者である民権家、ひいては兆民自身を指示すると共に、「仙魚」は現実の人間界から遊離した境遇にある人物を指示する一方で、さらには兆民自身をそのような人物としても定位する。固定した自己像を描く点で、『三酔人経綸問答』は自己描写テクストだと言えよう。これは「五柳先生伝」型自伝に概ね共通する。

「五柳先生伝」型自伝は、伝の冒頭に記されるべき名前や出身地さえもわからないとして、伝の形式をパロディ化している。伝の形式をとりながら、故意にそれから逸脱することで、諧謔的、戯作的なテクストが成立する。その先駆となる東方朔「非有先生伝」は、内容は議論が主で、人物の経歴や事跡を記す伝とは一見異なる。「非有先生伝」は『漢書』巻六五「東方朔伝」では「非有先生論」とも表記される。また、阮籍「大人先生伝」は、『世説新語』棲逸篇の劉孝標注「竹林七賢論」では「大人先生論」と表記されるが、特異な人物を形象する。いわば、架空人物は作者の議論を展開するための装置である。テクストにおける「論」・「伝」の共存は、「伝」・「論」のジャンル境界の曖昧さを示している。だから、重点が、議論にあれば「論」に、人間にあれば「伝」になる。『三酔人経綸問答』の場合、問答が中心のため「問答」となるのである。また、嵇康『聖賢高士伝賛』は、実在の(と信じられた)理想的人物について記された伝記である。

架空であれ実在であれ、これらの人物の伝記は、作者の「かくありたい」という願望が託されているテクストである。「五柳先生伝」は、内容的には隠逸の境地を慕った人物としての自画像を提示し、現実への抗議・反抗は希薄だ。したがって、「五柳先生伝」型自伝は、「虚構性と実在生を同時に備え、自己の伝でありつつそれを他者として記述し、作者自身の生活の事実に沿いつつ同時に理想願望の実現でもある」(CA77)という両面性を持つ。「五柳先生伝」型自伝は、語り手が主人公はどこの誰か知らないと言明するが、知らない人物のことを叙述できるはずがないという伝達における質の格率の違反、主人公と作者との共通点、主人公と作者を同一視するジャンルの規範的解釈戦略等の諸条件から、作者が主人公であることを含意するテクストである。自伝性が解釈として起動する「五柳先生伝」型自伝は、「冒頭の命名からして読者をからかい、読者もからかわれ、はぐらかされることを承知で読む。書いてあることが作者の事実であるか否かは保証の限りではなし、読者もそれを直接の関心とはしない」(CA93)ことを最大公約数とするテクストである。

『三酔人経綸問答』も酒飲みの隠逸者・南海先生を主人公にし、「斯社会の地理を知らず」と現実世界とは異なる物語世界であることを提示しながら、三人の政論の内容が日本をめぐる国防・政体論であることを含意させることで、物語世界と現実世界との脈絡を作り上げ、同時に作者・語り手・主人公の解釈的同一性によって、南海先生を兆民その人と目する従来の解釈方略を支援したと思われる。むろん、これはあくまで解釈の支援であって、一方では『三酔人経綸問答』は南海先生の虚構性によって両者の断絶を示唆している。

『三酔人経綸問答』や「五柳先生伝」型自伝が示す自伝契約の解釈依存性は、ポール・ド・マンの自伝観とも呼応するかもしれない。ド・マンは、自伝とは、「テクストが誰かに〈よる〉ものであると明言され、そのかぎりにおいて理解可能であると考えられている場合にはかならず起こってくる著者の存在性へのより一般的な主張」を明確化したものであり、「あらゆるテクストにおいてある程度生じる、読みや理解の比喩」(34)だとする。しかし、この見解はジャンルや解釈戦略といった通時的・局地的な文学慣習の形成・変容を無視している。文学コミュニケーションにおいて慣習実践としてジャンルは区分され解釈規則が運用される以上、個々の文学現象の局面で文学慣習はある一定の効力と共に、他との相互作用によって変異する可能性も持つ有契的な姿を示すだろう。可能態としての自伝と物語運用の局面での自伝とは同一ではない。故に、この解釈依存性は、同時代言語文化状況と関連を持つ自伝行為によってもたらされたものとして捉え直される。

もともと、ルジュンヌの自伝契約は、自伝の伝達戦略と相互作用的な関係にあるテクスト生成＝解釈規約であり、物語論に作者を導入する試みでもある。これは、自伝契約が物語行為と刊行行為を直接対応させたためだ。「社会的に責任のある実在の人物であると同時に、言説の生産者である者」（PA28）たる作者は、一般に、自らが書いた自伝に全責任を負う。自伝の内容を問われることがあれば、その責任において、作者は、説明・訂正・沈黙等の解釈を行いうる存在である。この場合、内容を問う読者とは、テクスト執筆または刊行時点の読者と現代の読者とを区別しない。だが、この二種類ないし三種類の読者が等質であると考えることはアナクロニズムだと言えよう。

一九世紀末の民権家と二〇世紀末の読者の間には正しい意味での自伝「契約」は成立しない。したがって、むしろテクストがあてられた一九世紀末から二〇世紀初頭の読者の観点に立つ必要がある。一般的な自伝とは、「私はこうであった」と述べる自伝表現行為と「私はこうであったことを保証する」という自伝内容保証行為からなる自伝行為によって構築されるテクストだ(35)。自伝の作者は、自己認識を自伝テクストに表現し、その内容を保証すると共に、自伝テクストの解釈によって構成される。つまり、自伝作者の自己同一性は物語的に構築される。そこで、次節では、物語的自己同一性について検討する。

5　自己同一性の物語的構成

物語をめぐる時間的経験の検討から、リクールは、語りによって確認される自己同一性である物語的自己同一性という概念を提出する。物語的自己同一性とは、「主体は彼が自分について自分に語る物語において自己認識することで得られる自己同一性である。」(36)

この物語的自己同一性を明らかにするには、リクールの二つの自己同一性に言及する必要がある。リクールによれば、自己同一性には〈同一性としての自己同一性〉と〈自己性としての自己同一性〉という二つの種類がある。〈同一性としての自己同一性〉は「私とは何か」という問いの答えが「私は愛国家だ」「私は国会議員だ」となる自己同一性であり、「私とは誰か」の答えとなる、赤ん坊から成長して老人にいたるまで変容しない〈私〉の存在のあり方としての自己同一性を〈自己性としての自己同一性〉という。前者の実体的な自己同一性に対し、物語の行為項として物語り／物語られることによる形象化と再形象化の全体からなる、「物語テクストの詩的制作から生じる力動的同一性のモデルに合致した時間構造」（TR449）に基づく自己同一性が、物語的自己同一性となる。

リクールは、物語的自己同一性の典型が自伝だとする。自伝は、語り手としての作者が物語の中の作者としての登場人物の人生について、読み手としての作者に向かって語る物語であり、主体である語りとしての作者は語りを通して彼の自己認識にいたるという。ライフ・ヒストリーやナラティヴ・セラピーの語り手も同様と言えよう。

主体は、「自分の人生の読み手であると同時に書き手として構成」され、「人生物語は、主体が自分自身について物語るあらゆる真実もしくは虚構の話によってたえず再形象化され続け」（TR449）る。自己理解は一つの解釈であり、人生物語は解釈学的循環による自己理解の特権的なメディアとなる。この点で、物語的自己同一性は、絶えず変容する不安定な同一性であり、自己性の問題を捉えきることはない。例えば、自己維持は、他者がその人を信頼できるようにふるまう仕方であり、誰かが私を信頼するゆえに私は自分の行動について他者に対して責任がある。このような倫理的責任が帰属する主体においてのみ、物語的自己同一性は自己性と一致する。そこで、リクールは、自己をめぐる倫理的解釈学を構想する。リクール『他者のような自己自身』（法政大学出版局、一九九六・六）は、主体を無媒介的・直接的に措定せずに反省的に捉えるため、自己同一性を〈自己性としての自己同一性〉と〈同一性としての自己同一性〉に区別し、多義的な他者性を自己性の構成要素として把握し、人生の物語的統一は物語的自己同一性が付与された人を倫理的主体とすると説いた。

このような物語的自己同一性をめぐる問題意識を精神療法に実践したのがナラティヴ・セラピーである。ナラティヴ・セラピーは、社会構築主義の立場から、物語的自己同一性を、「新しい物語を対話によって創造することであり、それゆえ、新たな主体となる機会を拡げること」(37)として捉える。ナラティヴ・セラピーでは、さらに、物語的自己同一性を、第一に「自分が他人とどう違うか」という問いの答えとなる他者と自己の相違点、第二に「自分は誰と同じか」という問いの答えとなる他者と自己の共通点、の二つの点から捉える。このうち、前者は、一般的な自伝の特徴と目される。ところで、E・H・エリクソンも、アイデンティティが、①自己がそれ自身に対して同一・連続であることの個人的知覚、②それを他者が認知していること、③自我統合の同一的・連続的方法が他者にとって自己が同一性・連続性を持つことを確保すること、という三つの側面を持つと説いていた。①②を併せたものが個人的・人格的アイデンティティ、③が自我アイデンティティであり、エリクソンはこの自我アイデンティティの統合機能を重視する(38)。この点でエリクソンのアイデンティティ概念は、人の個体を個人的であると同時に社会的な力関係の中で捉えると同時に、人の発達、世代の再生産等の問題として捉える射程を持つ。だが、自己同一性が、「一定の世界のなかへの位置づけ」(39)として定義されるならば、物語的アイデンティティは、一定の物語世界の中への位置づけとして捉え返される。そこで、第三に「自分は何に属するか」という問の答えとなる、その人の生まれた家柄、育ち、経歴等、その人に備わる属性も、物語的自己同一性を構成しよう。中国古典文学の自伝が家系の記録を持つのは、彼らのアイデンティティに必要不可欠な要素だからである(40)。これは、物語的アイデンティティの第二の用法と相互補完し、「植木枝盛自叙伝」(8a)・"The Life of Tatsui Baba"・「竹内綱自叙伝」等の家柄・家系・先祖の叙述、「自伝志料」末尾の歴任役職の記載(8b)として現われ、自由民権の自伝の特徴の一つを構成している。

(8a) 父は其初め高知藩士にして植木弁七と称へ藩主豊範公の御祐筆を勤め、今は即ち高知県士族の籍に在りて直枝と改名し居れり。母名は佳女、土佐の国安芸郡の人稲垣種吉の長女なり。氏の幼少なるに当り氏の家は別に富みたりと云ふにあらざるも、亦甚だ貧しきにあらず、其の格式は御小姓組にして、四人扶持二十四石を領し差中《やや》等の藩士にてありたり。

(8b)　十年攻沾の月に於て発せられたる減租の詔に依て影響せられ、一月十一日諸官省の大少丞を廃し、余も其職を解かれ、又た民法家の副長となる。二月一日に及んで兼て太政官少書記官に任ぜられ法制局専務を命ぜらる。（略）十一年の年初照査課詰に転じ再び辞職の事を申したり。（中略）四月二十七日元老院書記官に転ずる事となりたり。（中略）後復た転任の沙汰あり。同年十二月六日太政官少書記官に任ぜられ法制局専務を仰せ附けられたり〔41〕。

物語的自己同一性の観点からは、「植木枝盛伝」・「植木枝盛自叙伝」(8c)・"The Life of Tatsui Baba" 等、民権家の三人称の自伝末尾での自己規定は、次のように捉えていくこともできるだろう。

(8c)　a□□□に於けるの植木氏は自由主義の植木氏なりb□□□に於けるの植木氏は愛国家の植木氏なりc社会に於けるの植木氏は改革家の植木氏なりd婦人問題に於けるの植木氏は女権論の植木氏なりe一家内に於けるの植木氏は父母あり未だ妻なきの植木氏なりf明治二十三年に於けるの植木の植木氏は齢三十三の植木氏なり〔20〕

植木の自由党規約草案では「我党は自由の主義に適合するを本意」〔13〕とし、『民権自由論』・『言論自由論』・『自由詞林』等を刊行したこと、「予は自由主義者なり」〔17〕という発言の記録が、(8ca)に対応する。愛国社・愛国公党での活動、大隈外交を批判する「条約改正如何」、や「慷慨義烈の志士が鞠躬尽力改革の大業を謀り粉骨虀身報国の志を貫かんと欲し」〔9〕た文書集録『報国纂録』の刊行は、(8cb)に対応する。一方、第十九章での自己描写(7i)は、良心の尊重によって不正を憎み、道理を追求しようとする。この道徳の遵守が社会改良につながるとする。

(7i)　氏は自己を主とすること最も甚だしき所の人なり（略）氏は潔白清明を愛し清く良心を貴ぶの人なり（略）氏

は正直なり故に又不正に怒り不義を悪むこと甚だし（略）氏は著しく道理の観念に富み何事に対しても自から一の道理を思考し且つ勉めて其の道理に依拠せんことを欲するの人なり（略）蓋し氏の如きは一時に顕栄にして万古に凄涼たるを屑しとする者にあらず又徒に政治家を以て任ずる人にあらず寧ろ一時は寂寞たるも道徳に棲守せんことを期し寧ろ流俗に嘲罵せらるるも改革に先鋒せんと欲するの人ならん歟〔19〕

この(7i)や、新聞記者として紙上で「社会の改良に属する一切の問題を懇切痛到論明論断し」〔8〕た経歴は、(8cc)に対応する。また、(7j)での語られる過去における女権論の刊行や発言、語る現在からの寸評は(8cd)に対応する。

(7j) 明治二十二年九月に於て「東洋之婦女」と題する一書を知人佐々城豊寿女史の意に任せ同女史に託して出版せしめたり此の書も氏が両三年以前より記述しありたるものにて男尊女卑の状態男尊女卑の原因及び其の結果其匡救の策婚姻及び夫婦婦女世間の交際婦人女子の将来等を最も誠実最も熱心に論叙し論明し頗る婦人社会改良の好案内と為れり氏は會て之を云へり予は東洋に於て婦人社会を保護する勇者たることを自期すと氏は実に其言を空々ならしめざる者歟〔9〕

そして、植木の人生物語は父母の死や本人の結婚は未だないものとして叙述する。その結果、(8ce)が導かれる。(7d)からの年齢計算によって(8cf)が出てくる。これらの人生物語や自己描写における個々の植木の挿話や意味は、自己の人生物語の個々の局面・場面を総合した主人公の〈自己性としての自己同一性〉に支えられ、(8c)に集約される。(8c)は、物語的自己同一性の要約である。

物語的自己同一性は、作者が事象・出来事を解釈してテクストに表現することによってのみ生成されるのではなく、読者のテクスト読解によっても作成される。その意味で、自伝の物語伝達の対象たる読者が、いかにテクストを受容したかの検討が不可欠となる。

6　書評という自伝加工

しかし、同時代の読書行為の検討は、実は単純ではない。本節で取り上げる民権家の最初の公刊自伝である『妾の半生涯』の書評は、読書行為の成果をふまえているとはいえ、それ以外の要素も併せ持っている。

この点を、理論的に体系化したのが、ジークフリード・シュミット『経験的文学研究の概要』(42)である。シュミットは、文学を人間活動の一環であるコミュニケーション行為として捉え、文学受容（読書）と文学加工（文学批評・映画化）を区別する。従来の文学研究が、受容と加工という本来、別の意図や目的を持ち異なる行為原理に基づいてなされる二つの活動を混同したのに対し、シュミットは両者を異なる文学行為として対象化している(43)。このうち文学加工とは、文学として受容されたテクストを加工作業の出発点としそのテクストを言及対象に持つ新たなテクストを生み出すことである。そこでは、テクストを文学として処理するという慣習が間接的に関与する。

この文学加工は、少なくとも、異なるメディア・文化の文学システムを仲介し、文学テクストから再び文学テクストを生産する活動のタイプ（映画化、小説化、翻訳）と、文学システム内でメタコミュニケーション的に文学コミュニケーションに関わり非文学的な二次的なテクストを生産する活動のタイプ（文学批評、日常での文学についての会話）に、区分される。このことは、第一に、一つの行為カテゴリーを定義するはずの加工概念が、実際にはまとまったカテゴリーを定義できていないことを意味する。第二に、文学加工概念はメタコミュニケーション的活動の把握に難がある。これは、文学批評が、単純なテクスト処理ではなく、新刊書・作者の情報提供、作者・読者・文学思想をめぐる批評的公共性の構成、文学活動・文学産業への介入等の様々な機能を持つ点で、テクスト以外の様々な主題・題材を取り扱う活動だからである。

第三に、文学論争・宣言などの加工関係をほとんど持たない特殊なメタコミュニケーションが存在する。慣習を文学システムへの帰属条件と見るならば、テクストを直接対象とする行為ではないため多価値慣習・美的慣習が関与しない文学批評は、文学には関与しない活動とされてしまう。第四に、メタコミュニケーション的な活動タイプは、本来の文学活動の傍らに独自の二次的過程を構成する。文学批評は、批評家・批評の読者、媒介機関が関与し、この関係の中で新聞や雑誌の文芸欄などの形でメディアの一ジャンルとして成立している。したがって、文学加工という一行為への還元は無理な理論構成である。

受容の行為結果としての加工という過程を出発点とする限り、シュミットの経験的文学研究の概要は「あくまで受容行為の延長線上に加工行為を位置付けたものであり、その意味で、依然、テクスト処理の観点から文学活動を捉えた、テクスト中心的な把握方法であった」(44)。テクストの受容経験を批評家が活動の起点に置くことはよくあるが、文学批評はテクスト・作家・美学といった諸領域にわたる文学についての意識を素材として社会的に伝え合う活動であり、社会的文学像の構成に従事する活動である。言い換えれば、文学批評は、メディアによる活動であり、情報構成の過程の一つである。

『妾の半生涯』の同時代評は、基本的には社会主義系雑誌、新聞、女性雑誌・新聞に限られ、文芸雑誌にはほとんど掲げられなかったようだ。しかし、『妾の半生涯』は、出版後三ヶ月で再版され、一九〇五年七月には上田屋から四版が、日高有倫堂の四版は一九〇七年一月、同月には日高有倫堂の五版が出ている。『妾の半生涯』は同時代のベストセラーの一つと言えよう。「文章の流麗に至つては、此人亦此詞藻あるかと疑はしむるに足」り、内容面でも「明治文壇の一隅に於て、兎もかくも其存在の権利を有するであらう」(45)とされながらも、文芸誌が正面から『妾の半生涯』を取り上げなかったことは、文芸誌が『妾の半生涯』を〈文学〉として文学場では認知しないことを意味する。裏返せば、文芸批評には、文学を取り上げる事で社会に文学を認識可能にする作用がある。書評は、英子の生涯や今後の事業に「同情」(46)しつつ、読者に『妾の半生涯』を推奨する。『妾の半生涯』が読書界に迎えられるべき理由として挙げられた(9a)~(9e)は、人物の運命の転変を把握するため、婦人の手本とするため、反面教師として、婦人問題研究材料のため、等の実用的な観点からなる。いずれにせよ、それらの理由によって、『妾の半生涯』は読まれるべきテクストだという合意がメディア空間において形成されていく。

(9a) 明治年間に於て稍畸形の発達を遂げたる一婦人の生涯に於て、其境遇運命の跡を察するは何人に取つても趣味あり且つ利益ある事であらうと思ふ(47)。

(9b) 全篇に散見する妻として又は母としての女史の面目に至りては、実に今の時の婦人が取つて以て亀鑑と為す可きものすら少しとせざる也(48)。

(9c) 『妾の半生涯』は半面に当年の所謂志士なるものの内行を忌憚なく暴露して、世人を警しめ、半面功名心に駆らるる青年男女に事実上の教訓を与ふ。斯くして、本書はまた全く世教に益するなしとすべからず(49)。

(9d) 重井の罪元より大なりと雖も、著者が軽躁の責亦た軽からず。思ふに『妾の半生涯』は、身体の自由を得て社会的生活に投ずる今日の女学生等の為めに、至大訓戒を含蓄するものに非ずや(50)。

(9e) 明治社会に於ける、婦人問題の研究材料として、喜んで之を江湖に推薦するもの也(51)。

書評の多くは、「英子の後悔と苦悩とさらに新生への希望を理解するよりは、反面教師とするかあるいは彼女の自負に反感を示している」(52)と概括され、読後に「失望と不快とを得、彼女に対する尊敬の念を心より失ひ去」ったとして、英子を「功名心の結塊」(53)と見なして批判する評者もいた。描かれた事態、主人公＝語り手＝作者という自伝契約、物語によってアイデンティティが構築される物語的自己同一性は、こうしたテクスト解釈によって認識される。

(9f) 著者の序文に至つては幾度読み直しても一向要領を得ず。著者自身の立脚地の未だ明に要領を得ざるに基くに非ずんば幸也(54)。

(9f)は、評者が『妾の半生涯』を理解できず、そのことが著者・英子の立場の不確実さの根拠となっている。読者は、テクストを読むことで作者との対話をはかろうとするが、「要領を得」ないため、満足な読者の主体化ができず、それと呼応する作者の主体化も失敗する。(9f)を支えていたのは、この倒錯したテクストの受容方法であり、それによって(9f)は『妾の半生涯』と福田英子への批判的意味づけを行っている。

同様の点は、他にも指摘できよう。

書評は、『妾の半生涯』と規範・ジャンルとの関連づけを行う。『妾の半生涯』は、「追懐録」・「漫録」(55)・「懺悔録」(56)・「回想録」(57)・「宣言書」(58)など、単なる自伝とは何かが違う自己表象テクストとされる一方で、「性格悲劇」(59)とも評される波瀾万丈の生涯の語りは、「小説」に類似するとも把握された。

(9g) 女史の生涯は甚だ変化に富み、一時は政治熱に犯されて、国事犯までやつた男まさりの人であるゆゑ、伝は殆ど小説的にできて居る(60)

(9g)は、大阪事件発覚前に金銭をめぐんだ女乞食が女囚として収監された英子の前に現われたことを、「読み去り読み来りて実に小説的」(61)だとする。(9g)での「小説」は偶然的な出会いの物語を指しており、(9g)は、語られた出来事をプロット面で小説と同一視する。同時代において、虚構と実生活をつなぐ回路が確保されていることが(62)、(9g)のような解釈を流通させている。

また、『妾の半生涯』の信頼性を測定する書評(9h)〜(9i)もある。

(9h) 予は今茲に、彼が其の半生涯の悉くを語りたる乎、又其語る所が悉く正直の告白なる乎を問はぬ。然しながら彼が案外に蔽ふ所なき卒直無邪気の人たる事は、おのづから此書の中に流露して居る(63)。

(9i) 唯一つ女史自ら叙することが偽らざる懺悔であるかどうか。世の終わりの日割れは「我が懺悔」を取つて神の前に立たんと公言したルーソーでさへ、自分に都合の好いことを書いたと言ふ(64)。

語られた内容が事実であり語り手たる自己に不利な情報隠蔽はないとする(9h)に対し、(9i)はテクストへの虚偽の混入や情報隠蔽が存在するとする。特に(9h)が示唆しているのは、テクスト解釈によってテクスト外の事実が構築され、それとの距離によって事実らしさ、情報隠蔽の度合いが測定されるという事態である。

こうした書評をはじめとする文芸批評が文学システムの中で果たす機能は、「文学についての公的な会話を方向づける事」にあり、文芸批評は「文学行為の活動条件をコミュニケーション的に調整」(65)する。文芸批評のコミュニケーション調整機能とは、文学把握についての合意形成への関与、文学を取り上げることで社会に文学を認識可能にする作用、テクストの受容方法の理解への影響、信頼可能なテクストへの意味付与のあり方の測定、文学テクストの規範化・ジャンル等とテクストとの関連性の構築だ。この点で、文学批評とは文学についてのメタ情報を提供する活動だ。文芸批評は、文学についての世論形成の装置としての構造を捉えていく必要がある。

ともあれ、『妾の半生涯』における女性民権家の栄光と悲哀を語る自伝行為は、メディア空間において、主人公への同情と反発、内容の信頼性への信・不信等の賛否両論を惹起しつつ、『妾の半生涯』を文学外テクストとして推奨していく書評を媒介効果として作り出していく。しかも、『妾の半生涯』は、自由民権が既に終わった運動・理念・情念であり、民権家・志士が現在とは切断された過去の行動様式だという事態を呈示する。

自由民権の自己表象は、多様なジャンルで展開し、自伝の様式も単一であったわけではない。自伝テクストは自伝契約や物語的自己同一性の枠組みによって構成されているが、一方でそうした既成の枠組みを組み替えていく契機を秘めている。

本章を締めくくるにあたり、一つの問題を提起しておきたい。自伝とは、語る現在の時点から、自己の生涯の体験の記憶を想起し、その中から自己の生の軌跡を表わすのにふさわしいエピソードを選択・配列して表現するテクストであり、民権家の自伝が極端な場合ほとんど民権運動期に限定される時間的振幅しか持たないのは、それが民権運動に挺身した自分の生涯を表現するのに最もふさわしい表現方法であるからにほかならない。自伝を構成する基盤が記憶のスキーマであるが故に、そのような事態が生じてしまう。民権家の自伝は、そうした認知心理学的な文学研究の対象ともなりうると思われる。

Ⅱ　政治小説の語りとジャンル編成

1 政治小説の思想と表現

政治小説は、先行研究では同時代状況との関連や物語内容・思想のみが注視されたが、テクストの表現を検討することで、政治小説は新たな像を結ぶことになる。本章では、初期政治小説家の代表である戸田欽堂の小説表現と思想を素描することを目的とする。

戸田欽堂の小説第一作『民権演義情海波瀾』（聚星館、一八八〇・六）は、同時代では好評(1)だが、今日では柳田説に従い政治小説の嚆矢として言及されるに止まっている。

(1) 本書出版後非常の愛顧を蒙むりたり尚夥多製本出来に付各書肆に於て御購求を乞ふ（『朝野新聞』一八八〇・九・一五）

この事態は、当代随一の風流人成島柳北の序文執筆拒否(2)や欽堂の序(3a)・跋(3b)によって導かれた。作者自身と文人柳北というテクスト解読の権威者の言説を特権化する文学観が、今日の『情海波瀾』の否定的評価を定着させたと考えられる。なぜなら、テクストの主旨や成立の由来を語る序・跋は、物語解釈や解釈の方向指示を行う注釈の言説だからだ。序跋執筆者は、テクスト生産の内在的協力者でありテクストに内包された読者だ。読者は、物語の本文を読みつつ、テクスト内読者との対話によって自己の読みを修正する。作者や柳北の言説がテクスト解釈に影響を与える。

(2) 至極面白く時事に切なるものと存じ候少々愚意も加へ度候へ共、迂生頃日多事且病懶不得已候（略）文章がチト堅くるし今少し軽妙の二字に注意ありたし

(3a) 行文ノ蕪鄙ヲ咎メス其意義ノアルトコロヲ領シ瀏覧アラバ幸甚

(3b) 第三齣ニ於テ正文カ二客ト事ヲ議《ハカル》スルノ条ニ其術策《テダテ》ノ首尾《シマツ》及ヒ成否《デキフデキ》ノ如何ヲ記サス又タ第四齣ニ於テ民次ノ思想ヲ写シ出スモ尚模糊曖昧タリ此等ノ条々ハ畢竟《ツマリ》第五齣ノ阿権ガ夢《ユメ》裏ノ幻境《マボロシ》ヲシテ実際ニ演スルノ機《ヲリ》アラシメバ即チ正文ト相協和《ナカナヲリ》シ比久津屋奴ト宿縁ヲ断チ民次阿権ノ良縁《エン》ヲ結ビ両国ノ会席ニ祝筵ヲ開キテ永久旺盛《サカン》ナル栄ヲ得ル大団円ノ局ヲ結ヒめでたし〳〵トナルベキニ却テ余蘊《アマリ》ヲ遺セシハ情史氏聊意見《ミコミ》アリテ須臾ヲ爰ニ擱《ヨキ》キ早晩説出スコトアラントス

(4) 雖意非不佳文非不奇、其淫褻猥瑣与夫梅暦東京新誌何択不足観也、（略）蓋米民之愛好自由也、猶愛好艶麗姣婦、而自由之常性亦猶艶麗姣婦也、今君之所謂阿権者無乃是類乎、余始知君比喩意匠之奇也、

柳北は著名な民権派の粋人である。欽堂に限らず、自己の言説に箔を付けるために、序文・祝詞・添削・批評を柳北に求める者が多く、柳北「擱筆条例」（『朝野新聞』一八八〇・一・一五）は原稿料要求で依頼を一括拒否した。華族欽堂には金銭以外の理由として多忙・病気が用意された。そのため、柳北の読み(2)は、社交辞令・印象批評に止まった。一方、欽堂の友人三輪信次郎の序(4)は、人情本・漢戯文という先行テクストを指摘し阿権が自由の象徴の比喩だとテクスト分析する。他方、(3a)は行文の未熟さと寓意への自負を語り、(3b)は自作の未熟を弁解し、プロット・表現の

細部を説明して作者の意図を解説する。(3b)に従えば、第三齣の語り手の機能限定は想像力不足を隠すためであり、第四齣での民次の優柔不断も描写力不足であり、第五齣の結末の夢も続編を予定しながら刊行できないための失敗とされる。(3)は、官民対立の和解による国会開設実現という当初のモチーフを実現できない未熟なテクストとして『情海波瀾』を提示する。

そこで、『情海波瀾』のテクストでは、物語がいかに展開しているかを概観する。第三齣での「民次ト阿権ノ情好《ナカ》ヲ割断《サク》」密談で、正文は「黄白《カネ》ノ力ヲ仮リ一擲千金彼ガ身ヲ購ヒ去」る実力行使を提示するが、鯰八は「厚意《オン》ト情義《ギリ》トニ拠テ冥々ノ中ニ圧制《ヲシツケ》シ心身を挙テ帰従《シタカフ》セシムル」柔軟な方策を説き、比久津屋奴を「教唆煽動《シヤクリヲダテ》シテ妬心《ネタミ》ヲ惹キ起サシメ」て民次と阿権の関係を裂く具体策を挙げた。正文の計略は、民権運動弾圧のための藩閥有司の強権的弾圧を寓する。一方、鯰八の案は、後の一八八一年政変での国会開設の詔勅の演出で自由党・改進党間の抗争等内部対立を起こし民権運動が衰退する内因が醸成されたような、政府首脳の買収・スパイ等による民権派内部分裂の策略に対応する。

第三齣の「情史《サクシヤ》」を名のる語り手の情報量は、「策略ヲ密談シ或ハ頷《ウナヅキ》シ或ハ笑フ其低声耳語《ササヤキ》多キヲ以テ情史モ与カリ聞クコト能ハス」と作中人物よりも少なく、テクストに空所が発生する。この謎で、第四齣における「猫々奇聞」(『仮名読新聞』)の民次・阿権・奴・正文に関する報道が「探訪ノ密ニシテ且ツ捷《ハヤ》キニ驚」くほどの内容で、策略の一環として記事買収工作が行われたという解釈が可能となる。これは正文側の攻勢開始だ。だが、民次は、「如何ニ之ヲ好結《アツカイ》セント首ヲ低レ双手胸ヲ撫シテ沈吟《ウチアンズ》セリ」と、局面の打開の決断に踏み込めない。事態は正文側のペースで進行しつつあり、民次は先手を打たれ対応できない。これは、主体的な政治運動による国民の権利獲得が不振であり、政府側の言論統制等の支配・統制が強化されることを寓する。

第五齣での阿権の民次との結婚の夢も、官民和解を単なる願望と含意する。第一、正文側の阿権獲得の策略はまだ始まったばかりだ。テクストは、民権運動の達成ではなく、現実の困難性を語る。夢から覚めた阿権が「好ミスヘキ哉個ノ曲ヲ歌フ者ハ誰ソ善ク儂カ情況《ココロイキ》ニ的中セリ」と「よしや武士」に共感して「自家復タ低声個ノ曲ヲ唱フル再三」と自ら口ずさむことは、「よしや武士」等の民権歌謡がその享受＝流通の場とした色街で享受者の芸者の意識変革をめざしたことに対応し、阿権自身の事態解決への行動すら寓意の内包に含まれる。テクストを同時代言語・文化状況と関わらせつつ解釈するならば、このような物語が含意される。

だが、先述したように、文人柳北と作者欽堂の言説は、この解釈と異なる解釈図式を提示した。(2)は否定的印象を読者に与え、(3)も官民和解による国会開設の物語というイメージでテクストを再構成する。『情海波瀾』では、作者の意図によるテクストに外在的な物語と、テクストの含意するもう一つの物語とは葛藤している。物語の中心と物語の外部との影響・反発・干渉は、『情海波瀾』では、テクストと序跋の間に見られる。この点で、政治小説の思想を安直に作者の思想と同一視する政治小説観は修正されねばならない。

2 政治の隠喩／隠喩による政治

1 はじめに

自由民権の政治の問題は世界観の問題である。民権派と政府・守旧派は違う世界観を持つ。自己の政治的立場とその見解を当たり前と思ってしまう世界観を構成する常識は、無自覚な概念構造になっている。この政治的言説における概念構造が検討対象となる。複雑で精妙な概念構造が言説の政治とモラルを構成するからである。

日常世界でも常識的な推論はしばしば無意識的だ。人は高度な概念システムを使って思考するが、概念がどのように概念システムに収まっているかはほとんど意識しない。概念システムを構成する概念隠喩は、一つの領域の経験を他の領域の経験で捉えるもので、無意識的である。例えば、国民の義務・権利の互恵は財務取引で考えられる。(1)では人民の国民としての立ち上げ及び義務の遂行と人民の参政権付与の関係には、利益の相互交換という財務取引関係が潜在的な枠組みとなっている。この種の例は多く、政治に関する思考は隠喩的な思考である。また、隠喩的な思考は日常的にも見られる。

(1)　自尊自重天下ト憂楽ヲ共ニスルノ気象ヲ起マシメントスルハ之レヲシテ天下ノ事ニ与ラシムルニ在リ(1)

本章では、民権派の言説と世界観がどのように形成されているかを、民権期テクストのレトリックの検討を通して明らかにしたい。そのため、本章では、歴史叙述での世界観と比喩の連繋を指摘した先行研究としてヘイドン・ホワイトの歴史叙述の修辞学(2)を検討した上で、民権期テクストとその世界観を支えているメタファーによる認知システムを分析する。その際、隠喩構造としてのメンタル・スペースや、隠喩の基盤としてのアナロジック、隠喩によって成立する概念隠喩、それらによって構築される政治的モラル・システムを、民権運動前期の主要論争である民撰議院論争と主権論争、政治小説の代表作である矢野龍渓『斉武名士経国美談』(報知社、一八八三・三～八四・二)を素材として概観する。代表的な民権テクストを使用するのは、言説の政治性が先鋭化している点で言説と政治に介在する隠喩が見やすく、隠喩とその概念システムの同時代言説空間における一般性・類型性を言いうるからである。

2　比喩と世界観

ホワイトは、歴史叙述が何か既存の「生の事実」の集合に「対応」せず(3)、事実は歴史家が世界・事象・時間を秩序づけるための比喩を選択することによって形成されると考える。歴史の現場の事件・出来事を認識・選択する際に比喩の予見的選択が起り、その比喩の形式(隠喩/換喩/提喩/反語)が事件と事件をつなぐプロット(ロマンス/悲劇/喜劇/風刺)の役割を果たし、そのプロット化の方向性によって歴史観(個別論/機械論/有機体論/コンテクスト論)とイデオロギー(無政府主義/急進主義/保守主義/自由主義)が決定され、歴史叙述が織られていく。例えば、保守主義は現状の充実・完成の過程という現状肯定的な歴史観を持ち、喜劇は人間の勝利や救済を妨げる力との一時的な和解への見通しが開け健全な社会の実現が示唆される。これらは一見不変的に見える過程から新たな力・条件が現われる点を強調する。また、機械論は、〈歴史の場〉に働く因果関係を強調し、歴史を支配する法則の発見をめざす。この点で部分と全体の内在的関係で捉える提喩がこれらの世界観・プロット・イデオロギーに親近性を持つ。いわば、ホワイトの理論的前提は、歴史的な事象・出来事を描き出すために、心的空間においてそれらを〈歴史の場〉として作成・構成することにある(4)。

ただし、ホワイトは倫理・論理両面で批判された。

第一に、ホワイトの立論は相対主義として把握され(5)、歴史的修正主義、ひいてはファシズムを支持する理論とされた。「歴史の記録自体のなかにはそれの意味を構成するあれやこれやのしかたのうちのいずれを選択すべきかを決めるためのなんらの根拠もみいだされない」(6)というホワイトの発言は、事象・出来事にはあらゆるプロット化が可能だという相対主義として理解・批判され(7)、カルロ・ギンズブルクは歴史的修正主義・ファシズムに同調していると非難する(8)。しかし、ホワイトは脱構築等の文学理論を不条理主義として批判するように(9)、相対主義として自己を定位していたわけではない。ただし、ホワイトは、プロット化のあらゆる様式がどんな事件の歴史叙述にも使用されるわけではないと説き、ホロコーストは本質的に反表象的であって一切の修辞を排した直写的な手法によってのみ語られうるとする(10)。だが、これは重大な理論変更である。

ホワイトは、相対主義と目されるのを避ける余り、歴史の事実には表象される際に付与される意味とは別個の真理が内容として宿っているとする形式と内容の二項対立に陥っている(11)。言い換えれば、ホワイトは、修辞・物語的要因が歴史叙述の際に作用するとする自己の理論的立場を後退させている。上村忠男氏は、「ホワイトは、『歴史の場』のまえもっての形象化行為が本質において詩的性質の行為であるという点にかんして、なにゆえにそうであらざるをえないのかという根拠理由をいちどとして問うことも説明することもしていない」(12)と批判し、他者の表象の隠蔽と排除がなされる〈歴史の場〉への方法としての退行が必要だと説く。

第二に、ホワイトの理論的論理構造にも疑問がある。例えば、概念構造の中で共起する複数の事物間になんらかの関係を成立させる提喩が、すべて保守主義・喜劇・機械論と連動するわけではない。メタヒストリーは、プロット四類型と修辞的四項図式との照応関係を提喩・有機体論的な理論的要請で捉え、事実調査と歴史叙述という異なるレベルをすべて言語論で一元化したものだ(13)。また、優れた歴史叙述では類型規則の異化（差異化・複数適用）が発生するとするのでは、理論的に不安定である。言い換えれば、類型規則は必ずしも強固に結びついているわけではない。この点で、四つ組の四類型規則という様式性が歴史の修辞学の理論展開に影響を与えたと考えられる。

ところで、亀井秀雄氏は、『経国美談』後編の「文体論」(2a)を、ホワイトの四類型を参照しつつ、文体とジャンルの結合と言説空間の整然とした当時の区分に対して『経国美談』が「四つの言説空間の統合の試み」(14)になると把握する。だが、「文体論」には、俗語俚言体の一種として読本体は捉えられ、しかも読本体が『経国美談』の主たる物語言説となったとする箇所(2b)もある。亀井氏は、混用を四文体「相互の相対化」(15)とするのだが、読本体の中心化とも把握できる。

(2a) 悲壮典雅ノ場合ニ宜シキ者ハ漢文体ナリ優柔温和ノ場合ニ宜シキ者ハ和文体ナリ緻密精確ノ場合ニ宜シキ者ハ欧文直訳体ナリ滑稽曲折ノ場合ニ宜シキ者ハ俗語俚言体ナリ以上四種ノ文体ハ皆各々適合スベキノ地有ル者ニテ一体独リ其美ヲ専ニスルコト能ハズ諸体各々長アリトセバ放縦不法ノ文体広ク世間ニ行ハレテ非難ヲ受ケザルノ今日ハ是レ則チ文学ノ士ガ大ニ其力ヲ文苑ニ振フベキノ好時機ナリ何トナレバ漢文和文欧文直訳俗語俚言ノ四体ヲ雑用シテ自由ニ其意ヲ達スルヲ得ベケレバナリ（略）四体ノ精華ヲ摘選シテ各々之ヲ妥当ナル地ニ填用セバ天下ノ事物復タ将ニ写出シ難キ者アラザラントス

(2b) 余カ是書ノ前篇ヲ起稿スルヤ四体ヲ兼用スルニ決意シ其中ニテ専ラ俗語俚言体ノ一種ナル日本旧来ノ稗史体ヲ用ヰンコトヲ勉メタリ

ともあれ、ホワイトの理論とその批判を概観すると、現代の認知科学の知見を参照することで解決もしくは修正しうる点がある。まず、修辞的表象と直写という二分法に見られる詩的修辞の扱いは、根本的に捉え直されねばならない。歴史の叙述時に作動する比喩・プロット化は、現代日常世界の言語活動で運用されている認知図式や修辞が歴史叙述に転用されたものだ。レトリックが根源的であるのは日常的な言語運用とともにあるからである。さらに、四類型規則には、ジョージ・レイコフ『比喩によるモラルと政治』（木鐸社、一九九八・七）のメタファー・システムによる保守とリベラルの生成という反証がある。レイコフは、保守とリベラルの政治言語は、同じ隠喩に基づき、優先順位を異にするモラル・システムに根ざしているとする。比喩的モラルは、比喩的でないモラル（安寧の経験）を基盤にする。基本的モラルは、他人の経験的な安寧を促進し、他人に対する危害の経験や安寧の妨げになるものをふせぐ。この(3a)〈安寧は富である〉という隠喩は、ものに変化を引き起こす行動に関する一般的なメタファーと結びつき、行動は何かに影響を与えるという意味で、財務取引の基準で概念化されるモラル会計スキーマを生む。その基盤となるのが、仕事＝交換の隠喩と公正のモデルである。

また、保守は厳しい父親のモデル、リベラルは慈しむ親の家族モデルに基づくため、違うモラルシステムと言説様式が生まれる。厳しい父親のモラルは、モラル的強さを優先し、自己規律と自己依存を期待し、自助努力を推進する。一方、慈しむ親のモラルは他者への慈しみを優先し、政府が助けを求める人に手を差し伸べるのは自然だとする。両者に共通するのが、(3b)〈国家は家族である〉という隠喩である。もちろん、レイコフの提示した現代アメリカ政治のメタファー・システムは個別的な事例だが、それを支えている根幹の概念システムは普遍的な認知システムと考えることができる。

ここで、ようやく、民権テクストの政治を隠喩で考える土台が確保された。次節では、隠喩の構造を、メンタル・スペース理論を援用して、検討する。

論理学の伝統では、言語表現と外部世界の直接対応、もしくは言語形式から直接真理条件を解読できることが理論的前提となっているが、言語表現には隠喩などの修辞が不可避であり、その前提は願望以外の何ものでもない。隠喩の分析に必要なのは、言語表現と現実や虚構世界の間に中間的な認知レベルを想定することである。

ジル・フォコニエ『メンタル・スペース』（白水社、一九九六・一〇）も、言語表現と外部世界を仲介する認知インターフェイスとして、メンタル・スペースを想定する。メンタル・スペースとは、要素とそれらの間に成り立つ関係からなる増加可能集合のことだ。メンタル・スペース理論は、「比喩の持つ、一つの表現で同時に複数の内容に言及するという性質を取り出し、この解釈を支える心的領域空間が認知のレベルで存在するという視点」(16)を提示する。メンタル・スペースは、談話において導入され、その変化に従い変化し、話し手の信念（の一部）に対応する。このため、メンタル・スペース理論では「言語使用のコンテクスト依存性が強調」(17)され、談話管理理論(18)もメンタル・スペースを談話における指示詞と指示対象との関係説明に使用する(19)。このように、メンタル・スペース理論は比喩を基本的な言語運用として捉える認知的立場に立つ。

3　写像関係と語り手

比喩は、一つの表現で関連する別のことを同時に言う装置であり、メンタル・スペース理論は、一方の意味から別の意味への到達を保証する写像関係の認知枠として、対象間に設定される結びつきである語用論的関数を前提とする。同定規則b＝F（a）は、要素a（＝指示トリガー）とb（＝指示ターゲット）とが語用論的関数F（＝コネクター）で結ばれる場合に、aの記述でaの対応物bを同定するとする。

例えば、(4a)では、「世ノ論者」にとっては、「議院」（a）は〈～のみによって運営される政体〉（F）という関数が働き「共和政治」（b）を意味する。

(4a) 世ノ論者多ク動モスレバ斯議院ノ得失如何ヲ研究スルヲ費サズ輙チ遽ニ之ヲ概斥シテ其ノ或ハ共和政治ト同物異名ノ如クナス者アリ(20)

ところで、(4a)は、人民・議会・天皇のいずれに主権があるかという主権論争の初期に属する言説である。主権論争では、『東京日日新聞』は、当初、ヨーロッパ立憲国＝帝位神聖・帝王神種という普遍的図式を提示したが、イギリス憲法論に基づく『東京横浜毎日新聞』の批判によって、日本の国体擁護へと論点を移した。また、民権派の「人民主権説の場合、国会開設要求の論理を主権論に適用」(21)する。イギリス立憲君主制も主権在君に他ならぬという『東京日日新聞』は、(4b)で、立憲君主制における君主と憲法・主権の関係を身体で捉える。

(4b) 元来国家ハ有機体ニシテ恰カモ一大身体ノ如キ者ナリト申セバ必ズヤ其全身ヲ支配スルノ頭脳ナラザル可ラズ主権ハ則実ニ其頭脳ト云フベキナリ（略）君主国ト民主国ノ間ニ一大分界アルハ他ナシ実ニ其主権即大権ノ一ハ帝王ニ在リテ一ハ国民ニ在ルニ由レリ（略）国家ハ恰カモ人身ニ頭首四肢ノ序次アルガ如ク法制秩序ノ具備シテ相合セル人衆ヲ以テ組織セラルル者トスレバ君主ト云ヒ人民ト云ヒ共ニ人衆ノ域内ニ在ルベキ者トス（略）君主タリトモ必ズ一定ノ憲法ヲ奉シテ他ノ諸部局ノ参預ヲ受ケ以テ其ノ大権ヲ行ハセ給ハザル可ラズ(22)

(4b)では、F〈国家は身体である〉によって国家スペースM1の要素が身体スペースM2に写像され、a1「主権」がb1「頭脳」に連結される。M1を親スペースとする君主国スペースM3では、a2「君主」がb1に、a3「人民」がb2「四肢」に写像され、「頭脳」たる「君主」が主権者となる。そして、人間の活動における頭首四肢という身体構造の必要性から、立憲君主政では憲法・政府との相互作用によって君主の主権が規制・運用されると説く。

もっとも、フォコニエ自身は、言語運用でのメンタル・スペースの多様な揺れや異なりを一般化して説明することには関心がない。例えば「反事実性とはいくつかのスペースをむりやり両立不可能にする場合である」(23)というフォコニエの発言には、「認知主体である話し手の概念は存在しない」(24)し、「メンタルスペース理論の自然条件文観は、自然条件文と数学条件文を同等視するGriceの立場に非常に近い」(25)と批判される。

要するに、(4a)(4b)では喩えるものと喩えられるものが並存する。言い換えれば、喩えの対象としてのターゲット・ドメイン(叙述の対象)と対象を喩える源泉であるソース・ドメイン(たとえるための手段)の間の関連づけが、言説に構造化されている。目標領域を起源領域で表現する主体が、隠喩には存在する。また、両者の関連づけに難がある場合も言説上の認知主体である語り手の存在を証しよう。

これは、事象間の類似性を創造する認知装置である直喩やアナロジーも例外ではない。直喩は隠喩的理解を支えるもう一つの比喩であり、アナロジーは隠喩の基盤となる点で、検討を要しよう。

4　アナロジー・直喩・プロトタイプ

前節でも述べたように、民権期の言説では、写像関係の妥当性を考慮しないまま写像の成立をもって自説の補強とする場合(4c)や、写像関係の設定への疑義を提示する場合(4d)もあった。

(4c)　太政官ハ是レ厳然タル一個ノ民選議院ナラズヤ其ノ他省府県ニ至ル迄今日ニ在リテハ一トシニ民選議院ニ非ザルハナシ亦何ゾ故ニラニ民選議院ヲ用ヒンヤ(26)

(4d)　足下普王非的利第二世ノ故事ヲ援ヒテ君主専裁ノ利ヲ証ス我国ノ事情ニ切アルノ喩ニ非ザルナリ(27)

アナロジーには、比喩と同様の心的プロセスが見られる。アナロジーは、ベース情報を記憶から想起してベースを選択し（選択）、ベースをターゲットに対応づけしてターゲットの推論を行い（対応づけ）、ターゲットに固有の側面を考慮するために推論の評価と修正を行い（評価）、最終的にはアナロジーの成功や失敗に基づき一般的な事柄を学習する（学習）。アナロジーは、アナロジーと概念スキーマの相互作用によって比喩等の多様な思考が生成する点で、比喩の認知的基盤であり、比喩は詩的効果によって拡張される。

ある事象を別の事象になぞらえるアナロジーによるコミュニケーションには、相互認知環境が必要であり、文化的経験が関与する。アナロジー的思考には、第一に含まれる要素の直接的類似性に導かれる類似性の制約、第二にベース領域とターゲット領域の役割間に一貫した構造上の相似関係を見出す構造の制約、第三にアナロジー利用のゴールに基づく目的の制約が、相互に作用する(28)。(4e)で例示する。

(4e) 外物ノ抵抗ヲ受ケザレバ以テ其ノ能力ヲ顕ハスコト能ハズ故ニ瞳子アレドモ太陽ノ抵抗ヲ受ケ其ノ光線ニ依ラザルトキハ遂ニ其ノ用ヲ為シ難ク（略）故ニ一国中ニ政府ノアルモ亦人民ノ抵抗ヲ受クルニ非ザレバ遂ニ或ハ政令ヲ秘スルニ至リ上意下ニ達セズ下情上ニ通ゼズ上下隔絶シ人権徒ニ有司ノ手ニ帰シテ或ハ人民ヲ愚ニシ愚民ヲ束縛シ暴政国家ノ泰運モ寸進尺退シ蛮野ノ風ニ流レ夷狄ノ俗ニ陥ラザルモノ幾何モ無キナリ（略）外物ノ抵抗ヲ受クル其ノ度ヲ過ギ其ノ理ニ逆フトキハ其ノ害亦随ツテ鮮少ナラズ今瞳子ノ光線ヲ受クルモ太陽ヲ直視セバ瞑眩立ドコロニ至リ或ハ其ノ明ヲ失フニ至ル（略）況ンヤ人民ノ政府ニ於ケル其ノ抵抗其ノ理ニ逆ヒ其ノ度ヲ過グルニ至リテハ遂ニ我一意ヲ主張シ更ニ政府ヲ観ルコト秦人ノ越人ニ於ケルガ如ク(29)

(4e)は、日常的になじみがある視覚をベース領域にして、日常的になじみの薄いターゲット領域である国政を説明する。ベースとターゲットとは、「外物ノ抵抗ヲ受ケザレバ以テ其ノ能力ヲ顕ハスコト能ハズ」、即ち抵抗力によって能力が向上する点が共通する。この直接的類似性が存在することで視覚と国政の間でアナロジーを行うことの妥当性が最初に保証される。次に、構造上の相同性が見出されることによって、人民が国政にとって光線の役割を果たすならば、政府は国政にとって瞳子の役割を担わねばならない。このとき構造は一対一対応の制約によってターゲット領域の各々の要素はベース領域の一つの要素のみに対応し、人民は光線とのみ結びつけられる。そして、過度の負荷・抵抗は逆効果だということを示す目的からなじみの深い視覚と国政の間にアナロジーが構築される。アナロジーは、より抽象的な新しい概念を形成するのを助け、その抽象的概念がさらにかけ離れたものの間のアナロジーを認識させ、さらにこのアナロジーがより抽象的な概念を形成することを支援する。

一方、直喩だが、論理学的な立場では、直喩の構成要素は、比喩されるものである所喩P、比喩するものである能喩Q、類似性の根拠もしくは類似関係を動機づける属性C、直喩の標識である直喩指標Sからなる。直喩は、一組の所喩と能喩からなる場合、「QのようにCなP」という基本構文①P（x0）∧Q（x1）∧S（x0, x1, C）、もしくは属性を明示せずに読者が充填する「QのようなP」である文型②P（x0）∧Q（x1）∧∃C［S（x0, x1, C）］という論理式で表わされる[30]。また直喩は、二つのカテゴリーの類似・変換関係を示す点で、提喩及び隠喩との類縁性が強い[31]。特に、文型②では直喩と隠喩との間に互換性が成立し、直喩／隠喩の区別は直喩指標の有無に絞られる。ただし、文型①とP・Q項を入れ替えた「PのようにCなQ」という文型′①Q（x0）∧P（x1）∧S（x0, x1, C）は、論理式の値が同一であり、意味が異なることを区別できない。この点で、自然言語を論理学で捉えるアプローチには留保が必要である。

『経国美談』で多用される直喩は、(5a)のような文型②である。(5a)では、「五十人密列ノ戦隊ガ敵隊ヲ押シ破ルノ有様」がP、「鉄艦ノ波浪ヲ劈ク」がQ、「恰モ～ガ如ク」がSにあたる。また、文型①である(5b)では、中央突破する神武軍がP、波浪が巌に打ち当たりさらに奥に流れていく状況qの主体と客体を転倒した「堅嵓波浪ノ間ヲ進ム」がQ、「恰モ～ガ如ク」がSに、「堅嵓」がCにあたる[32]。

(5a)　五十人密列ノ戦隊ガ敵隊ヲ押シ破ルノ有様ハ恰モ鉄艦ノ波浪ヲ劈クガ如クナリキ〔後17〕

(5b)　今ヤ三百ノ神武軍ハ其ノ中央ヲ目掛ケテ勢ヒ猛ク衝突シ遂ニ之ヲ押シ破リシハ恰モ堅嵓波浪ノ間ヲ進ムガ如ク見ヘタリシ〔後8〕

この場合、亀井氏は、『経国美談』の直喩の多くがSに「如ク見ヘタリシ」という表現を持つことから、「対象自体の運動とその見え方」、あるいは「対象の模写的な表現とその解釈との区別」(33)が表現に組み込まれていると説く。(5b)にはPをQのように認知する主体が存在し、(5a)は物語世界内の紀元前の事象を物語世界外の近代の事象で捉えており、(5a)もPをQのように解釈する主体を必要とする。もちろん、隠喩も直喩もカテゴリー変換・違反を前提とし、ソース・ドメインの知識に基づいて、ターゲット・ドメインに比喩的な叙述を行う。ただし、ソース・ドメインのすべての知識がこの叙述に適用されるわけではない。(5b)の場合、直喩的叙述で問題となるのは、ソース・ドメインQに関わる知識（例えば、障害の突破、多と少または固体と液体の衝突、無機物と有機物、浸食、天候等）だが、この場合、主として直喩に関わるのは障害の突破、多と少、または固体と液体の衝突にまつわる属性であり、無機物と有機物や、浸食ないし天候に関係する属性は関わらない。

一般に、直喩の源泉の知識は、ターゲット・ドメインの際立ちに関係し、対象の基本的な定義に関係しない。(5b)では、Qは、文脈上は神武軍の強さを典型的にイメージするが、それはQの基本的定義ではない。にも拘わらず(5b)を直喩的叙述とする際の重要な役割はQを特徴づける神武軍の強さという際立ちの部分ということになる。通常、際立ちに関わる知識は、ターゲットのプロトタイプ（ないし典型）としての属性を決定する部分である。特に直喩では、見立てを動機づける類似性《グラウンド》の根拠を示す表現（「（〜のように）―だ」）の部分にプロトタイプの属性が現われる。そして、喩えの根拠であるグラウンド（関連性・類似性の根拠）は直喩のみならず隠喩にも見られる(34)。

直喩は、プロトタイプ効果によってソースとターゲットを連結させる主体である語り手によって使用される。この点で、日常言語でレトリックと話す主体が結合するように、物語叙述でもレトリックと語りとは切断不能の関係にある。

直喩やアナロジーに支えられ、隠喩は日常の営みのいたる所に浸透している。人がものを考えたり判断する際に基づく概念体系は根本的に隠喩によって成立している。知覚や思考の仕組みである概念や、実際の行動は、隠喩によって構造を与えられている。言説空間において一般に流通する概念隠喩は、隠喩によって成立している概念である。このことを説明するために次節では、概念に構造を与える多様な概念隠喩とその一貫性について概観する。

5　概念隠喩と一貫性

『経国美談』では、〈国家〉の多様な概念隠喩が使用されている(35)。

(6a)　阿善〔略〕ノ国勢文物ノ日ニ衰退スルノ有様ハ恰モ夫ノ一回中天ニ輝キタルノ太陽ガ今将ニ地平線下ニ沈マント欲スルニ似タリ〔前2〕

(6b)　斉武ハ〔略〕列国ニ対シテ盟主ノ地位ニ立ツベキノ実力予兆アルコトハ恰モ旭日ガ地平線上ニ昇ルニ先立ツテ其ノ旭光ノ微白ヲ早ク東天ニ発スルガ如シ〔前2〕

(6c)　邦国治乱ノ勢ハ恰モ山巓ヨリ巨石ヲ転下スルガ如キ者ニテ一タビ其ノ手ヲ離ル、トキハ落下ノ速力次第ニ増加シ当初ノヲ放下セシ者ト雖ドモ亦タ自ラ驚愕スル程ニ奔転ス〔略〕社会ノ秩序一切掃蕩シテ我邦ヲ昏霧ノ中ニ置キ混乱紛擾〔後2〕

(6d)　斉武挙国ノ人心日ニ旧時ノ民政ヲ渇望シテ未ダ之ヲ回復シ得ザルノ有様ハ恰モ千斤ノ爆発薬ヲ積ンデ一点ノ導

火線ナク万頃ノ水ヲ貯ヘテ一條ノ決水穴ナキガ如シ仮令ヒ未ダ爆発決潰セズト雖モ其爆発決潰ノ大勢ハ已ニ全ク完備セリ故ニ若シ今其導火線トナリ其決水トナル者アラバ千斤ノ爆発薬ハ一時ニ破裂シテ天地ヲ震動シ万頃ノ水ハ忽チ決潰シテ原野ヲ掃蕩シ旧時ノ政体ハ容易ニ人民鼓腹ノ楽ヲ得ン〔前14〕

(6e) 立憲王政ノ治体モ已ニ腐敗シテ今ハ寡人専制ノ政ト変ズルニ至レリ〔前2〕

(6f) 凡ソ人ノ内部ニ疾病アルニ当テヤ其ノ心力ヲ充分身外ノ事ニ及ボス能ハズ邦国ノ状勢モ亦タ然ルノミ其ノ人民実ニ内政ニ満足シテ国内安寧無事ナルニアラザレバ全国ノ人臣甘ンジテ外事ニ向フ事能ハズ故ニ其ノ国勢ヲ張ラントスレバ必ズ先ヅ内政を整頓ス是レ自然ノ定法ナリ然ルニ此時齊武内政ノ未ダ整頓セザル事ハ恰モ猶ホ人体ノ内部ニ疾病アルガ如シ〔前2〕

(6g) 二十余年続キタルペロポンネシヤノ大戦ニ敗辱ヲ取リシ以来ハ創痍未ダ癒ヘズシテ国勢猶ホ回復セズ故ニ今日阿善ノ急務ハ只国勢ヲ養ヒ無事ヲ図ルニアリ〔前6〕

(6h) 一国ノ憲法ハ国人ノ塁柵ナリ〔後22〕

(6i) 其有様ヲ譬ヘバ恰モ良好ナル無数ノ木石ヲ不順序ニ積ミ重ネタルガ如キ者ニテ仮令ヒ大厦宏堂ヲ建築スルノ材料ニハ余リアリトモ之ヲ経営結構スルノ良匠アラズンバ空ク雨露ニ腐朽スベキノミ〔後19〕

本編開始前に列国の形勢を示した(6a)〜(6b)は、国勢衰退を日没、国勢隆盛を日の出で捉える。国勢が天体の運行である点で、(7a)〈国家は天体である〉という隠喩が用いられている。(6c)は珂理杜朗が平邪の台頭に対し純正党首脳を説得する際の言説だ。(6c)では阿善の国内状況は岩石の落下に喩えられる。物体の落下が加速するように国政の悪化も加速する。この点で、(7b)〈国家は落下物である〉という隠喩が使用されている。(6d)は、阿善に齊武特使として派遣された比留利が巴比陀たち亡命者と内通し齊武人心の動向を語った言葉だ。(6d)は、国民の民政回帰の欲望を導火線・穴こそないが爆発・決壊寸前の爆弾・堤に喩える。一端、エネルギーの蓄積が何らかの契機によって臨界を突破したならば、状況は加速的に好転する。(6d)を支えている隠喩は、(7c)〈国家はエネルギー貯蔵体である〉である。(6e)は、斯波多の国家制度の移行を生物の腐敗に喩える(7d)〈国家は生物である〉)。(6f)は、斉武の内政混乱を人体内部の病で喩える直喩であり、(6g)は戦争による阿善の国力衰退を人体の負傷で捉える隠喩だ。(6f)~(6g)は国が病気にかかり負傷する点で、(7e)〈国家は人体である〉。威波能の柳珂遠征軍司令官の任期無断延長への寧具の批判(6h)でも、憲法と防壁、国家と人との対応が(7e)に基づき提示される。(6i)は、斯波多に対抗するポリス連合である柳珂同盟の諸国を建材に喩える直喩。起点領域での良材は良工がなければ良材としての効果が出ないという帰結と、目標領域での国家同盟もよき指導者がなければ機能しないという帰結とが類似するものとされ、遠征軍指揮官・威波能が良工=指導者として遠征し柳珂に影響力を与えることが肯定される。(7f)〈国家は建材である〉・(7g)〈国家連合は建築物である〉という隠喩が(6i)を支えている。

〈国家〉にまつわる概念隠喩(7a)~(7g)は、相互に一致するわけではない。例えば(7e)が含意する(7h)〈主権者・支配者は頭部である〉は(7b)でも同様に適用されるということはない。ただし、(7a)~(7g)は上位カテゴリーの概念隠喩群(8a)に統合できる。

(8a)　(7i)〈国家は運動体である〉：(7a)~(7c)
　　　(7j)〈国家は生命体である〉：(7d)(7e)
　　　(7k)〈国家は建築物である〉：(7f)(7g)

このように、〈国家〉概念に多様な隠喩で構造を与えることは、〈国家〉概念の様々な側面が際立ち、隠喩も重複する。(8a)の場合、運動によって運動体にはエネルギーが存在する。生命体の体力や、建材の建築物を直立不動にさせる力もエネルギーの発露として考えられる。隠喩の含意も重複することによって、隠喩には一貫性が生じる。(8b)では、

(7j)と(7k)の隠喩の含意の重複を見る。(7j)(7k)の隠喩的一貫性を作り出す、オーバーラップする隠喩的含意に＊を付した。

(8b)　生命体に関する非隠喩的含意
病気は体の内部から活動力を弱める。
健康時には外敵を防ぐことができる。
したがって、外敵に対抗するには、病気を治さねばならない。
国家に関する（生命体に基づいた）隠喩的含意：(7j)
国内の世論・支配等の諸力の分裂・矛盾は国家を弱める病気だ。
国家の病気が直れば、外国の侵略を防ぐことができる。
＊したがって、外国に対抗するには、国内の世論・支配等の諸力を一致・統一しなければならない。
国家に関する（建築物に基づいた）隠喩的含意：(7k)
国内の世論・支配等の諸力の分裂・矛盾は、国家を建築する建材の不適切な組立や腐食だ。
国家の組立が適切であれば、外的侵略に対抗できる。
＊したがって、外国に対抗するには、国内の世論・支配等の諸力を一致・統一しなければならない。

このような概念隠喩の複合・蓄積によって、高度に抽象的で精緻な概念体系が構築される。次節で見る政治モラルシステムは、そうした隠喩による概念体系の一つである。

6　民選議院論争のモラルシステム

民選議院論争は、国家・国民に安寧・幸福をもたらす政治を理想とする点で、(9a)〜(9c)が基本図式となっている。

(9a)　天下ノ公議ヲ張ルハ民選議院ヲ立ルニ在ルノミ則チ有司ノ権限ル所アツテ而シテ上下安全其幸福ヲ受ル者アラン(36)

(9b)　民選議院設立（略）ノ挙ハ即チ国家人民ノ公福ヲ達スルノ基礎ナル(37)

(9c)　議院設立ノ以テ我帝国ニ幸福光栄ス可キ(38)

(9a)〜(9c)では、民選議院開設が国家・国民全体に「安全」・「幸福」・「公福」をもたらす。幸福安寧の経験が未だ現実化されていない国会開設という出来事を捉えるベースとなっている。世界に浸透した安寧の経験によって政治的モラルシステムが動機づけられている。例えば(9c)の「光栄」は、暗闇への恐れから光／闇を、死・無への恐れから栄／枯を、それぞれ善／悪とするありふれた概念隠喩によって構築されている。安寧の捉え方が世界で共有され、政治的モラルの隠喩も共有される。

人は安寧が増すことを利益として捉え、安寧が減ることを損失・経費として捉える。前掲(3a)は、ものに変化を起こす行動に関する一般的な隠喩と結びつき、行動は何かに影響を与える意味でものの譲渡と考えられる。(3a)によって、モラル行動は利益を与えることであり、反モラル行動は損失を与えることになる。この概念機構によってモラル的やりとりは財務取引の基準で捉えられ、帳簿の収支が導入される(39)。財務取引でも債務返済がモラルとなり、モラル会計でのモラル債務も返済を必要とする。例えば、BがAにいいことをすることでAはBに借りができ、AはBにいいことをすることで借りを返済する互恵では、相手にいいことをする絶対善の行動原則と、モラル債務を返済する債務原則が共に働いている。(9d)では、人民の国政参加と政府の政策への人民の服従が互恵として捉えられている。

(9d) 士民ヲシテ親シク其ノ議ニ預ラシムルヲ以テ士民安ンジテ其ノ令ヲ信ジ其ノ令ニ服ス可シ士民其ノ令ニ服セバ国以テ安シ(40)

(9e) 自由政府功徳ノ中ニ就キテ其ノ殊尤ナル者ハ智覚ト感覚トノ教育ナリ苟クモ人民其ノ国ノ事務ニ干与シ得レバ則チ此ノ二者ノ教育其ノ末々迄モ推シ及ボサル可シ(41)

同様に、人民の啓蒙・開化を政府の「功徳」とする(9e)も、人民の進歩と政府の教育（人民の国政参加による知覚・感覚の教育）が等価とされる。こうした見解は民権派に限定されたのではない。民権派の論調に反対した(9f)でも、開化・民主化は基本的な前提となっている。

(9f) 方今政府ハ姑ラク特裁ノ政ヲ施サザルコトヲ得ズト雖モ元来民ノ為メニ政府アリテ政府ノ為メニ民アルニアラザルノ真理ヲ忘失スルナク偏ニ非的利ノ公心ヲ以テ自ラ政権ヲ限制シ努メテ民ノ私権ヲ伸張セシメ言路ヲ洞開シ教育ヲ勤励シ以テ吾邦ヲシテ速カニ開化国トナラシムルヲ要ス(42)

公議公論による政治の重要性を認め、その内実としての人民の通義権理を尊重・実現し、その制度化としての民撰議院を設立することが国民的元気の振起となる。強力な国民国家の樹立を求める立場をとるかぎり、この論理的枠組みには文明史的必然があると考えられていた。民撰議院設立への反対論は、ただ時期尚早論として展開された(43)。しかも、(9g)では、人民の開化の程度の低さを同一根拠としながら、議会開設に対する結論が加藤弘之と民権派では正反対となる。民度の低さを根拠に、加藤は時期尚早論を唱え、民権派は早期開設論を説く。

(9g) 足下云フ我国人民ノ景況此ノ如シ故ニ斯議院ヲ建ル未可ト吾輩ハ則チ謂フ一般人民ノ景況若シ果シテ如此ハ斯議院立テズンバアル可ラズト足下又云フ我人民ノ従馴過甚ナル者ハ開化猶浅キガ故ナリト。是レ恐ラクハ其ノ言ヲ顚倒スル者ナラン何トナレバ則チ開化猶浅キ者ハ人民ノ従馴過甚ナレバナリ(44)

(9g)から窺えるのは、強力な指導者のリーダーシップに依存する政治モラルと自発的な相互協力による団結を求める政治モラルという二つのモラル・メタファーの対立である。(9h)(9i)は前者、(9j)(9k)は後者の事例である。

(9h) 公議決定スル所ノ果実ハ恐ラクハ愚論取ルニ足ラザル者ノミナラン(45)

(9i) 若シ議院ヲシテ七八年前ニ在ラシメバ此ノ二大改革決シテ斯ク速ニ成ラザル可シト蓋シ此ノ二大改革タルヤ数個雄藩数百有志専ラ名義ヲ正シ其ノ智ト権トヲ以テ天下ノ嚆矢トナリテ企テシ所ニシテ当時輿論ハ唯ダ数個雄藩数十有志ノ名義論ト及ビ其ノ智ト権トニ制セラレテ遂ニ之レニ服シ(46)

(9j) 民選議院ノ議士ニ薦挙スルニ士族ノミヲ以テセバ全国一般ノ利害ヲ量料スルニ足ルモノ雖モ一州ノ利害ヲ知ラザル者多カラン(47)

(9k) 全国衆致協議セバ征韓ハ素ヨリ魯国各国ノ強大ナルモノ何ノ懼ルル所アラン(48)

(9h)(9i)は議会の非能率性を指摘し、議会制では大政奉還・廃藩置県は実現できなかったとする(9i)は一部の強力な指導者による効率的な国政運営を主張する。そこで、問題となるのは、前節で言及した単体の概念隠喩(7e)を集合体(7l)〈国家は集合体である〉に転換して考えてみよう。ここでは、集合体に家族が代入され、前掲(3b)が前提となり、政治的指導者の強さを概念化する(3c)〈モラルは強さである〉という隠喩が土台となり、(3d)〈モラル権威は親の権威である〉・(3e)〈モラル権威の下にある人は子供である〉・(3f)〈モラル権威の下にある人にとってモラルにそうことは服従することである〉・(3g)〈モラル権威を持つ人にとってモラルにそうことは規範を作り施行することである〉というモラル権威と、力によるモラル秩序と結びつき、有司による専制政治を理想政体とする。

議会民主制は、権力を分散することでモラルを弱めモラル権威を下げモラル秩序を混乱させる政治システムとして導入延期が主張される。一方、階層と利害の結びつきを前提とする(9j)は階層を横断することが全国的な利害の問題化に不可欠であり、(9k)は全員参加による衆議の一致が国策の達成度が高いことを指摘する。ここでは、(7l)は(7m)〈国家は友人たちである〉(49)に転換され、(3h)〈モラルは共感である〉という隠喩が土台となり、(3i)〈共同体は家族である〉・(3j)〈家族は子供を慈しむ責任がある〉・(3k)〈共同体のメンバーは助けを必要とするメンバーを助ける責任がある〉・(3l)〈共同体は友人同士である〉・(3m)〈友人は対等である〉という慈しみのモラルから、機会・責任・権利の均等・公正な分配、規則による手続きに価値を置く。その結果、権利と義務の平等に基づく選挙による政治参加である議会制民主主義はモラルに最も合致する政治システムとして早期導入が主張される。権威と統制によるモラルと、共感と公正によるモラルという、モラルの価値観の相違が民撰議院論争の二つの陣営の世界観の違いの背後に存在すると考えられる。

3 政治小説の中の読書

1　夢柳小説における政治の伝達

政治小説の政治性の主たる要素が寓意(1)にあり、政治小説が受け手の民権への情念を励起させ民権伸張の目的を達成させることをめざすジャンルの文学テクストだとすれば、その実践にはいくつかの方略がある。宮崎夢柳の小説で例示しよう。

(1a)　其の陳腐を嫌厭擯斥《えんけんひんせき》し去るなく且つ尋常一様花笑ひ鳥啼くの文章図画中余輩が別に雷吼電撃の深意趣を挟《さしは》さむを等閑《なほざり》に看過する勿らんことを（夢柳「緒言」）

(1b)　筆に寓意のあるありて只に趣向の巧妙《たくみ》なると事実の確実《たしか》なるのみならず操觚者流の難《かたし》とする隠微をさへ籠られたれば（花笠文京「勤王済民高峰の荒鷲後編序」（1））

(1c)　ベラー、メルリノーが世を憂ふる熱心より覚えず粗暴過激の言語を発し我が日本の如き皇統一系万代不朽実に一種特別の国土に住居ふ臣民の心情に取りては読むに忍びず看るに堪えざるもの少なからず然ればとて之を抄略する時は全編の骨子を失ふの恐れあり因て止むを得ず原書のま、を訳出す読者請ふ注意して小生が本意を誤る所なからんことを〔18〕

(1a)(1b)は『勤王済民高峰《たかね》の荒鷲』（絵入自由新聞社、一八八三・八〜九）の序文であり、(1c)は「憂き世の涕涙《なみだ》」（『自由新聞』一八八三・九・一四〜一二・二八）の本文外の注記であり、物語の表層的意味とは異なる「深意趣」・「寓意」・「隠微」・「本意」といった含意の解読を読者に指示している。

まず、寓意表現と共に政府批判／革命支持の言説を直接的に表現していく手法。例えば、「自由の凱歌《かちどき》」（『自由新聞』一八八二・八・一二〜八三・二・八）での発話者の誠実を求める枠組みは、意図を伝達し人を動かすための自由民権運動の言説戦略と呼応する(2)。だが、この方略は発行禁止等の言論弾圧を招きやすい。そこで、弾圧回避のために政治的表現の間接化がなされる。伏字と読者の二重化は、政治小説の寓意を利用した方略である。

政治小説の伏字(2)は、政府権力による直接弾圧ではなく、警察権力が内面化された自主規制である。(2)は、「冤枉《むじつ》の鞭笞《しもと》」（『絵入自由新聞』一八八二・九・一〜一〇・二八）での虚無党少年党員の発言であり、後の「武器兵糧さへ準備なきに事を惴《はや》りて仕損ぜん」〔13〕という老人の批判によれば、伏字の〈革命〉という含意が読解される(3)。この点で、伏字は、民権家とその支援者・同調者には民権的意味を含意し、官憲には何も記入しないことで服従しつつ、実はアイロニカルに服従の空虚さを示唆する。ただし、ここでの民権家／官憲とは実在のそれではなく、テクストに構造化された機能概念である。現実の官憲が民権的解釈戦略に基づいた含意を弾圧の根拠とする、岸田俊子「函入娘」のような事例も存在する。政治小説は、このように読者を二重化する。

(2)　何をか猶予すべき是より直ちに〇〇の旗揚なして日頃の本望遂ぐるの外に策なからん〔13〕

二重化された読者は、テクストが内包する仮定された読者である。例えば(1c)にも、ロシア革命運動を直訳上やむを得ないと把握する「読者」＝官憲と、ロシアから日本を喚起し政府打倒の情念を励起させる民権家との、二重化された読者が構造化されている。「憂き世の涕涙」は、「看官已に厭倦し給ふ」〔50〕というテクストのつまらなさを囮にテクストを否定し、その政治性をテクストに構造化された読者＝「看官」たる官憲から隠蔽して、「聊か憚るところ」あって省筆された「アリス、イグナチイス両人が。魯西亜人民を激励して。一大事業に着手する。最壮烈最活発の条」〔75〕を民権派に含意させて、政治的物語を完結させる。読者の二重化は、夢柳小説の基本様式である先行テクストの言及・引用(4)によっても生起する。これは、先行テクストの言及・引用・変換によってテクストの系譜と解釈方略をテクストに刻印づける読本の解釈システムの流用に関連する。例えば、『虚無党実伝記鬼啾啾』（旭橋活版所、一八八五・一〇）の場合、虚無党に関わる言説を集成しつつ、先行テクストへの言及によって、『鬼啾啾』読者の民権的解釈装置を作動させる。そこでは、虚無党に批判的な言説と肯定的な言説とによるアイロニーが生成する(5)。

これまで、物語世界外の文学コミュニケーションを概観してみると、受け手とのコミュニケーションの維持のための修辞的な戦術を駆使することが、受け手の情念を励起させ民権伸張の目的を達成させうる有効な戦略の一つと言えよう。しかし、この政治小説の受容・効果を検証するデータは少ない。そこで本章では、物語世界内で政治小説がどのように受容されたかを検討する。

本章で取り上げる『芒《すすき》の一《ひ》と叢《むら》』（駸々堂本店、一八八八・五）は、児島文子が蘇比亜を主人公とする虚無党小説を読んで共感し、日光山中で同じ小説を朗読する三浦卓と結婚し渡欧して秀を生み、虚無党に参加してロシア陸軍中将兼警視総監ハクブノツプを暗殺して自らも戦死した後、秀が二人の意志を継いで虚無党少年首領となる物語だ。『芒の一と叢』は、『鬼啾啾』を〈虚無党事情の冊子〉として取り込んだテクストであり、その〈虚無党事情の冊子〉を読むことでヒロインが非民権的女性から女性民権家へと変貌していくテクストである。

2 『鬼啾啾』から〈虚無党事情の冊子〉へ

〈虚無党事情の冊子〉とは、『芒の一と叢』で文子・卓が読んだ「露西亜に比年急激なる手段を行ふ虚無党の事情を記」した「冊子」〔1〕を指す。『芒の一と叢』では、〈虚無党事情の冊子〉の本文が改行引用される。〈虚無党事情の冊子〉と『鬼啾啾』の比較は、「措辞の相違」〔6〕という指摘があるのみで、ほとんど検討されていない。そこでヒロインが虚無党首領となる経緯を、〈虚無党事情の冊子〉（『芒の一と叢』）(3a)と、『鬼啾啾』の対応箇所(3b)(3c)で比較する。なお、(3a)の「種々の痛苦を嘗め」に該当するソヒヤの家出の挿話は長くなるので半ば省略した。

(3a) 此れより種々《さまざま》の痛苦を嘗め師を選み友を求め同気同情男勝りの婦人女子と団結し最初は情義上の交際も爾来《じらい》漸《やう》やく純乎たる政治上の党派となり往年国事の罪を犯して或ひは獄裡の鬼となり或ひは流竄《りうざん》の客となりし諸名士の風《ふう》を学び跡を慕ひて何となく悲愴の月日を経過せしかば蘇比亜が高貴門閥の家に生れて自づから優にやさしき性質も昔しに変る大胆不敵一巾幗の身を以つて鬚眉《しゆび》男児の首領と仰がれ露国の専制政体を改革せんと奮起しつゝ〔8〕

(3b) 彼のソヒヤ、ペロウスキーは、その身漸《やう》やく父母より修学の暇《いとま》を得、学資の金さへ与へられ、何処へ行くも自主自由、欲するまゝとなりしを幸ひ、匿《かく》れ居たる朋友の家を直ちに立ち出で、先づセルニスウキーの塾に至り、後又たドブロリンブーの門に入り、此の両師の薫陶《くんとう》を受けしを以て、ソヒヤの思想は何時の間にやら識らず知らず社会主義と化し来り、之れを実行せんと勉め励みしかば同気相求め同情相憐む、男勝りの婦人等は遂に相団結して、一つの秘密会社を設け、只管《ひたすら》社会一般の公利公益を起さんと相互ひに誓ひしものゝ、初は各個情義上の交際に過ず、之を政治会社と云《いは》んより寧ろ親睦会社と称すべきものにして、且その団結には規則もなければ役員もなし、大小の事皆一同の意向に任せ、小数は大数に譲る自然の慣例なれば、社員の親しきこと骨肉の間に均しく、偶《たま》まその主義に対し熱心の足らざる挙動あるものは、信愛の諌めをなすなど常に一致和合して事を謀り居たりしといへども、追ひ〳〵団結の拡張するに随ひ、以前の如く只だ親密なる情好のみに依頼すべからず、必ず一定の目的を立つべしとの議に傾くや否や、情義上の交際忽まち消滅し去り、茲《ここ》に漸やく純乎たる政治会社となりしにより、ソヒヤ始め一同は猶ほその精神気魄を激まし、往年《そのかみ》国事の罪を犯して、或ひは獄裡の鬼となり、或ひは流竄の客となりしカツプリアノツフ、セルースン、コロニロバ等の諸士、及び他に外国に英名高き人々の風を学び跡を慕ひ、何となく悲憤なる日月を経過せしかば、ソヒヤが高貴門閥の家に生れて優にやさしき性質、益す〳〵昔に変り大胆不敵となり来て、終《つい》に魯国の政体を改革せんと志ざしつ〔10〕

(3c) 是れ即ちウエラ、サシユリツチが一巾幗《きんくわく》の身を以て、鬚眉《しゆび》男児も未だ曽て為さゞるところの過激の行なひをなしたる所以あり。〔6〕

主人公名は(3b)がソヒヤに対し(3a)は蘇比亜である。これは、例えば、「自由の凱歌」(『自由新聞』一八八二・八・一二〜八三・二・四)のフーロンが「仏蘭西革命記自由の凱歌続編」(『東雲新聞』一八八八・一〇・一四〜八九・三・二七)で風竜となる表記の漢語化の過程に位置づけられる。また、(3b)の父母の学資援助、ソヒヤの社会主義的思想や結社の行動、具体的人名が、(3a)で削除されている。これは、叙述の簡略化と、文の主語がソヒヤと結社の二つある(3b)に対し、(3a)では主体が蘇比亜に統合されたためである。また、『鬼啾啾』の虚無党指導者クラポキンやウエラの存在を捨象し、後者の形容(3c)を織り込みながらも(3a)では蘇比亜が虚無党の指導者となる。これは、蘇比亜の美化、男女平等思想に基づく。ストーリーのコンテクストでは、ソヒヤが結社に参加し結社の政治化によって急進化していった(3b)に対し、(3a)は立志譚・成長小説の話型と結合し、「自づから」とあるように蘇比亜の自然な自発的な政治化を示す。

その他の箇所を比較する。まず、提示された蘇比亜の手紙も、その字句は『鬼啾啾』と異なる。また、『芒の一と叢』の地の文として織り込まれた部分も『鬼啾啾』とは字句・内容が改変されている。例えば、『鬼啾啾』第六回のウエラを被告とした裁判とアレキサンドロフの弁護にいたる物語は、『芒の一と叢』二七回後半〜三二回の卓を被告とした裁判で文子が弁護しようとする物語に置換されている。『芒の一と叢』第十八〜九回で、卓が〈虚無党事情の冊子〉を使って演説練習する場面では滝の音によって声がとぎれる。その空白部分は、虚無党の具体的政策・行動を述べた部分であり、結果として聴き手が聞き取れた内容は反政府的イメージのみとなる。

　引用された部分だけから判断するなら、〈虚無党事情の冊子〉は、蘇比亜の手紙を前に置くなど『鬼啾啾』の挿話の配列順序を改変し、蘇比亜の挿話を中心化した物語と言える。また、『鬼啾啾』における虚無党の政治方針等の社会主義的要素を捨象することで、自由民権性の度合いを高めたテクストが〈虚無党事情の冊子〉である。

3　『芒の一と叢』における読書

『芒の一と叢』は、文子が〈虚無党事情の冊子〉を読む場面から始まる。そこで、文子の〈虚無党事情の冊子〉読書過程(4)を概観する。なお、(4e)・(4g)・(4l)は文子の言葉であり、それ以外は地の文である。

(4a)　物思はしげなる面色《おももち》〔1〕

(4b)　更に悄然たる心の中には限りなき感想の往来するものと覚しく頭《つむり》に挿《はさ》む薔薇の花の風なきに遙ぐめり〔1〕

(4c)　幾度となく繰り返し読み了《おは》りて悄然たる〔6〕

(4d)　悄然として稍《やゝ》暫《しば》らく限りなき感慨に胸中を攪《みだ》され居たる嬢子は再び冊子に向ひ〔7〕

(4e)　まだ年若き身をもちて何故斯《なにゆゑかゝ》る恐ろしき虚無党の群に入り死刑を宣告せらるゝほどの罪科《つみとが》を犯すまで其性質《さが》の

雄々しくなりしか此れには必らず種々の原因事情のあることとなるべし〔7〕
(4f) 更に憤然たる景色を現はし重ねて復た独り語〔7〕
(4g) 実《げ》に外面《げめん》の温良なる婦人女子に似もやらで其の内心の兇暴なるは恐ろしき限りと云ふべし仮初《かりそ》めにも其の国の臣民と生れ出で常に保護の有り難き恩沢を被《こう》ぶる身の如何に政事に不平ありとて禍ひを九重《こゝのへ》の上にまで加ふるとは不忠とや云はん不義とや云はん悪《にく》むに余る挙動ならずや〔7〕
(4h) 尚ほも意《こゝろ》を注ぎて読み下す〔7〕
(4i) 一頁を了る毎に次第に強き感情と深き興味を催ほしながら余念なく読み過す〔8〕
(4j) 一たび読んでは感慨の自づから胸に攅《あつ》まり再たゝび読んでは涕涙の独り襟を沾《うる》ほしつゝ今や嬢子が蘇比亜の伝を看了《みおは》りし〔9〕
(4k) 凡そ人の脳髄に感動を起せし時には芽に触るゝもの耳に入るもの一つとして其の感動の媒介《なかだち》とならぬはなく死せるを悼《いた》む時に在りては花の影さへ自づから笑ふが如く思はるゝは是れ自然の情理なり嬢子は今蘇比亜の伝を読めば読むほど脳髄に感動を起し来り仮令《たと》ひ不忠不義にもせよ我が身に同じき女子にして斯《か》かる大胆不敵の動挙《ふるまひ》其の性命を志《こゝろ》ざしの犠牲とするに至りしは自づから深く信ずるものゝある為めなりと云ひつべし世に稀《めづ》らしき女丈《ぢょう》夫《ふ》なるに国を憂ひ世を慨く一片の熱心は遂に兇暴危激に陥入り天地に容れぬ大逆の罪科を犯せしは実に惜むべき限りにて痛ましきかな今は早や世に亡き人の数に入り霊魂を安んずべき墳墓だにもあらずとは悲哀に沈む場合なれば偶然に聞き伝へし彼の俚謡の文句も亦た其の感動を添え来り益す〳〵悲哀を加へつゝ巳《すで》に濡《うる》ほふ襟上は乾く時なき情態なり〔9〕
(4l) 然《しか》り真に仮令《たとひ》性命のなければとて何ど苦しきことやあらん野辺の石碑にさす月の影を吊《とむ》らふ人もあるべし結ぶ白露苔の花香《かぐ》はしき名を世に遺《のこ》し誉《ほまれ》を人に伝へなば一生涯の望み足りぬ（略）去りながら我が邦にては古へより婦女教育の道未だ備はらで斉《ひと》しく人間に生れながら婦女は男子の扶助を被《かふ》ぶり之れに附随従属するが其の義務な

りと思ひ定め甘んじて男子の為めに苦使さる丶のみならず人生婦人の身となる莫《なか》れ百年の苦楽他人に依ると無気無力に長なるゆゑ貞女と云はれ孝女と云はる丶婦女は往々世に出づれど国の為め世の為めに婦女の性命を捨てしと云ふ例を聞きしことあらず実に我が邦の婦人女子は情けなき景況《ありさま》ならずや我が身愚かなりとはいへど此れより益す〳〵勉強して彼の蘇比亜が勇気を学び志ざしに髴《たほ》るべし〔9〕

(5) 性命ないとて苦にせまいもの。野辺の石碑に月がさす。見やれ苔にも花が咲く。獄屋もどりに袖褄《そでつま》牽《ひ》かれ。晩に逢ふとの目遣ひに。招く合図の旗章。芒に交る髑髏。心と読んだが無理かいな。〔9〕

文子は水戸天狗党指導者武田耕雲斎の血縁者であり、養父の児島豊前も流刑中の後醍醐天皇に忠誠を示した児島高徳の子孫であって、豊前自身も勤王派として維新に与した。文子の当初の政治的立場は、(4g)から明治天皇制政府支持と想定される。そんな文子が、何かの折りに〈虚無党事情の冊子〉を読んだ際、既読部分での反皇帝・反政府的な活動を続ける虚無党への嫌悪から、「悄然」とした物思い(4a)に囚われた。それは蘇比亜の遺書読後(4b)・(4d)も変わらない。ただし、遺書を繰り返し読んだ(4c)文子は、女性が虚無党に参加し処刑されるにいたる「原因事情」を知りたい(4e)という、蘇比亜への特別な関心を持った。

次に文子が読んだテクストは、蘇比亜の皇帝暗殺事件関与の挿話である。文子は、「憤然」(4f)として、皇帝暗殺を遂行した蘇比亜の「兇暴」性に恐怖し「不忠」・「不義」(4g)を非難する。しかし、文子は、蘇比亜の出生から虚無党指導者になるまでを、徐々に関心・感動を強めながら読み続け(4i)、読了時には涙を流すほど感動する(4j)。また、偶然、読了時に聞こえた端唄(5)は、「感動の媒介」となり文子の感動を高める。(5)は、投獄にも屈せずに武装決起し傷つき死ぬという蜂起と敗北のイメージを強化して名誉と死を結合し、憂国慨世の人々の心にその先駆者の死が受け止められるという政治行動の絶対化を含意する。その結果、文子は日本での女性の国事関与がないことを嘆き、「性命を志ざしの犠牲とするに至りしは自づから深く信ずるもの、ある為めなり」と信念を肯定的に推測し、「国の為め世の為め」に「蘇比亜が勇気を学び志ざしに斃るべし」と決意する(41)。このように、文子は当初の蘇比亜の皇帝暗殺への反発から、暗殺原因を圧制からの解放という国事への自己犠牲的信念と知ることで蘇比亜に共感する。

文子の〈虚無党事情の冊子〉の読書行為には、そのときどきの感慨を声にだし、〈虚無党事情の冊子〉への疑問・見解を提起するという特徴がある。この自己とテクストとの対話関係の創出は、読者が自己の直接経験の参照や想像力・推論によってテクストを自己にとって自然なものへと組み替える作業である。文子は、蘇比亜の皇帝暗殺原因を〈空所〉として把握し、それを憂国の自己犠牲的な信念として充当した。皇帝暗殺への批判の主題が、それまで空白の女性変革・国事志向の主題へと変化し、それまでの高貴な両家の子女としての現状肯定的な政治的規範を否定し、元々の虚無党批判を虚無党肯定へと転換する。読書行為によって文子の政治的立場が逆転する。この読書行為観は、テクストの通読を要請する。当初の物語内容への反発にも拘わらず、文子は〈虚無党事情の冊子〉を読むことを止めない。読むことの放棄は、世界・規範の固定化と連動しており、『芒の一と叢』は読むことの継続がテクストの前提となっている。

4　夢柳小説における読書

読書が描かれるのは『芒の一と叢』だけではなく、他の夢柳小説にも見られる。

「垂天初影」（『土陽新聞』一八八六・一二・二二〜八七・二・三）は、ルーソーの幼時の小説嗜好と史伝へと関心の拡大(6a)を記し、「ルーソーをして共和の精神を発育し自由の精神を熾盛ならしめ不覊独立以つて束縛抑制の下に立つことを得ざらしめしものは蓋ふに実に此の時に根基したるが如く」（6）と幼時の読書を意味づける。「ガーネット、ウオルスレーの伝」（『絵入自由新聞』一八八三・一・一四〜二・一）(6b)も、軍事的才能の発揮に幼年時の史伝読書が有効だとする。

(6a) ルーソーは生れ得て稗史小説を読むことを好み第七歳の夏に至り早く既に亡母が遺愛なる数十冊の文庫を渉猟し了り次で外祖父の図書を閲覧するの便宜を得たるより復た別に一生面を開き専ぱら古代の歴史を繙きたる〔6〕

(6b) 好んで史伝を読み古来の英雄豪傑が成敗得失の跡について其理を明らめしより大いに後時の助けをなしぬ〔2〕

(6)では、小説は読者が歴史・伝記に接近するための階梯として想定されている。

また、宮崎夢柳「仏蘭西太平記鮮血の花」(『自由燈』一八八四・五・一一〜七・二七)には、ギルベルトがルーソー〈懺悔日記〉草稿を読む場面がある。草稿は、『告白』冒頭部とヴィルソン嬢の挿話に相当し、『芒の一と叢』との比較のために、その読書過程(7)を概観する。

(7a) 両三葉を読みたるに一種放胆の快文字《くわいもんじ》稿者は誰れか分らぬうへ反故に同じきものなれば後先の脱け散らけ順序の自《おの》づと立たざれどなか〳〵面白く覚ゆるま、繰り返して初めより一読する〔12〕

(7b) 一種特異の放胆文その措辞の奇抜なるにギルベルトは限りなき愉快を覚えて余念なく猶ほ復た次葉を披らき見る〔13〕

(7c) 半ばを読んでギルベルトは覚えず横手を礑《はた》と拍《う》ち是《こ》は愉快なり愉快なりと又もや次葉を披きつ、読み起す〔12〕

(7d) 此の稿者も我れと同じく彼のウヰルソンに恋着して其の縁なきを遺憾のあまり終生女子を見ずとまで決心したるは道理なりと我が身の往事に較べつ、云ひ出づる〔13〕

(7e) 懺悔日記を一読してルーソーがその昔し貴女ウヰルソンと啐啄同時《あひほれ》の感情の処に至り忽まち起る懐旧心一瓶の麻酔剤《もるひね》に瞬時の春を娯しみし彼のアンドレーの面影の眼の前に瞥々《ちらつき》しが我れと我が情を抑へてその後は勉強切磋少しの暇のあらざるより〔17〕

〈懺悔日記〉は、「某が艱難辛苦を聞て自ら奮はしめよ」(12)そして自己が「大奇物なるを知らしめよ」と、読者に奮起と自己の卓越性把握を指示する。それによって心の解放は抑圧からの自由として政治化される。〈懺悔日記〉は志士的政治闘争のディスクールであり、その故にギルベルトには「面白」く「愉快」なテクストとして受容された。その際、感慨が発声や手打ち等の身体運動で表される。さらに、ルーソーとウヰルソンとの恋愛は、〈懺悔日記〉では、「身を終るまで誓つて復た女子を見ざることに決心」(13)した「英傑達士」(15)と佳人との別離として語られる。ギルベルトは、ルーソーとウヰルソンとの関係に自分とアンドレーとを当てはめ、アンドレーへの思慕を強める。ギルベルトは、ルーソーに師事して民権思想の正統的継承者に自己を位置づけるとともに、かつてルーソーが犯した過ちを再現するかのようにアンドレーを追い回し、テクスト中断直前ではアンドレーの家に潜入して下女ニコルを脅迫する。一方で、既に「自由の凱歌」では、ギルベルトとアンドレーとの対決が描かれており、「鮮血の花」でもギルベルトが痴情を克服して大革命の指導者となる物語が展開しえたはずである。要約すれば、(7)では、「面白さ」がテクスト接近の動機を触発し、その「愉快」な感慨を発声や手打ち等の身体運動で表わし、テクストの内容を自己の過去や未来に投影し、内省するという過程が描かれる。

夢柳小説に描かれる読書の共通項は、感慨を声に出して感動し、テクストの物語内容を自己の生き方に反映させることである。感情の増幅によるテクストへの没入は、テクストの表現以上の意味生成をもたらす点で変革のための読書行為の構成要素の一つとなっている。

4 人情本的政治小説と読本的政治小説の間

1 テクストの断絶

百華園主人桜田百衛は、『阿国民造自由廼錦袍《のにしき》』（日進堂、一八八三・九）で、「ヂスレリーボルテールには及ばねど情と貞の何物なるかを聊か女児等に変則で諭さん」（百花園主人「阿国民造自由廼錦袍序」）と発言し、「我邦近世稗史小説家（略）未だ曽て政治に係り社会に関するの深思想を寓する者あるを見」ないが、百華園は「曽て自から東洋政治社会の稗史小説家たらんと」（夢柳居士「序」）したという周囲の証言から、政治小説家になることを意識的に表明した最初の人物とされる(1)。

一八八一年春に執筆され百華園の死後刊行された『自由廼錦袍』は、大内閣太夫（天皇）の食客・草野民蔵（人民）が大内の娘・阿権（君権）を拒絶し元大内家の下女で芸妓となった阿国（国家）と結ばれるというストーリーで、「『国民』が『国家』の主体になること」(2)を含意する、写実的人情本形式の寓話型政治小説である。また、アレクサンドル・デュマを「馬琴調」(3)で翻訳した「西の洋血潮の暴風」（『自由新聞』一八八二・六・二五〜一一・一六）は、バルサモーが革命結社・鮮血革命党に参加しタベルネ邸で皇太子妃アントハネットに未来を予言し、タベルネ家の下男ギルベルトが上京する物語である。前者は為永春水『春色梅児誉美』の趣向を取り入れ、「自由民権の闘士が、運動達成の途上に、婦女子の色に溺れて、初志より逸脱することへの反省・自戒」(4)が語られるため、「寓意の隠微である割に人情本式濃味が強すぎる」(5)と評される。一方、後者は、鮮血革命党の誓詞(一八八二・七・二掲載)と福島事件の血判盟約書(同・八・一)との近似(6)が、単行本『仏国革命起源西洋血潮小暴風《にしのうみちくほのさあらし》』(絵入自由新聞社、一八八二・一一)の発行禁止、続編の宮崎夢柳「自由の凱歌」(『自由新聞』一八八二・八・一二〜八三・二・八)の中断をもたらした。テクストの効力の差異から、「戯作的小説像と西欧的小説像との相違が歴然としている」(7)という論者もいる。

だが、物語内容レベルでの現代/過去、日本/フランス、恋愛/革命という類型的対比、春水・馬琴との場面・表現面の表層的類似の指摘だけで、『自由廼錦袍』と「西の洋血潮の暴風」の関係のすべてを捉えたと考えることは、説明の放棄に他ならない。本章で試みなければならないのは、人情本的政治小説と読本的政治小説との間の脈絡の探究だ。これは人情本・読本の詳細な検討・概念規定をも要請するが、本章では比較・対照のために有益と思われる要点のみを使用している。政治小説の革命的転回とそれを用意した基盤とを解明するための足がかりの一つを確保することが本章の目的だからである。

2 語りの特徴

『自由廼錦袍』は、(1)に見るように、語る主体が混在するテクストとしてある。

(1)a 戸長(麦《むぎ》田《た》愚伝次《ぐでんじ》といふ当村の保正《こちやう》なり)様が十六にも成つて〔1〕

b 先生のことを才子もないもんだト(言ながら弁当箱をあけて見て)ヲヤ今日はお弁はどうおしだヱ〔1〕

c今に二十三年（おつと）私の身分が奈何成《どうかなっ》たら必定《きっと》ご恩酬《はうじ》を仕ヨ《する》〔3〕
d　非《あらずんば》三有《あるに》二功名《こうめいと》遠超《おくこゆる》一レ世《よを》／豈容喚為《あにゆるさんよんでなすを》二真男児《しんのだんじと》一〔3〕
e○百華園《さくしゃ》謹曰此草紙第一《はじめ》章より本章《ここ》に至るの間は唯民造の幼稚時《おいたち》と修業のため東都へ登る迄の大略《あらまし》を記さんのみの脚色《しくみ》なれば詳細《くはし》き事柄はみな省きて載せずかつ言語も東京と鎮西との相同からざるは不待説明《いふまでもなき》ことなれどもそを其儘に記さんには童男童女《こどもしゅう》に解り難からんことを恐れ仮に東土訛《あづまふう》を用しのみまた同氏《たみざう》が着東の後十年あまり一とせが間或は義塾或は下宿にて幾多の艱難に脳漿《おもひ》を灌漑《こが》し学の路次《みち》に生《おぶ》るてふ茅茨の露を分通をし諸生中の履歴《こと》はくだ々々しき而已《のみ》にて面素《おもしろ》からず故に其頭は筆の篇目入てことごとく掃すて〔2〕
f再説《またとく》。月雪花のながめよき。華の都の夢香島《むかふじま》も。復制《いしん》の後は〔2〕
g名を後代《のちのよ》に伝へてこそと思込だる剛毅朴訥。仁かあらぬ歟《か》義に捷《はや》る。心のうちぞ勇ましき〔1〕

括弧内の注釈は、(1a)での物語世界内の人物・事物に関する補足情報の提供、(1b)での作中人物の発話と同時進行的な動作説明、(1c)での作中人物の発話への介入からなる。(1b)は発話の背景的状況を提示する地の文と同一機能を果たし、その点で発話中の用例たる(1a)も同じである。(1a)(1b)は物語世界内の時空間に即している。一方、(1c)は傍線部の物語世界外からの語りの言説介入を有標化しつつ、物語世界内の時空間に対応させ訂正する。また、雲井龍雄の漢詩の一節(1d)は漢字かな混じりの和文脈を基調とした物語言説で唯一の漢文体であり、物語世界外の送り手から受け手に提示するため効果的に示される。(1d)は、民蔵の内面描写で禁欲主義的な志士を理想像として掲げる際に引用されている。これらは読者の物語理解の補助となる言説を提示する存在である。字下げの段落の(1e)は、省筆と詳述、東京方言と九州方言、という叙述・言語様式を選択する。これも「童男童女に解」されることを目的とする点で同様である。なお、脇筋から本題への復帰を示す(1f)は(1e)と共にテクストの記述意識の表明と言えよう。さらに、作中人物の言動への感想・批評(1g)もある。

一方、「西の洋血潮の暴風」も、（2）に見るように、語る主体が混在するテクストである。

(2) a 光りを見ん（とは此革命会社の隠語にして即抑圧を脱して自由を獲るといふ符徴なり）と欲する耳《のみ》。〔3〕

b 劇剤を国家の痼痾に施すべし。（真然真然《ひや〳〵》）〔6〕

c 敢て惣理（老翁を斥《さす》か）の糾問と同志諸君の明判を願ふとぞ陳述たりける／d（是からが面白いぞ）〔3〕

e 龍駕巴里ニ入ノ日昏霧影ヲ滅セン。懇願切望ニ堪ザル也。参議リシリユー等。昧死以テ聞ズ〔14〕

f バルサモー氏の演舌、有限の紙幅に称ぬものから、直に次号に接続すれば、其心して電覧あれ〔5〕

g 鬼となりけん命終焉の。臆念の底は什麼ならん。想遺るだに傷ましくて。不覚もふる泪の雨に。硯の海の水容《かさ》ましぬ。因《よっ》て考《おも》へば顔回を。陋巷《ろうこう》に夭折《わかじに》させし。造化の料理妙なる哉。h 休題話頭《それはさておきここにまた》〔7〕

括弧内の言説は、(2a)での物語世界内での人物・事物に関する補足情報の提供、(2b)の演説での聴衆の言説・態度等の反応、(2c)での物語世界内での人物・事物に関する推測情報、(2d)での物語への感想・評価からなる。このうち、(2a)は(1a)に、(2b)は(1b)に対応している。(2c)や(2d)の推測や感想は、語る主体の一つが、物語展開に関与する権限を持たない、あるいは物語世界を知悉しているわけではないことを示す。また、(1d)に対応する(2e)はアントハネットが読んだリシリユーの手紙が地の漢字かな混じり文とは異なる漢字カナ混じり文で提示される。鮮血革命党の誓詞と同様、(2e)では語り手の情報量がアントハネットと同程度に限定されている。バルサモーやギルベルトも初登場の場面で自ら名のるまで、地の文では「旅人」・「少年」と記され、語り手の情報量が制限されている。(2h)は(1f)と同様の標識であり、(2f)は分載によるテクスト配列という記述意識の表示。さらに、(2g)は、(1g)に対応する。(2d)・(2g)での詠嘆する主体は展開される物語への関与権をもたないかのようである。語り手は物語のすべてを創出するという前提をふまえれば、「西の洋血潮の暴風」の語り手は、ストーリーを産出する主体とそのストーリーを注釈する主体、ストーリーへの感想・批評をする主体とに、機能差を持つ。このうち、『自由廼錦袍』では感想・批評をする主体の比重が小さい。百華園テクストの感想・批評をする主体は、テクスト創造機能を持てないため、最大の関心事である革命運動・自由民権の成功・達成を枠組みとした感情的な批評・感想を行う。

なお、掛詞・枕詞・類語等の多用が『自由廼錦袍』では二回、「西の洋血潮の暴風」では二・八〜九・一六回に集中し、人物の移動場面で修辞が駆使される。語り手はレトリックを駆使して自然や登場人物の心理を描写することを引き受けている。

本節では、百華園テクストの物語表現が、物語世界外の語り手に帰属し、事象叙述する主体と批評・感想を行う主体とに語る主体の機能が分割されることを記述した。

3　読本性と人情本性

本節では物語展開の枠組みである読本性・人情本性を概観する。

まず、読本性の程度を検証する。読本の劇的な運命の転変という点では、『自由廼錦袍』の冒頭二章も、草莽の志士・蒼右衛門が倒幕活動を続け奥州戦争で戦死し、民蔵の誕生と腕白ぶり、成長後に学問修業に上京し政府高官の食客となるまでを描く。ただし、読本で使用される危機を再三にわたってくぐり抜けるプロットは、『自由廼錦袍』では(1e)の如く省筆されるため、「西の洋血潮の暴風」のみに見られる。危機の出来事の系列をバルサモー〔3〕とギルベルト〔4〕に分けて掲げる。該当場面を①〜⑥に、出来事をa〜lに、人物の反応またはその後の展開をその下に整理する。

(3)①トンネール山：a1乗馬の消失➡a2舌打ちする

b1行く手の燈火の案内↓b2回し者かとつぶやく
c1警告↓c2心中で笑う
d1異形の男による連行↓d2争わない
②城跡集会場：e1鮮血革命党(8)加盟再考↓e2節義は変えないと嘲笑
f1血酒を飲む↓f2暖の加減もよいと見渡す
g1短銃自殺↓g2死ぬことが役に立つならと引金を引く
③野原：h1落雷↓h2気絶(9)↓h3ギルベルトに救助される
④タベルネ邸：i1銃撃↓i2左股に浅傷を受ける
(4)
⑤旧タベルネ邸：j1借金↓j2出奔
⑥出奔：k1旅費の紛失↓k2施しを断り走り去る
l1空腹↓l2気絶↓l3貴女に救助される

(3)～(4)の度重なる危機の克服は、概ね何事にも動じない志士像、人物の胆力・行動力・自己犠牲性といった資質を強調する

次に人情本性を検証する。第一に、人情本は、例えば情事を暗に描く手法をとるが、『自由廼錦袍』(5a)・「西の洋血潮の暴風」(5b)に共通する。

(5a) 不動《じっと》しておいでナ。トいふ時野辺にすだくなる松虫の音を送り来し。風に洋燈《らんぷ》の光さへ。消なんとして又明きのみ。暫《しばし》胸は声もせずなりぬ。良ありて帯を〆直し〔4〕

(5b) 頸を引よせ跨んとするとき。窓に吹いる風暴て。柱に懸し燈火を。消て黒白なき闇の間に。築地の蘆のそれな

らで。かたはに春を娯しみ了り〔16〕

(5a)は芸妓になる前に忍んできた阿国の真情に応えて民造がお国を抱く場面、(5b)はギルベルトが睡眠薬を飲ませたアンドレーを強姦する場面だ。

第二に、人情を感情として捉えるならば、人情本は感情の増幅・誇張が描かれると言えよう。『自由廼錦袍』では、阿国は思いを叶えるために度々民蔵の部屋へ訪れ掻き口説くことで結ばれ、阿権も政府高官の娘でありながら一介の書生に過ぎない民蔵に愛を告白する。激しい恋愛感情がそこで表出される。一方、「西の洋血潮の暴風」では、増幅・誇張された感情は政治的立場・志操による激情(6)として描かれる。(6a)〜(6b)は鮮血革命党の度胸試しに対するバルサモーの反応であり、(6c)はバルサモーの民権批判へのギルベルトの反発である。一方で、ギルベルトを例にあげれば、(7)のようにふだんは「淡泊」〔10〕な人物とされ、語りは感情の起伏を激化する。

(6a) 憤怒《いかり》の色を。眼瞼《まなじり》に含み掌を扛《あげ》て。不服の旨を示し〔2〕

(6b) 真成の大丈夫《ますらお》は。縦《よし》死をもつて迫ればとて。水火の為に志操は変じ（略）と。怒れる面色朱を濺ぎ〔4〕

(6c) 年少過激のギルベルト。何の用捨もあらばこそ。忽地如火《たちまちくわっ》と急燥《せきたち》て。目眦《まなじり》を裂き憤然と。語勢を荒げ〔10〕

(7) 雪も羞《はじ》ろう美男にて。眼中朗々《めのうちすでし》く挙動《ふるまひ》は。活発のうちに信切を。含《こめ》て由香しく後久の。いと頼母しく愛らしければ〔9〕

読本と人情本とに傾斜するものの、それぞれが両方の要素を持つということだけで、『自由廼錦袍』と「西の洋血潮の暴風」を同一性を持つテクストとするつもりはない。本節の目的は、どちらのテクストも両方のジャンルの影響を受けていることの確認にある。二つのテクストは、読本的な志の追求と人情本的な恋愛場面の混交の比率の変動によって織られている。後者の場面の少ない「西の洋血潮の暴風」も、ギルベルトは「恋よりぞ知る少年の。同権論」〔11〕を展開する人物とされるからである。

4　民権思想

次に、人物の発言から民権思想を整理する。

本章冒頭でも整理したが、『自由廼錦袍』は人間関係が、「西の洋血潮の暴風」は過去の大革命準備が、同時代の政治状況・目標計画の寓意となる。

(8a)　平民が一ち番貴重〔4〕

(8b)　国のため世の為め命を的に民権をお主張遊す

(8c)　精神に自由の錦袍を着て済ます〔4〕

(9a)　何が故、何が為に筆舌を自由にする能はざる耶〔3〕

(9b)　革命会社を創設し。苛にも〇〇擅権の。国とし聞ば片端より。打崩し攻亡ぼして。真理の所在を同胞に告げ。自主の政治を布んと欲す〔5〕

(9c)　社会に位階の別ありとせば。混沌《むかし》造化が人間を。創《はじ》めて作り成しとき。何の種族は王侯の。尊位を占て主権を掴《にぎ》り。福利を貪《むさ》ぼり億兆を。羊の如くに扱かふべし。又何族は貴族となりて。幾万丁の田地を領し。代々癡児《ばか》が継続《つゞい》ても、改らぬ富は漆《ぬり》馬車に。乗て王家に出入し。殊遇を受て訪れかし。将一般の人民は。農工商の鉄欄の内に。金錮せしめて終身苦役。夫のみならず婚姻を。結ぶことさへ免許さずと。厳格に令せしもの歟。果して然らは確固たる。証拠ぞあらん見まく欲し。アダムが住し高亜細亜の。園も洪水で古跡を存せず。王家の宝蔵に天帝

より。国土を譲り受し時の。証文も在ざれは。民を瞞めし普天の下。率土の濱は皆私有の。囈言も今は信ぜられず〔10〕

『自由廼錦袍』は、阿国の発言(8)に見られるように、国家・社会のための平民主義、精神の自由が記述される。「西の洋血潮の暴風」は、百華園の言説(9a)、バルサモーの鮮血革命党総理就任演説(9b)、ギルベルトの言説(9c)から、天賦人権論とその実現のための地下革命運動が主眼となる。むろん、『自由廼錦袍』にも、(8b)の如く、その延長に鮮血革命党を想定しうる言説もある。

以上の検討から、人情本と読本をそれぞれジャンルの母胎に持つため歴然とした相違があるとされた従来の『自由廼錦袍』と「西の洋血潮の暴風」の関係把握は、再考が要請される。語りと様式・プロット、民権思想等の点で両者は相互浸透的だからだ。むろん、これは翻案という初期政治小説の小説作法が、翻訳政治小説と創作政治小説という整然とした区分を無効にしていることと対応していると考えられる。

5 偽党撲滅運動と政治小説

1　偽党撲滅運動のレトリックと政治小説

民権運動期における多様な政治的態度・実践は、諸党派の共存的競争ではなく、諸党派の排他的絶対性に傾斜した。一八八三年五月、自由党の改進党・三菱攻撃、いわゆる「偽党撲滅」・「海坊主退治」キャンペーンが開始された。政府の保護を受けた三菱、三菱と癒着する改進党は、専制政府批判の一環という大義のもと、自由党の批判の対象となった。

自由党は、「君子ノ党」と「小人ノ朋」の区別に言及し、改進党が「君子公党ノ名ヲ冒シテ小人私朋ノ実ヲ欲スル」(1)ことを批判した。偽党撲滅運動のレトリックには儒教に淵源する伝統的「党」概念が影響している。欧陽修「朋党論」は、利益追求による「小人の朋党」と道義による「君子の朋党」を区別し、「人君たるものは但だ当に小人の偽朋を退け君子の朋党を用うべし」と朋党の真偽を明確にする必要を説いた(2)。一方、「天下の公是・公非」に拠る君主が「博く衆論に稽う」ことを求めた雍正帝「御製朋党論」は、「偏私」を挟んで「至公」を妨げる点で朋党を批判する(3)。前者の朋党の真偽の弁別は偽党撲滅の排除を伴い、後者の不偏不党の要請は公論への依拠を伴った。民選議院設立建白の「方今政権の帰する所を察するに、上帝室に在らず、下人民に在らず、而も独り有司に帰す」という有司専制批判も、朋党を批判し帝室と人民の一体化を強調する儒教的朋党批判論に論拠が求められる(4)。偽党撲滅運動も、儒教的朋党批判論の図式を事象に適用することで展開した。

偽党撲滅運動は、演説・論説等の他に、小説・戯文でも進められた。具体的には、『自由新聞』の文芸欄「自由放言」欄の寓話の半数や雑報欄記事で改進党・三菱批判が展開された。特に「自由放言」欄の寓話は、政府批判を消去して改進党批判が自己目的化するにいたる(5)。また、「稗史綺談」欄掲載の「憂き世の涕涙」(『自由新聞』一八八三・九・一四～一二・二八)は、アメリカ鉄道会社に買収されて「主義を変じ節操を換へ」(12)たチロキーの偽党が脱党声明を出し有志批判をしたため偽党撲滅運動が起こる。鉄道の賄賂は三菱の賄賂であり、脱党は独立党の自由党からの脱党を寓する(6)。また、小室案外堂「自由艶舌女文章」(『自由燈』一八八四・五・一一～七・二五)における、小たみの古井由次郎への思慕と髭大尽・新貝・おかんの拒絶は、藩閥政府・改進党勢力を拒絶し、自由党の最終的勝利、民衆と自由党の結合による日本のあるべき政治的未来像を寓する(7)。

本章で取り上げる幻々道人(8)「今浄海六波羅譚《ものがたり》」(『自由燈』一八八四・五・一一～六・二四)も、『自由党史』の記述(1)によれば、偽党撲滅運動の代表的政治小説として受容されたテクストである。

(1) 十七年五月に至り星亨大に資を投じて『自由之燈』と題せる通俗新聞を発刊し、自由新聞と相連轡《れんぴ》して、藩閥政府を討撃すると倶に、改進党を力排し、特に三菱一党を以て『海坊主今浄海』と名《なづ》けたる諷刺小説を掲げ、一時に伝誦せらる(9)。

「今浄海六波羅譚」の梗概(2)をまとめる。

(2)　豪商岩垣牙太郎（岩崎弥太郎）は、雛助を見初め妾に望むが断られる。そこで、四天王の難波次郎・松浦五郎・姉輪六郎・妹尾十郎や牛若源次の奸計によって、雛助を妾松寿にする。岩垣の別宅新築の祝宴には阿武隈怪心（大隈重信・改進党）も出席した。岩垣は、遊びにきた松寿の妹綱子を犯し妾千代寿とする。ある日、料亭で松寿と俳優片岡我童が密会したことが漏れ、目付役の妹尾は切腹する。その後、岩垣の寵愛は小竹に移る。松寿は、妹尾の遺書から奸計の真相を知り別宅を出る。下女およしは刑罰が源次に及ぶのを恐れ、源次と岩垣の金を奪い逃げようとするが、岩垣や姉輪に阻止され失敗する。岩垣は源次に斬られた傷で高熱に苦しむ。一方、松寿・千代寿は古雛・雛助と名乗り芸者に戻る。

「今浄海六波羅譚」は、福島幾太郎編『今浄海六波羅譚』（稗史館、一八八四・一二）として刊行された。斉藤昌三は「今浄海六波羅譚」が発禁となり偽版が出たというが(10)、石川巌は稀覯書『今浄海六波羅譚』の偽版は評判ほど出ていないとした(11)。初出と稗史館本の異同は、作者付言を削除し、翻刻時の誤植が大半である。また、稗史館本の挿絵も初出を流用するが、挿絵は初出より構図も微妙に違い線の繊細さが失われている。本文・挿絵の劣化は、見光新聞社とは無関係に稗史館が版権申請し刊行したためなのかは未詳だが(12)、稗史館本は偽版ではない。新聞連載記事の再録ものは版権保護の対象ではないからである(13)。

本章は、「今浄海六波羅譚」が新聞小説として生成される過程でどのような図式・レトリックが用いられたかをたどり、次いでテクストの寓意を捉え、「今浄海六波羅譚」が受容過程でいかに別のテクストに焼き直されたかを見ていく。それは、偽党撲滅運動における「今浄海六波羅譚」の位置と、政治小説の水脈の一つをたどる作業となるはずである。

2 「今浄海六波羅譚」の生成

「今浄海六波羅譚」は、様々なテクストの引用・参照によって物語の展開を支えている。ここでは、小室案外堂の演説、平家物語、『自由燈』とテクストとの関係を見ていく。

第一に、「今浄海六波羅譚」には、小室案外堂「海坊主退治の相談」（久松座、一八八三・五・二二）のレトリックが織り込まれている。

「海坊主退治の相談」は、要旨(3)に見るように、三菱・岩崎弥太郎＝海坊主・浄海（平清盛）の見立てを初めて行い、「海坊主退治」スローガンを流行させた演説である(14)。

(3) 東洋（日本）に自由がないため鯰・鱒（官吏）等の妖怪がはびこる。海坊主（三菱・岩崎）は鯰と似た富豪で、もとは土佐の小蛸だが、親密な竜宮城政府（藩閥政府）の蝦（大隈）の特別保護で一大海坊主になった。蝦は退官して普通の鱗類（民間人）に戻ったが重罪だ。海坊主の海陸支配は無礼千万で、改進党は海坊主に服従している。海坊主は武力ではなく、言論で倒さねばならない。

案外堂が、岩崎を海坊主に見立てたのは、「言論の自由を完ふ」できないため「比喩を怪談に取」り、海上運輸を独占支配する岩崎を妖力ある海坊主に投影したからである。また、岩崎が藩閥政府の保護を受けて三菱の海運部門を独占的に発展させた点と、清盛が「王家の威光と其の保護」により「競ひ起る者を悉く打ち倒して、横暴跋扈至らざる所なく、殆んど海内敵なきが如きに至」った点で、岩崎と清盛が結合される。

「今浄海六波羅譚」でも、岩垣牙太郎を海坊主や平清盛と見立てる。両者は、「大東洋の海坊主岩垣」〔2〕と、「海坊主退治の相談」のような理由説明もなく、結合される。「今浄海六波羅譚」第一三段での比喩「竜宮城の髯鯰等《ひげなまづら》」（政府官吏）も「海坊主退治の相談」からの流用である。そして、「今浄海六波羅譚」への『平家物語』の織り込みは、「海坊主退治の相談」が契機となったと思われる。

第二に、平家物語と「今浄海六波羅譚」との関係を概観する。

タイトルの「今浄海」は岩垣牙太郎を指す。タイトルの「浄海」・「六波羅」は浄海入道・六波羅入道、すなわち平清盛であり、岩垣牙太郎を平清盛に見立てている。

岩垣が第二七段で熱病に苦しむ場面も、平家物語巻六の清盛の死の場面をふまえる。閻魔王宮から迎えの車が来る夢を見たのは平家物語では清盛の妻だが、「今浄海六波羅譚」では岩垣本人である。軽傷の岩垣がひどく苦しんだことは、語りは「治療の期《とき》を過せしにぞ三五日を経るに随がひ傷口大いに痛みを起し今は大切なる疾病《やまひ》となりぬ」〔27〕と合理的に事情を説明する一方で、非合理的に「積善の家余慶《よけい》を招き積悪の人余殃《よわう》を来す善因必らず好果を結べは悪因必らず凶報を受べし今々浄海の岩垣が微傷の為《ため》に斯《かく》ばかり心神までも悩ませらるゝハ誠に故ある事といふべし臆慎《あゝつつ》しむべし戒《いま》しむべし」〔27〕と平家物語巻二のように易経文言伝の一節を引用して岩垣の非道が原因だと示唆する。平家物語の織込みは、因果応報思想によって「今浄海六波羅譚」での岩垣の破滅を正当化する。

また、他にも平家物語をふまえた部分がある。第一九段で、岩垣家の噂を調べるため近辺の少年達を使うのは、平家物語巻一の清盛と同じである。岩垣の四天王の名前は、平清盛の家臣として平家物語に登場する難波次郎経遠・松浦太郎重俊・瀬尾太郎兼康をふまえる。岩垣を負傷させた車夫・牛若源治（第一一段以後は「源次」と表記）の名前は、平家を滅ぼす源義経・牛若丸に通じる。岩垣の三人の妾で、松寿（雛助）・千代寿（綱子）が姉妹であり、その後岩垣の愛が第三者・小竹に移り、松寿・千代寿共に芸者に戻るのは、平家物語で妓王・妓女の姉妹が清盛の愛を第三者・仏御前に奪われ出家したことに対応する。

平家物語の「今浄海六波羅譚」への織込みは、清盛の悪逆非道ぶりを岩垣（そして岩崎弥太郎）に投影することを主軸に、そこから他に派生したと考えられる。

第三に、「今浄海六波羅譚」と『自由燈』との関係を見ていく。「今浄海六波羅譚」冒頭(4)では『自由燈』や作者に言及している。

(4) 稿の編輯者ハ取も直さず狂言作者座元は社主にて売捌《うりさば》きの茶屋が軒端《のきは》に下足の数もまだ明やらぬ一番太鼓三番叟々《そろ〳〵》大入ハ偖《さて》も愛度《めでたき》座中の吉兆今日ぞ初日の大陽気に第二絵入《なかまく》の「博多小女郎」海賊毛刷が浮雲の富貴不義の驕者を目前《まのあたり》爰《こゝ》にものする一狂言ハ現時海上政府と称《よ》ぶ海坊主の棟梁たる岩垣何某《なにがし》が一世の来歴かきつゞりたる歌舞伎座は何処《いづこ》にもあれ看客《みるひと》の後に推測せらる、ならん

(4)は、新聞社を芝居に見立てながら観劇の場面に移行する場面である。(4)では、「初日」は『自由燈』創刊を意味し、「一番二番三番」とあるのは、『自由燈』創刊時にそれぞれ一面二面三面に載った挿絵入り小説「自由艶舌女文章」・「今浄海六波羅譚」・「鮮血の花」を指す。(4)は、博多小女郎波枕の毛刷の悪事と、「今浄海六波羅譚」の岩垣の来歴を類似のものとして提示し、「博多小女郎波枕」観劇で岩垣が雛助を見初める物語の導入となる。

また、雑報「ヘイ今晩は」(『自由燈』一八八四・六・一)(5)は、「今浄海六波羅譚」第一二段と同時掲載された。

(5) 海上政府と仇名せられし三菱會社の隊長岩崎彌太郎殿の愛妾《おもひもの》の内にて此人ありと知られたる松壽《ときは》御前本名ハ山田りん其のむかし白拍子デハナイ藝者たりし時ハ三河屋雛助ハ去年の秋佛御前の小竹《こたけ》夫人の寵を得たるより妹の千代壽《ちよじゅ》と共に身を退き妓王妓女の跡を慕ひ神田明神の石壇を嵯峨野の奥になぞらへて衆生濟度の佛門ならぬ色欲道の脱衣婆《だつえば》となり津《わたり》に迷ふ色中餓鬼を取つて押へて引導をわたす積りの待合も鐵棒ひいた鬼より恐い風をひきこむ恐れあれば思ふ程に亡者も来《きた》らずこれでは此方が青鬼で亡者になつて仕舞ふだらうと到底妹ハ二代目の雛助と

て新橋今春《こんぱる》からニユーとあらはれたが今度ハ彌々《いよいよ》大姐《おほあねへ》が小林古雛《ふるひな》とて二度目の名弘《なびろ》め今月今日《こんにち》より何分よろしう
いづれ妾《わたい》の履歴ハ御社へ出頭直接に艶舌を揮《ふる》ひたいト特別の御報道其の狆聞猫説《ちんぶんめいせつ》ハ追て譚《ものがたり》の拾遺とでもして掲げませう

この時点の「今浄海六波羅譚」は岩垣の新館造成の挿話であり、完成後に雛助が呼び寄せた妹綱子も岩垣の妾となり、監視がゆるんだ時に雛助と我童の密会事件が発生する方向に進む。「ヘイ今晩は」は、第一五段で雛助・綱子を松寿・千代寿に突然改名させ、新たに第一九段で小竹を登場させ、岩垣からの松寿・千代寿の別離と芸者への移行を進める。

『自由燈』と「今浄海六波羅譚」の関係はメディアと小説との補完関係を示し、現実世界との対応関係によってストーリーが変動する「今浄海六波羅譚」の際物性を作り出す。

3 「今浄海六波羅譚」の政治性

「今浄海六波羅譚」の政治性を、政治表現・人物評価から検証する。

まず、「今浄海六波羅譚」には、(6)の財産平等の主張以外、民権理念表現は少ない。

(6) 利己の為には他を顧みずお山の大将我独り栄耀栄華の極度を占め世人の痛痒《つうよう》を見むきもせざる傍若無人の奴原《やつばら》は記者が自由の筆鋒を研《みが》き財産平等の戦《いくさ》を起し不義の陣営を攻撃して微塵骨灰《みぢんこつぱ》となさんとす〔12〕

(7)は、岩垣に拷問を受けた源治の言葉で「〇〇」には「政府」が入る。(7)は、政府・阿武隈怪心と岩垣の癒着を批判し、岩垣の悪業を罵っている。このように、改進党と自由党との政治的立場の相違を提示するわけでもない。

(7) 汝《なんぢ》悪才奸智を以て今〇〇に時めける阿武隈《あぶくま》怪心《わいしん》等を説き瞞《くろ》め公利を名として私利をはかる人面獣心不義国賊たま〳〵浮雲の富貴に居れば爾々《いよ〳〵》驕慢増長して人を人ともおもはぬ挙動《ふるまひ》汝自から省みすば遠き昔しの清盛が終りをよくせぬためしに等し〔25〕

だが、政府と豪商、政党の癒着への批判(7)が、天下の公論・道義に反した私利を追求する小人の朋党への批判となる。この点で、三菱・改進党批判は、儒教的朋党批判としての専制政府批判に連なる。

次に、語りの人物評価では、岩垣側の人物は基本的に否定される。ただし、「性質小胆なる愚人」〔18〕妹尾が遺書で岩垣の陰謀を雛助に暴露する場面では、妹尾を「いと忠実《まめだち》てかいつけある」〔19〕と好意的に扱う。語りの評価は、岩垣との相対的な関係の変化に応じて変動する。だが、岩垣の陰謀に参加し岩垣家に雇われながら後に岩垣を襲った源治には好意的評価・寓意が見られない。

『情海波瀾』のような短編の寓話型民権小説では善玉・悪玉の図式化が容易になされた。岩垣側を悪、反岩垣側を善とする枠組みは、この「今浄海六波羅譚」でも実現可能のはずである。だが、岩垣に致命的打撃を与える源治の評価が否定的な理由には、「今浄海六波羅譚」が妾の浮気事件の暴露と岩崎弥太郎を平清盛とする見立てを、物語の主眼としていることが考えられる。大きな枠組みの投影が重要であり、細部の形象は二次的である。ところで、多くの偽党撲滅運動の小説が改進党・独立党批判を主題としたのに対し、「今浄海六波羅譚」は三菱批判を主題とした唯一の長編小説として重要なテクストである。

4 「今浄海六波羅譚」の再編成

「今浄海六波羅譚」と同じく、岩崎弥太郎の妾の浮気を題材にしたテクストに、尾崎紅葉「三人妻」(『読売新聞』一八九二・三・六～五・一一、七・五～一一・四)がある。

主要登場人物は、「今浄海六波羅譚」の岩垣牙五郎、三河屋雛肋、綱子、小竹、およしが、「三人妻」の葛城余五郎、柳屋才蔵、お角、お艶、お仲に対応する。

葛城余五郎は、名前や死因(胃癌)の点で岩崎弥太郎を読者に連想させるが、金沢の貧農の次男でもある。また、岩垣は財力を駆使して豪遊するが、余五郎は無駄な出費はしない倹約家である。余五郎には本妻お麻や子供お末・余之肋がいるが、岩垣には妻子はいない。岩垣が第一義的に岩崎を指示するのに対し、余五郎には岩崎との相違点もある。また、「海坊主退治の相談」以来使われた岩崎的人物を清盛と見立てる方法は、「三人妻」にはない。しかし、「三人妻」の先行テクスト「明治新編三人比丘尼」(『読売新聞』一八九二・二・一四)には存在する。「三人妻」の新しさの一つは、自動化された見立ての放棄による岩崎のスキャンダルの異化にある。これは、三菱批判をする自由党系新聞に掲載された「今浄海六波羅譚」と、三菱批判を背景に持たない「三人妻」との、批評的姿勢の違いである。

また、「三人妻」では三人の妾はその内面まで同等に物語られている。そこで、「三人妻」の挿話の機能を(8)の三段階に整理した前田愛(15)に基づき、「今浄海六波羅譚」の三人が妾になる過程を図式化する。

(8) Ⅰ欲するVS拒絶/Ⅱ欺す・罠/Ⅲ助力する

(9a)は雛肋が、(9b)は綱子が、(9c)は小竹が、岩垣の妾となる過程である。

(9a)　Ⅰ岩垣：雛助を欲する→Ⅰ勝飛の拒絶→Ⅱ難波次郎：計略を授ける→Ⅲ松浦・姉輪：雛助を誘い出す→Ⅲ牛若源治：雛助を襲う→Ⅱ岩垣：雛助を救う→Ⅰ雛助・勝飛の拒絶→Ⅱ岩垣：偽書で雛助・勝飛を説得→Ⅰ岩垣：雛助を手に入れる

(9b)　Ⅰ岩垣：綱子を欲する→Ⅱ岩垣：綱子を脅す→Ⅰ岩垣：綱子を犯す→Ⅰ岩垣：綱子を手にいれる

(9c)　Ⅰ岩垣：小竹を欲する→Ⅰ岩垣：小竹を手に入れる

(9a)は、「三人妻」のお才のシークエンスよりも複雑である。それは、「三人妻」では余五郎の意思を拒絶する主体がお才一人なのに対し、「今浄海六波羅譚」では岩垣の意思を拒絶する主体が雛助と義父長岡勝飛の二人だからである。一方、綱子はほとんど、小竹はまったく描かれない。「今浄海六波羅譚」では、妾の獲得・離脱過程描写における雛助の比重がきわめて大きい。「今浄海六波羅譚」は、岩垣の勝利と雛助の屈服、岩垣の破滅と雛助の解放という、上昇と下降が交替する物語である。岩垣と雛助のベクトルの零点は、第一三段での岩垣の別館新築祝いの宴会の場面である。これは「三人妻」の園遊会の場面に相当する。

物語内容も、「今浄海六波羅譚」は、雛助を罠にかける挿話や源治が岩垣邸に盗みに入る挿話、岩垣が見た夢など非日常的な挿話連鎖によって展開した。自由民権運動の衰退後、三菱批判を主眼とした「今浄海六波羅譚」は際物・傾向小説として、美的構成や洗練された表現を持った「三人妻」に圧倒されて文学史上から埋没した。ただ、「三人妻」も、富豪・葛城余五郎の戯画的描写・金力での女性支配とそこからの女性の離脱という構図に着目すれば、「今浄海六波羅譚」の財産平等の主張を金力批判という形で継承している。財産平等の主張から富豪の揶揄への変遷には財産集中への批判意識の系譜がある。

6 言説空間の中の『佳人之奇遇』

1 はじめに

かつて、政治と文学は対立すると考えられた。文学史研究では、近代小説は非政治的に文学としての自律性を獲得し、政治小説を近代以前の文学と評価した。この見解の起源として、小説を人情、世態風俗を写す言説ジャンルとして定義し、政治小説を真の小説から排除した坪内逍遙『小説神髄』（松月堂、一八八五・九～八六・四）が考えられた。そこには、言文一致体／漢文訓読体、人情／政治、模写／寓意等の基準において、前者が後者を優越するという価値観の枠組みが存在する。一方で、東海散士『佳人之奇遇』（博文堂、一八八五・一〇～九七・一〇）は、『小説神髄』によって政治小説が写実性・人情色を強めていく文学状況において、先の対位項の後者によって構成されながらも、熱狂的な支持をえて、今日、政治小説の代表作としての位置を占めるテクストである。

本章は、『佳人之奇遇』の検討を手掛かりに政治と文学の考察を行うことを目的とする。そこで、まず、『佳人之奇遇』の語りの構造を検討し、漢文体の自己表現の様式を分析する。次に、『佳人之奇遇』もその中に含まれる国権小説を概観し〈民権から国権へ〉という従来の把握に疑問を提出する。最後に、『佳人之奇遇』等、一八九〇年代前後の政治小説の同時代評を検討し、政治小説から近代小説への転回という文学現象を素描する。

2　漢文体の語り

『佳人之奇遇』は、著者名・東海散士と主人公名・東海散士が一致する等質物語世界の物語である。この点で、従来、『佳人之奇遇』の「私小説性」(1)が指摘された。ただし、「東海散士」は三人称主語であり、一人称ではない(2)。また、主人公東海散士が、アメリカの独立閣でドン・カルロス党員の幽蘭と、アイルランド独立運動の闘士紅蓮に出会い、亡国の悲劇と祖国回復・独立を語り、日本国防戦略上の要地・朝鮮の閔妃の暗殺計画に連座して収監されるという物語と、一般に私小説と呼ばれるテクスト群とは、余りに異質である。明治後期に成立した文学慣習としての私小説はさておき、ここでは一人称小説の語り様式と『佳人之奇遇』のそれを検討しなければならない。

一八八〇年代後半から九〇年代にかけて一人称小説が流行した(3)。一人称の語りの特徴として、高橋修氏は、第一に感情の連鎖による内面の探求、第二に語る現在と語られる過去との意識の二重化、第三に読者に語ることによる自己確認・正当化、の三点をあげる(4)。

『佳人之奇遇』の場合、語る現在と語られる過去は切断されている。正確には、物語には物語世界内の情報のみが提示され、物語世界外の実体的な人物としての語り手を指示する明示的情報は存在しない(5)。

(1)　東海散士一日費府ノ独立閣ニ登リ仰ギテ自由ノ破鐘ヲ観俯テ独立ノ遺文ヲ読ミ当時米人ノ義旗ヲ挙テ英王ノ虐政ヲ除キ卒ニ能ク独立自主ノ民タルノ高風ヲ追懐シ俯観感慨ニ堪ヘズ〔初1〕

(2)　正に是レ鉄窓ノ一夢覚メ来レハ風雪怒号四壁闇黒長夜漫漫唯警邏剣履ノ響琤琤タルヲ聞クノミ〔八16〕

『佳人之奇遇』の物語世界内の叙述は、一八八二年(1)から一八九六年(2)まで至り、物語世界外の語り手の現在にまで到達しない。(1)での散士の感慨は物語世界内の散士の感慨であり、語り手のそれではない。

この事態は、指示詞の用法からも確認できる。指示詞は大別して、語り手の発話の基点と事象との関係を示す直示的な用法と、テクスト上の統辞的な語の連鎖関係を示す照応的な用法の二つを持つ。『佳人之奇遇』の指示詞は、語る現在を指し示すのではなく、物語世界内のある時点を指示する。

(3) 散士乃チ棹ヲ回シテ費府ニ帰ル是ヨリ快々トシテ楽マス〔二3〕

(2)の「是レ」は物語世界内で散士が見た金玉均等の夢を指し、(3)の「是」は散士の費府への帰着の時点を指す。あるいは(2)の時点を語りの基点として設定し、そこからの審美化された回顧として『佳人之奇遇』の語りを捉える仮説も出るかもしれないが、語りの現在における語り手の動向はテクストの他の箇所から解読することができず、仮説を有意味に検証することができない。むしろ語りの基点は個別・具体的な物語世界内とは異なる場に位置すると考えるべきだろう。この点で、『佳人之奇遇』は、物語世界外の語り手の情況が物語世界内の解釈に不可避的に関係する一人称小説とは異なる。むしろ、『佳人之奇遇』の語りは物語世界内の情況の再現・表象に限定されている。物語世界内を基点とした場合、散士は過去の自己を内省し現在の自己のあり方に反映させている。例えば(4)は、波寧流女史の死を弔うべく夜の墓地を訪ねた散士が、夜風に幼少時に聞いた幽鬼を思い起こし、気の迷いと否定しつつも、やや恐怖を感じてしまうという場面の一節である。

(4) 尖風一陣〔略〕鬼気人ヲ襲フ散士幼ニシテ未タ事理ニ通セサルノ時世ニ幽鬼ナル者アルヲ聞ケリ今ヤ素ヨリ之ヲ信セスト雖モ少時ノ染習脳裡ニ感触スル所ナシトナサス〔二4〕

また、幽蘭・紅蓮等の志と来歴を「聞ク毎ニ激昂悲痛胸臆ヲ攪シ黙然トシテ語ナク長太息シテ涙ヲ掩ヒ人生ノ艱多キヲ哀」んだ散士は、「散士モ亦亡国ノ遺臣（略）何ゾ令嬢等ニ譲ランヤ」と会津藩滅亡の歴史を語るにいたる。今日の国家観からすれば、散士は会津藩の遺臣で日本国の遺臣とは違うが、物語世界の現在たる一八八二年の時点では民衆は未だ国民意識を共有することはなく(6)、会津藩滅亡を「亡国」として捉えたのではないか。他者の悲劇と自己の悲劇が同等なものとして接合し、過去の情況が現在の感情と連結することで、現在の言動が作成される。亀井秀雄氏は、主人公・散士に「過去に圧迫された心的状況に陥りやすい傾向」(7)を指摘する。これらは、物語世界外の語り手の現在から見て物語世界内の散士の〈現在〉は過去にあたり、散士の〈過去〉はさらなる過去となる(8)。

一人称小説での、感情の連鎖、意識の二重化、自己確認・正当化などの自己追求の枠組みと異なり、著者名と作中人物名が同一でありながら『佳人之奇遇』は、国家・民族の歴史に織り込まれた志士の経歴を志士が散士に語ることで集約された時間的経緯と、世界各地での志士の苦難・闘争・連帯等からなる空間移動とを、物語の主軸としている。

この物語の推進力は、作中人物の悲憤慷慨にある。(5)のように、『佳人之奇遇』の物語は、志士と志士が出会い、互いの志操・政論を語り合い、詩を唱和し、共に悲憤慷慨し、連帯することで展開する。

(5a) 妾カ千里ヲ遠シトセス来リテ両君ヲ訪フ所以ノモノハ信ヲ表シ志ヲ述ヘ大ニ謀ルアラント欲セリ〔四7〕

(5b) 一タヒ互ニ心胆ヲ吐テヨリ交情豈深浅アランヤ（略）或ハ大義ニ合ハスト雖モ意気ノ剛交情ノ深キ後世ヲシテ奮ハシムル可シ〔二4〕

一方、政論を述べても、悲憤慷慨しない(6)のような場合には、連帯は成立しない。

(6) 紳縉不満ノ色ヲ帯ヒ唯苦笑スルノミ〔五10〕

ただし、世界各地の反政府・反植民地闘争は、同一の思想を背景としてはいない。先行論にも反動的な幽蘭と急進的な紅蓮とが連帯することの「不自然さ」(9)の指摘がある。しかし、范卿の言説(5b)によれば、個々の「大義」の差異は、「互ニ心胆ヲ吐」いて悲憤慷慨した後では、連帯を妨げない。一旦、共に悲憤慷慨したならば、同類意識・連帯意識が互いに成立する。この点で重要なのは、悲憤慷慨という属性であり、「慷慨はそのような連帯関係を生成する装置として機能」(10)する。木村直恵氏は、漢文調文体と「悲憤慷慨」の親和性・依存性を指摘している(11)。

既に、齋藤希史氏は美文で長編、主人公=作者の明示等の点で、『佳人之奇遇』は「詩賦に近」(12)く、「『佳人之奇遇』で語られる自己は、他者と接続するために表白される自己」(13)だと説いている。事実、漢文学の伝統では自己表現の三人称は異例ではなかった。中国文学では、賦(7)や自伝(8)など、著者名と主人公名が一致する例が多いことからも頷けよう(14)。

(7) 雄従至射熊館、還上長楊賦（楊雄「長楊賦」『文選』）

(8) 王充者、会稽上虞人也、字仲任。（王充「自紀篇」『論衡』）

この伝統を受け、明治初年の自伝(9)でも、自称詞は三人称が用いられた。

(9) 植木枝盛君は安政四年丁巳の歳正月二十日を以て土佐の国土佐郡井口村中須賀に生る（植木枝盛「植木枝盛君略伝」『土陽新聞』一八九〇・四・一三〜一九）

三人称での自己指示は、「自己を自分から手放して共同体の中で共有される人間像に造形」(15)するためのものだとされる。『佳人之奇遇』の主人公・東海散士の述志と志士達との連帯は漢文学に支えられている(16)。この他にも、三人称等質物語世界の語りは、北海散史『夢幻現象政界之破裂』(濱本伊三郎、一八八八・一一)や海鶴仙史『一喝三嘆海島王』(文林堂、一八九〇・二)等の政治小説でも使用されている。

先述した一八九〇年代の一人称小説の盛行は、自己表象の方法が、この漢文脈(さらには近世小説)の流れに基づく、三人称の等質物語世界の語りから、西洋近代小説の一人称のそれへと転換したことと対応すると思われる。事実、二十世紀に入ってからの『日露戦争羽川六郎』(有朋館、一九〇三・一一)では、散士は一人称「予」を用いている。

ただし、『佳人之奇遇』の長期にわたる刊行や、テクスト中の漢詩が多くに愛唱されたという事態は、「社会の文運転移、支那文学の興隆を促し来」(17)ったという、同時代的な漢文学の隆盛にも支えられたと考えられる(18)。日本漢詩は、明治期に絶頂期を迎えて衰退したが(19)、特に詩壇の全盛期は一八九〇年から九七年前後とされる(20)。漢詩文の隆盛は、伝統の残滓、欧化への反動を必ずしも意味しない。西洋をふまえて近代国民国家・日本建設をめざす際に、西洋諸国と対抗しうる伝統の創出・重視が図られる。その意味で、漢詩文の盛行やそれを背景とした『佳人之奇遇』の刊行・好評は、近代的な現象なのである。

3 通俗版との比較

しかし、漢詩文を享受しうる読者層は限られる。政治小説が、民衆に自由民権の情念を励起させるねばならない以上、漢文体のテクストは通俗化が必要となる。明治初期における通俗化とは、「漢学を教養的背景とする知識人の文体から、近世以来の小説稗史の読者層になじみ深い読本文体への『翻訳』」(21)を指す。『倭文佳人之奇遇』の出版企画(10)も、実現しなかったものの、テクストの通俗化を図ったものと言えよう。

(10) 東海散士大著　倭文佳人之奇遇　活版摺全二冊密画入紙数凡千ページ
右ハ佳人之奇遇ヲ高尚優美ナル倭文ニ訳シ殊ニ編内ノ詩ノ如キハ長歌及今様ニ改作シ琴又ハ琵琶ノ調ニ合フ
（「佳人之奇遇三周年祝意大割引広告」『東雲新聞』一八八八・七・一）

ここでは、実際に刊行された、二つの『佳人之奇遇』の通俗版を検討する。

まず、服部撫松『通俗佳人之奇遇』（東京同盟書房、一八八七・二）は、大東萍士が、アイルランド人マリヤ・スペイン人アリス・エジプト人ボート・中国人阮義詮等と、亡国の悲劇と祖国回復・独立への意志を語り合う物語。一方、石心鉄腸子『通俗佳人之奇遇』（京阪同盟書肆、一八八七・三）は、反幕活動で逮捕された父・民平の救出で母・国香が、上野で父・友人が戦死しながらも、倒幕に挺身する島正義が、かつて暴漢から助けた喜子と宇都宮で再会し契るが、翌日自ら戦死するという物語。

服部版は、東海版四編までの出来事の継起という通時的配列を、各人の談話の交換という共時的配列に変換したものである。両者は、東海版が国家間の国権の対立という図式で国家の自主独立を常に個人の自由の前提条件とするのに対し、服部版は同一国家内の政府と人民の対立という図式で民権の獲得を描く側面も持つ物語として比較された(22)。

これに対し、石心版は、「内容も原著とは似ても似つかぬもの」(23)と評される。だが、類似点もないわけではない。第一に、幕府の秘密探偵吏長を父に持ちながらも、反幕府の立場をとる喜子は、「妾も国の為や民の為皇帝の御恩の万一を酬はん」〔7〕と、国事を憂えている。この国事への関心を持つ佳人と志士との偶然の出会いと再会が〈佳人之奇遇〉という物語文法に合致する。また、世界的な反政府運動を日本の近過去に置換するなら、当代の民権運動か維新期の倒幕運動になる。そこで、東海版の幽蘭の父の救出が石心版の民平の救出に、東海版の世界規模での志士の連帯・闘争が石心版の国内での志士の連帯・討幕運動に、対応している。ただし、病弱な才子が主人公の東海版とは異なり、石心版の主人公は、武装闘争の当事者のために戦場で果てる結末となったと思われる。

二つの通俗版は、服部版のように民権論を強調したり、石心版のように政府打倒を中心化するが、国家のあり方を模索する点では、国権小説たる東海版とは共通する。

4　国権小説の思想

一八八〇年代後半から九〇年代にかけて『佳人之奇遇』を代表とする国権小説が輩出した。国権小説とは、「国権伸張の意識をもり込むことを理想とした政治小説」(24)である。松井幸子氏は、それ迄の政治小説の〈自由民権－国内的政治権力－対外的国権の伸張〉という直列発展図式が、『佳人之奇遇』的な考え方によって〈対外的国権と民権〉という並立図式に形を変え、「対外的国権の、政治小説中の別派的動き」(25)が生まれたとする。

本節では、国権小説のすべてを対象とせずに、国会開設・憲法制定という民権運動の主要目標の一つである立憲政体実現前後迄の国権小説に限定して考察する。国権小説とされる主なテクストの約半数がその頃迄に書かれ、当時展開された自由民権運動との関連で事象を説明できるからである。

民権には天賦人権だけでなく国民の権利の意があり、民権と国権は一体である。酒田正敏氏は、民衆に国家的利害への関心を持たせ「一国の政治を『国民化』する」(26)ことで国権の確立を図るのが民権運動の主流的論理だとする。この点で牧原憲夫氏は、自由民権運動は政府に「国民としての権利」を要求すると同時に、民衆に「国民としての自覚」を喚起する国民主義の運動として定義する(27)。例えば、自由党左派・大井憲太郎によれば、民選議院設立は「隆盛ヲ万国ニ競ハントスルノ方法」(28)であり、華族制・二院制は国民を「真ノ一親和民」としないために批判され、地方自治は「愛国自治ノ民ヲ得」(29)るために要請される。自由民権は国権伸張のための前提・下位要素として位置づけられた。大井をはじめとする民権派の理想的国民像は「自国の政治的課題を我が身に引き受ける愛国者」(30)である。

甲申事件では、国事には無関心な民衆が一変し、「人力車夫ノ客ヲ待テ群集スル朝鮮事変ヲ談ジテ清奴々々ノ声ヲ発シ酒楼肉店ノ少婦モ亦支那憎ムベシト言ハザル者」(31)がいなくなった。しかも、政府の対外政策の慎重さが、政府批判と結合した対外強硬論をより活気づけた。民衆の国事へ関心なしに民権は実現しないと民権家は信じ、一八八五年の『自由新聞』社説も、一見、人権論なき対清強硬論に終始する。だが、これは民権放棄による排外主義者への転落を意味しない。例えば、咄々子「戦争の損得」(『自由燈』一八八五・一・一六)は、「水戸の隠居が攘夷〱と唱えて居たのも三百年の太平に夢の醒めない日本国を死地に落とすの下心」があったとする。これによると、尊攘派の攘夷論は対外問題で幕府を倒す目的があったからだが、同様に対外強硬論は日本政府を倒す迂回作戦となる。

多くの民権家も、朝鮮革命を支援し日清対立を激化させて対外的危機を作り、それを契機にして日本革命を実現する計画に参加していく。大阪事件関係者は、「一政府が一政府のことに干渉する」(32)内政干渉は「他国の国権を妨ぐるもの」(33)だが、人民同士は「四海の中皆兄弟」であり「同情相憐み艱難相救ふの好意主義」(34)によって事件は計画されたとする。大井達の価値基準は「文明」にあり、その朝鮮計画は「『文明』の名による朝鮮の清国からの〝解放〟」(35)をめざした。

国権論は、自由民権論に本来内在する要素であり、一方で、世界システムの中で他の近代国家との関係から近代国家を形成していく段階にあっては不可避の現象である(36)。民権を本、国権を末と捉える段階的な立場も、民権を国権に従属する階層的な立場も、同じ自由民権思想のヴァリエーションとして捉えられる。

ここで、国権小説の国権的主題を整理すれば、⑾のように、条約改正・領土拡大・日系国家建設・商業圏確立・アジア支援等が挙げられるだろう。

⑾条約改正：志賀祐五郎「枯骨《ここつ》の扼腕《やくわん》」（『東雲新聞』一八八八・三・二八〜五・二三）・塚原渋柿園『政治小説条約改

正』（石塚徳次郎、一八八九・一二）等
領土拡大：高安亀次郎『世界列国の行末』（金松堂、一八八七・六）・北村三郎『新帝国策』（與文社、一八八七・五）・須藤南翠「遠征奇勲曦《あさひ》の旗風」（『改進新聞』一八八七・七・九〜九・二五）等
日系国家建設：杉浦重剛『樊噲夢物語』（沢屋、一八八六・一〇）・海鶴仙史『一唱三嘆海島王』（文林堂、一八九〇・一二）・矢野龍渓『報知異聞浮城物語』（報知社、一八九〇・四）・末広鉄腸『政治小説南洋の大波瀾』（春陽堂、一八九一・六）等
商業圏確立：小宮山天香「聯島大王」（『改進新聞』一八八七・一一・一九〜八八・三・二八）等
アジア支援：流鶯散史『今誉黒旗軍記《いまのほまれくろはたぐんき》』（金松堂、一八八七・六）・久松義典『南冥偉蹟《なんめいいせき》』（金港堂、一八八七・九）・『浮城物語』等

ところで、国権には、対外独立・国権回復、対外進出・国権伸張、国家機構の意味がある(37)。(11)の諸主題は、条約改正は対外独立・国権回復に、領土拡大・日系新国家・商業圏・アジア支援は対外進出・国権伸張に、再整理される。

しかし、これらの国権小説は必ずしも国権のみを含意しない。例えば、『樊噲夢物語』の南方進出は、「同等」・「名誉」という自由平権論に基づく。また、『世界列国の行末』の戦争は、専制・封建国家と自由・民主国家の戦いであり、戦争の帰結は自由民権の勝利を意味する。『南冥偉蹟』での革命は、民心に反する圧制政府の打倒である。また、『南洋の大波瀾』は、圧制からの解放と政治参加を要請する。『条約改正』は、壮士の「平生口に公明正大自由平等の事を云ふが其為す所を見れば嫉妬偏執頑陋暴戻他人の善事を為すを忌んで詭譎の奸策と粗暴の腕力を以て之を妨げる」言行不一致を批判する。柳田が、この中で「一番国権小説らしいもの」(38)とする「枯骨の扼腕」は、実は専制政府批判・民主化推進という国内問題を物語の主軸としている。『佳人之奇遇』もまた、(12)のように、民権を国権に従

属させるが、この思想構造は先述した自由民権論の集合に回収される。

⑿　工商ヲ進メ海運ヲ隆盛ニシ以テ沿海ノ航権保護シ鉄道ヲ縦横ニシ以テ内地ノ交通ヲ便ニシ四民心ヲ一ニシ耐久セバ厄運漸ク去リ自由始メテ伸ビ国家ノ富強文明ハ期シテ待ツヘキナリ〔一2〕

一方、民権論を含まない国権小説には、「我国ノ望ムヘキ所ノ者ハ国会ニモアラサレハ立憲制度ニモアラス」〔一2〕と民権論を否定する『新帝国策』や『今誉黒旗軍記』・『浮城物語』・『海島王』等がある。確かに、『佳人之奇遇』巻十六にも、「侵略への歯どめを失った国権論」(39)の表明⒀がある。

⒀　今我国ノ朝鮮ニ於ケルヤ宣戦ノ大詔ヲ遵奉シ之ヲ扶植シテ以テ独立ノ基ヲ建テシメサル可カラス（略）弊政改革ノ費用ハ我ヨリ之ヲ貸與シ（略）八道ニ日本紙幣ヲ通用セシメ一朝ニシテ千有余年ノ制度風俗を一変シ之ヲ皇化セシメント欲ス〔八16〕

朝鮮を清から完全独立させ内政改革のための経済援助を日本が行うことによって朝鮮を「皇化」する。この政策は、日本がいち早く「国家ノ富強文明」を実現しえた自負・高慢があるからだ。日本の文明化＝西洋化＝大国化の自意識を官民に共有することを求めるイデオロギーは、清を「頑陋」・「病弊」として蔑視し、朝鮮への侵略・植民地支配を正当化する。軍事・経済侵略は批判すべきだが、西洋型近代国民国家の形成期にはほぼ共通する事態であり、自由民権論をはじめとする近代思想からの自然な帰結と言わねばならない(40)。

国権小説と呼ばれた政治小説には「民権＝国権」型政治思想である限りで民権小説の範疇に収まるものが多い。国権性があるということで国権小説と呼ぶことも可能だが、近代国民国家の建設をめざす限りですべての政治小説が国権小説として平板化されかねず、限定が必要となる。その中で、『佳人之奇遇』は民権型思想構造が必然的に国権論となってしまう事態を体現した政治小説だ。

これらの国権小説が書かれ、『佳人之奇遇』初～四編が出た時期は、三大事件建白・大同団結運動にあたる。この時期、政治小説の発行点数は飛躍的な拡大を見せる(41)。それは、政治小説の作者層・読者層の拡大をも示唆しよう。しかし、同時にそれは、『小説神髄』的な原理に基づく文学共同体との、文学場形成の主導権をめぐる闘争をもたらした。次節では、『佳人之奇遇』を主な対象として、政治小説批判の力学を検討する。

5　政治小説の批評空間

一八九〇年代末期の『佳人之奇遇』の文壇的評価は、概ね以下の四点に整理できる。第一に、過去の流行として回顧する視点から叙述される。「当時（略）書生の吾所思行を高歌せざる者幾人かある。洛陽紙価為に貴」(42)かったが、「今の文壇は已に昔日の文壇に非」(43)ざるため昔「程には歓迎せられざるべし」(44)。そこでは、文学観・小説作法・読書戦略等からなる文学共同体の発達を確認し、『佳人之奇遇』を小説として読み熱狂した現象を過去のものとして現在から切断する。第二に、「紀行」・「散士の自伝」(45)・「日本最近世史」・「東亜経綸策」(46)等、『佳人之奇遇』は、小説・文学以外のジャンルに位置づけられた。第三に、その読者は小説の芸術性が理解できる文学読者ではない。『佳人之奇遇』は、「文学として重き価値を有するものにあらざるは識者の同する所」(47)だが「少年子弟の愛読書」(48)でもある。『佳人之奇遇』は、文学を分かる読者が読まない無価値のテクストとされた。第四にその刊行は「支那文学の隆昌に乗じ」(49)たもの、二節で触れた漢文学の盛行を背景としたものとして捉えられた。要するに、その批評は、対象を、既に終わった、日本的な小説ではない、文学読者が読まない、テクストとして批判・否定・排除する。

一方、『佳人之奇遇』が好評をもって迎えられたとされる一八八〇年代には、次のように評された。第一に、語られた思想や時事への関心の切実さを評価する。「散士の慷慨論策滔々百千言、亦是れ世を警醒するに足る」(50)とされた。しかし、第二に、『佳人之奇遇』は、「小説にはあらざるなり」と、「論文」・「エピック」ジャンルに位置づけられる。「支那の小説視致し候はは上乗」の出来だが、それは「人情には疎なるもの」(51)である点で批判される。ここには、人情小説以外の小説を小説外に排除する力が作用している。第三に、「千変万化ならしむる能はず」に「皆東海散士の化物」(52)である作中人物の類型性、「都べて是れ同一の出来事を繰返す」(53)という事象・出来事の反復性、「趣向に至りては則ち初より一律」(54)という趣向の同一性、「例の慷慨悲憤の調子」(55)という類型的構造等、小説作法の類型性が指摘・批判される。しかし人情小説にも同等な批判は実は可能であり(56)、要するに、思想性・時事性は評価するものの、趣向等の類型性や人情描写の不足を理由に、小説外のジャンルへと排除する力が、初編刊行時から『佳人之奇遇』には働いた。例えば『世界列国の行末』を「如何に贔屓目を以て読むも更に感服する所を見出」(57)せないとする、政治小説完全否定論も提出された。

しかし、他方では、政治小説の隆盛を背景に、『佳人之奇遇』こそが小説の中心にあるとする批評もあった。「真に是れ之を今日の真小説と謂はずんば、将た何をか小説と謂はむ」(58)。この立場では、人情小説は「文学家痼疾の浮華軟弱なる習気」(59)を伴い、「天下無用」の「偽小説」(60)として、否定される。この批評は、読書行為論をその特徴とした。テクストの「寓意の躍如たる所を看取」(61)し、「胸膈を開き精神忽ち爽快」(62)となって、「覚えず知らず几案を敲いて快哉を絶叫」し、「報国の念を固」くし「志操を高潔に」(63)することが、読者に要請された。含意と快楽を得ることを目標とする実用的コミュニケーションが政治小説を支えている。

以上のように、『佳人之奇遇』を（人情）小説外のテクストとして捉える批判は、初編刊行から完結にいたるまで存在している。「政治状況との安定した距離を『佳人之奇遇』が持た」ず政府の論理と密着したことが一八九〇年代における「同時代の文学との決定的な距離」(64)を生んだわけではない。政府との距離がどうであれ、『佳人之奇遇』、そして政治小説は、人情小説にとって否定されるべきジャンルとして対象化された。

この対立に、当時の文学・小説概念相互のイデオロギー闘争を重ねることもできる。人文・社会系の学問・教育・諸芸術を包含する広義の文学と、言語芸術のみを意味する狭義の文学の対立。そして広義の文学を前提に広範な読者層を想定し娯楽を第一義とし啓蒙・教育を第二義とする広義の小説と、『小説神髄』に端を発し狭義の文学概念の内側で人情を中心に哲学・宗教を問題にしようとする狭義の小説の対立(65)。そこで、一八九〇年代の読者共同体に一般的な小説概念を検証するために、辞書での小説の語義を確認する。なぜなら、辞書は同時代読者共同体が参照しうる知識の集積体であり、その語義は通俗的知の要約として、一般に流通する概念を規定するからである。

(14a) 今、主ニ人情ヲ描ク物語リ（『日本大辞書』明法堂、一八九三・一二）

(14b) 主に人情を描く物語り、想像を構造して殆んど実事の如くおもはしむる美文（『日本新辞林』三省堂、一八九七・一〇）

(15a) 実説虚説ヲ雑ヘテ戯作セル読本、多ク通俗ノ文体ニ記ス（『言海』大槻文彦、一八九一・四）

(15b) 虚実をとりまぜておもしろく作れるよみ本（『ことばの泉』大倉書店、一八九八・一二）

『佳人之奇遇』を小説外に排除するのは人情小説としての小説(14)だが、一八九〇年代を通じて娯楽を第一義とする小説(15)が一般に存続した。

政治小説批判は、文学的正統性の独占権をめぐる象徴闘争(66)でもある。『佳人之奇遇』批判での小説概念の排他性・規範性は、そのためである。それは、漢詩文の伝統をふまえた思想小説優位の文学場の秩序を、新たに〈西洋〉的に原理化した人情小説によって転覆し、自己の文学的正統性を獲得しようとする試みである。また、先述した如く、甲申事件以後、文明日本の自負と清への侮蔑意識が一般化しており、新時代の小説は述志と他者との連帯等からなる中国小説的要素を排除し、孤独な内省的自己等の西洋小説的要素を取り込んで成立することが求められた。一方で、一八九〇年代前半は、偶然性・投機性によって短絡的に意図と結果が結合する民権期の政治・文学実践から、反省・努力によって合理的に世界を段階的に移行する過程重視の政治・文学実践への転換期にあたる(67)。『佳人之奇遇』そして政治小説から近代小説への転回は、これら多元的な力学によって方向づけられた。

これらの事態を背景におくならば、『佳人之奇遇』をめぐる批評は、小説と政治・娯楽・教育の関係を提示した。本来、文学テクストの内在的価値は、人情小説も政治小説も過不足はない。価値・意義の序列は、あくまで別の場との関係から構築される。文学的戦略は、美学的と同時に政治的、内的と同時に外的な二重行為だ(68)。政治小説批判は別の政治的スタンスの選択であり、政治性を必然的に帯びる。

6　おわりに

『佳人之奇遇』は、近代的な文学観からは、漢文学的な物語構造や通俗版との関連を持つ、論文・意見表明あるいは自伝・紀行として捉えられた。その読者は堅実な社会人ではなく、志士や少年等、近代の社会体制に逸脱し未吸収な存在とされた。そんな読者にふさわしい小説外の政治テクストとして『佳人之奇遇』は把握された。また、政治小説を批判する政治と文学の対位項は、一見、共時的に普遍的な価値・序列を持っており、今日の文学研究でも未だ根強く浸透している。だが、『佳人之奇遇』評価の変遷をたどってもわかるように、文学の枠組み・制度は、本来、通時的・政治的に構成されたものである。『佳人之奇遇』を論じることは、現在において自明視されている文学像を、常に問い直すことである。

7 〈政治小説〉の成立

1 はじめに

政治小説の成立は柳田泉説では一八八〇（明治一三）年だが、自由民権思想や枠組みを表意や推意とする政治的物語はそれ以前からあり(1)、その他の政治的物語はさらにさかのぼる。一方で、政治小説の刊行点数は一八八五年に一端落ち込むが、八六年以後上昇を続け、八七〜九年には飛躍的な拡大を見せ九三年頃にいたるまで八五年以上の点数を保っている(2)。反映論的に捉えるならば、政治小説の大量出現という事態は、自由党結成から解党、三大事件建白・大同団結運動から国会開設、吏党・民党の対立期にいたる政治実践の文学的形態と見ることができよう。その中で、自らを「政治小説」と称する〈政治小説〉は一八八六年以後から登場する。

ここで言う〈政治小説〉とは、政治小説というジャンル意識を持つテクストを指す。本来的には、序跋や表紙、広告等で「政治小説」として自らを措定するテクストすべてがそれに含まれる。しかし、すべての政治小説にまつわる膨大な言説群を調査することはできず、本章では、その一部である「政治小説」のタイトル角書で自称する小説を見やすいモデル・ケースとして便宜的に扱うことにする。もちろん、角書は、作者の意図でつけられているわけではなく、出版社の意向が反映されているかもしれない。この点で明確なジャンル意識があるとは言えないという反論も想定される。だが、重要なのは、「政治小説」として政治小説を呼称するジャンル慣習がそれまで存在しなかったということ、そして文学理論・文芸批評の言説や実作の言説など、様々な領域で〈政治小説〉という標識が立ち上がり言説空間の中で流通するという事態である。言葉が別の言葉との関係で意味を帯び、作者・出版社・批評家・読者の意味づけの相互交渉によって言葉の外形と意味が一般化してくる中で、「政治小説」という術語とジャンル的内実が、言説空間の中でジャンルの効果として表われてくる。その点で、「政治小説」という術語の使用やその角書への導入は政治小説のジャンル編成の重要な一階梯として認めねばならない。とするならば、政治小説が政治的物語から自己成型したのは、むしろ坪内逍遙『小説神髄』（松月堂、一八八五・九〜八六・四）以後だとも言えよう。

本章は、この〈政治小説〉が政治小説のジャンル・カテゴリーの編成に寄与していく過程の記述とともに、認知的なジャンル論によるジャンル形成モデルの展開の素描を目的とする。

ここでジャンル論について簡潔に整理しておく。伝統的なジャンル論では、歴史的文学事象の観察によりジャンルを確認する帰納的アプローチと批評理論をふまえてジャンルの理念型《タイプ》（モード(3)）を措定する演繹的アプローチに大別され(4)、構造主義期にはテーマ、様式、形式がジャンルを構成するというジャンルの類型学(5)が提示された。しかし、ジャンルの確定は循環論的であり、中村三春氏は「ジャンルとは、テクストとフレームとの相互浸透の場」であり、「ジャンルを決定する真に厳密なコードは存在せず、経験則的なカテゴリーに基づくフレームがそれを規定している」(6)と指摘する。以上の先行研究の蓄積の上に、プロトタイプによるカテゴリー化としてジャンル編成を捉える視座を提示する。ジュネット等の古典的ジャンル論ではジャンルは客観的に抽出される意味属性に基づいた、境界のはっきりしたものという見方がなされる。念のため言えば、（ポスト）構造主義モデルでジャンルの段階性・曖昧性、変遷を語ることは自らの理論的破綻の告白に他ならず、文学現象に即したジャンル論の修正が要請される。そのために必要となるのがジャンル論の認知的転回である。ここでは、プロトタイプ論によるジャンル論モデルを提示する。プロトタイプ論は、成員に段階性を認めその境界は連続的で曖昧だと考える理論モデルだ。ここで言うプロトタイプとはジャンルの典型事例であり、他のテクストはプロトタイプに対する知覚上の類似に基づいてそのジャンル・カテゴリーに帰属する。すなわち、テクストは、プロトタイプとの類似の程度によってカテゴリーへの帰属性の度合が生じる。プロトタイプによるカテゴリー化とは典型からの拡張としてジャンルを捉えることである(7)。

本章の記述の具体的な手順としては、最初に「政治小説」の術語が政治小説のカテゴリー化をもたらした経緯を記述し、次いで〈政治小説〉の実作の嚆矢『雪中梅』の人情小説性が〈政治小説〉に与えた影響を検討し、近代小説のジャンル編成と政治実践との関係について指摘することにする。

2 術語「政治小説」の登場とカテゴリー化

政治小説は、一八八五年以前は「政事に関する稗史小説」(8)・「政論稗史」(9)あるいは単に「稗史小説」(10)等と呼称されていた。ここで言う政治小説とは、近代文学史研究上において一般に政治小説と呼ばれる、自由民権運動に対応する明治初期政治小説を指す。そもそも、当時政治的な事件を題材とし政治思想を表現または含意するような政治的物語は、三条教則のテクスト、民衆運動のテクストを想起してもわかるように、必ずしも民権小説に限定されない一般性を持っていた。また、民権小説＝政治小説にしても、「戯文、諷刺文、スケッチ、雑記、史伝、戯曲、筋書、翻訳」(11)からなるように、当時、均質な文体を持っているわけではない(12)。政治小説という文学史研究上のジャンルそのものが事後構築的な性格を持っており、当該物語テクストが民権的に解釈されれば、それは文学史的に政治小説として措定される。政治小説とは解釈依存的なジャンルであり、同時代的には統一的な集合体とは想定されていなかったテクスト群とも言えよう。

ところが、政治小説の中で自らを「政治小説」として提示する小説が、『小説神髄』以降に登場する。(1)は『小説神髄』の政治小説に関する主たる言及である。

(1) 政事小説は専ら政事界の現況を写しいだして暗に党議を張らまくする政事家の手になれる物多し「美イコンスヒ井ルド」侯の春鶯囀矢野文雄大人の纂訳せられし経国美談など其例なり(「小説の種類」)

(1)では、政界の写実と政論の展開からなる小説としての「政治小説」概念が提示される。『小説神髄』の原稿が成立したのは遅くとも一八八五年二〜三月頃であり(13)、小説は世態人情を主眼とする美術だとする神髄の基本テーゼもその頃提示される(14)。基本テーゼが一端成立すれば、後述する、政治を描写する人情小説としての〈政治小説〉概念がその派生として生じるのは自明だろう。一方、術語「政治小説」・「政事小説」は一八八五年五月以降に現われ(15)、逍遙も八月頃から「政事小説」を使い始める(16)。このとき、「政治小説」に政治小説をカテゴライズするまなざしが現われる。

(2a) 曩に吾友宮崎夢柳氏は自由の凱歌と題する一の政事小説を意訳し世に公けにせしが頗る江湖の喝采を博し東都の紙価をして為めに騰貴せしめたりき其の後ち矢野文雄氏の纂訳に関る経国美談世に出て次で春鶯囀の出るあり又た該撒奇談の如き憂世の涕涙の如き続々新刊の政事小説の現はれ出るに至れり(17)

(2a)では、宮崎夢柳「自由の凱歌」(18)(『自由新聞』一八八二・八・一二〜八三・二・八)・「憂き世の涕涙」(『自由新聞』一八八三・九・一四〜一二・二八)・矢野龍渓『斉武名士経国美談』(報知新聞社、一八八三・三〜八四・二)・関直彦『政党余談春鶯囀』(橋村書屋、一八八四・三〜九)・逍遙『該撒奇談自由太刀余波鋭鋒』(東洋館、一八八四・五)等、過去

の政治小説を政治小説のジャンルに組み込む作業がなされる。ここでは、「政治小説」というジャンル・カテゴリーによって、必ずしも均質的とはいえない要素の集まりとして出現している過去の政治小説がカテゴリー化されるという事態が生じている。このカテゴリー化は、後述する実作としての〈政治小説〉(19)の登場によって第二局面を迎える。第二段階では、政治小説が、〈政治小説〉に倣い、表紙や広告等で「政治小説」と自称し政治小説ジャンルの中に自らを囲い込む。

(2b) 先頃の自由新聞に掲載せし仏国有名の文学士ヂュマ氏が該国革命の顛末を詳細にものしたる編年稗史にして吾国方今の時世に照しをさ〱有益の小説なり(20)

(2c) 千態万状ノ現象ヲ叙述シ其事蹟ハ欧米各邦ノ政史ヨリ之ヲ実際ニ転用シ専ラ架空ニ趨ラサルヲ努メ親切ニ愛国志士カ参考ニ供センコトヲ期シタル一種新奇ノ政治小説ナリ(21)

(2d) 浮世乃態は最好の政治小説なり後世の為に警戒の意を遇したる者也(22)

(2b)は桜田百華園『仏国革命起源西洋血潮小暴風』(絵入自由新聞社、一八八二・一二)、(2c)は久松義典『代議政談月雪花』(集成社、一八八七・二)、(2d)は高橋基一『後世浮世の態』(東崖堂、一八八七・六)の新聞広告である。政治小説は、(2b)(2c)では「編年稗史」・「小説」とされるが、(2d)では「政治小説」と呼称される。もっとも、『月雪花』は表紙に「NEW POLITICAL NOVEL」とあり、「政治小説」はその訳と考えられるかもしれない。だが、(2d)でも「政治小説」と呼称される。ここで生じているのは、広告・序文等による「政治小説」宣言が不均質な言説の集まりである同時代の政治小説を、〈政治小説〉としてカテゴリー化するという事態だ。第一のカテゴリー化が回顧的パースペクティヴからのジャンルの編成だとすれば、第二のカテゴリー化は共時的パースペクティヴからのジャンルの編成だと言えよう。いずれにせよ、〈政治小説〉は、非均質的な要素を持つ政治小説をゆるやかに包摂するジャンルとして編成される。

3　〈政治小説〉としての『雪中梅』

実作としての〈政治小説〉は、評論等の後に登場する。実作の嚆矢は、末広鉄腸『政治小説雪中梅』（博文堂、一八八六・八〜一二）だ(23)。『雪中梅』は、民権家国野基が誤認逮捕や貧困等の苦難にも志操を変えず女教師富永春と結婚する話と、その物語〈雪中梅〉を、二〇四〇年の国会開設記念日に発見して読む枠物語からなる政治小説である。『雪中梅』は、言文一致体の会話や演説によって国会開設に向けた政治活動と人情を写実的に描きつつ、富永春との結婚によって国野基が国会政治を担いうる政治家に成長することを「国の春」という寓意によって暗示させる。この『雪中梅』及び続編『政事小説花間鶯』（金港堂、一八八七・四〜八八・三）が同時代に把握された特徴は、「佳人才子離合極りなく」(24)という才子佳人小説の枠組み、「世態人情をして紙上に躍如たらしむ」(25)という談話による世態人情の写実的描写にある。林原純生氏は、『雪中梅』を、「世態人情」が従属する社会的秩序の価値としての新たな政治を語る物語として把握する(26)。

柳田泉は、政治小説の中で『雪中梅』・『花間鶯』が代表的な位置を占めた理由として、「作者の名声、政治理想の力、小説としての成功」(27)を挙げる。作者の名声とは、自由民権運動の闘士という政治家としての名声に加え、前作『二十三年未来記』（春陽堂、一八八六・三）が一八八六年末で三二刷三〇万部が刊行(28)されたという著述家としての名声も関係する。政治理想の力とは、テクストが提示する大同団結運動が国会開設前段階における理想的政治プログラムとして実現可能性に富んでいたことを指す。小説としての成功は、『小説神髄』の文学理念の導入と小説としての完成度を指す。『小説神髄』が提示した「小説」は、人情世態風俗を素材とし、人間を外面と内面との二重性で捉えて人生を再現し、読者もまた市民社会・国民国家の中にある作中人物や他の読者に自己を投影することによって自ら反省することを目的とする人情小説だ(29)。『雪中梅』は、「観念的なものは現実認識を誤るという観念から下降することを評価する共通の認識」(30)も相まって、この小説観をふまえ織られている。

後述するように、『雪中梅』の成功によって、〈政治小説〉の多くは『雪中梅』をモデルに描かれた。また、「政治小説」の角書は持たない政治小説も『雪中梅』が提示する〈政治小説〉にカテゴリー化される事例が見られた。例えば、須藤南翠『雨牕漫筆緑簑談』(改進堂、一八八六・一〇)は、故郷の地券が春川伯等の陰謀で書き換えられた事件を訴えた越山卓一が中島博智の協力で勝利する物語であり、南翠『処世写真緑簑談』(万里堂・正文堂、一八八八・五～六)は、『雨牕漫筆緑簑談』に国会での中島・春川の対立と私生活での春川の娘と中島の結婚を描く続編を加えた物語だ。『緑簑談』は地方自治問題を扱う一方で、「通編総て情史ならざるはな」(31)い才子佳人小説の枠組みを持つ。また、「処世写真」の角書は「書肆の需めに由る」(32)ものの、「人毎に其の口吻を写さん」とした写実志向によって、正編に比べ続編は描写が細かくなっていると評される(33)。

ところで、政治小説の体裁の不体裁、脚色の乏しさ、意匠の変化のなさ、穿ちなしの描写、「純然たる政治世界の『丹次郎』なり」(34)という人物の俗物性をめぐる徳富蘇峰の批判は、『雪中梅』を代表とする、『小説神髄』の文学理論に基づいて描かれた〈政治小説〉に対する批判だ(35)。これは、裏返せば、〈政治小説〉が人情世態小説の自由民権部門であることを示唆している。この場合、〈政治小説〉とは、アレゴリー性・勧懲性を排した、才子佳人の恋愛関係等の人情と共に政治的活動を描く写実小説である。

それまでの政治小説から〈政治小説〉への展開は、「政治小説の人情世態小説化」(36)あるいは「『人情』小説の政治小説化」(37)と呼ばれたが、実態からすれば〈政治小説〉は人情世態小説として出発したと言うべきだろう。

ところで、政治小説の刊行が自由民権運動及びそれに付随する政治活動に呼応する政治実践であるとするならば、その大量刊行とはこれまで特定の一部民権活動家に限定されていた政治小説生産の政治実践が、より一般的な多くの書き手という広がりを持つにいたったことを意味する。〈政治小説〉とは、政治小説大量出現と、『小説神髄』の術語

「政治小説」提示という、二つの要素の交渉によって、政治小説というジャンルが社会的に成立＝認知されるような状況下で登場した、新たな小説ジャンルに他ならない。

これらの意味で、『小説神髄』以後の政治小説の変質や、政治小説以後を政治小説に求める見解は再考が要されよう。

4 〈政治小説〉の類型

直ちにここで注意しておきたいのは、〈政治小説〉すべてが人情世態小説ではなく、いくつかの下位類型《タイプ》に区分されるということだ。(3)では、a人情小説型、b人情小説、c冒険小説型、d政談の四類型に分類した。また、aは、さらに物語世界内の時間によって三分類した(38)。

(3) a人情小説型
a1未来：末広鉄腸『政治小説雪中梅』（博文堂、一八八六・八～一一）・末広鉄腸『政事小説花間鶯』（金港堂、一八八七・四～八八・三）・前川虎造『政治小説未来之警鐘』（前川虎造、一八八七・四）・秋風道人『政治小説廿三年夢幻之鐘』（駸々堂、一八八七・八）・松木薫宣『政治小説芳園之嫩芽』（共隆社、一八八七・一〇）・大久保夢遊『政治小説深山桜』（銀花堂、一八八七・一二）・末広政憲『政治小説治外法憲情話編』（木谷博書堂、一八八八・三）・末広鉄腸『政治小説南洋の大波瀾』（春陽堂、一八九一・六）・末広鉄腸『政治小説明治四十年の日本』（青木恒三郎、一八九三・五～七）
a2現代：東洋狂史『政治小説国民の涙』（顔玉堂、一八八八・一）・肌香夢史『政事小説野路之村雨』（岩崎茂兵衛、一八八八・四）・坂下亀太郎『政治小説自由廼華』（北一舎、一八八八・七）・末広鉄腸『政治小説雨前の桜』（博文堂、一八八八・八）・宇田川文海『政治小説中原の鹿』（龍雲舎、一八八八・九）・志賀祐五郎『政治小説総理大臣』（駸々堂、一八八八・一〇）・塚原渋柿園『政治小説条約改正』（石塚徳次郎、一八八九・一一）・野村荘之助『政治小説美人の刺客』（九春堂、一八九一・七）・漣山人『政治小説蝸牛』（駸々堂、一八九三・一二）

a3過去：牛山良助『政治小説梅蕾余薫』（春陽堂、一八八六・一二〜八七・二）・井上勤『政治小説佳人之血涙』（自由閣、一八八七・四）・末広鉄腸『政事小説南海の激浪』（嵩山堂、一八九二・二）・藤懸永治『政治小説近世泰西美談』（細川書房、一八九二・一二）

b人情小説：井上勤『政治小説妻の嘆』（兎屋書店、一八八七・八）

c冒険小説型：島尾岩太郎『政治小説小人国発見録』（松下軍治、一八八八・二）

d政談：石塚猪男三『政治小説大岡名誉政談』（柏原書店、一八八七・六）・杉浦熊吉『政治小説大岡仁政録』（柏原書店、一八八七・八）

a人情小説型は、『雪中梅』をモデルとしたり、恋愛や人間関係等の人情を物語の骨子とするテクストである。『南海の激浪』は同僚の憎悪によって一家皆殺しへと追い込まれた家老の物語だが、憎悪・嫉妬もまた人情の範疇に入るだろう。aタイプの基本型は、談話を多用することで人情を軸に、描写の使用によって写実的に、物語世界を構築し、理想的主人公の政治的立身出世の達成と佳人との恋愛の成就を志向する。会話や演説等の談話は、地の文がもたらす勧懲性・寓意性を排した〈政治小説〉に政治理念を織り込むには不可欠の構成素だ。また、一方で、登場人物の言説を意味づけ、相対化するために地の語りの批評性が要請される(39)。この人情小説型の派生としてb人情小説がある。人情小説は、恋愛・夫婦関係が中心であり、男性に振り回される女性の悲哀を描く。政治意識は希薄であり、婦人問題も『妻の嘆』の現行テクストでは特に強調されない(40)。c冒険小説型は、『政治小説小人国発見録』の場合、他界の政治体制を紹介することで自国の政治体制を比較させる。原作の場合、自他の対照による諷刺が政治性の骨子だが、翻訳では他対他の政治体制比較が骨子となる。d政談は、犯罪と為政者の裁決に関する講談である。政談が為政者による善悪の裁定によって体制秩序が回復する物語であり、政治小説が字義的には政治にまつわる小説である点で、言説空間において一時的に政談が〈政治小説〉として表象される場合があったと言えよう。このように、〈政治小説〉テクストが、〈政治小説〉ジャンルに帰属するのは、必ずしも一定のジャンルの特徴を有しているからではない。まず、そのジャンルの帰属を目することができる代表的なテクストとしてプロトタイプ『雪中梅』が確認され、後はプロトタイプとある程度の類似性、関連性が認められるようなテクストが、そのジャンルに帰属していくことになる。その限りで、ジャンルの境界は曖昧であり、ジャンルの構成素は階層的だと考えることができる。

ともあれ、人情小説型は、〈政治小説〉の基本モードだ。第一に、『雪中梅』を先行モデルとすることで、〈政治小説〉は『雪中梅』の枠組みを踏襲する。例えば、『芳園之嫩芽』・『治外法憲情話編』では物語の物語、あるいは語りの水準の侵犯(4)がなされる。

(4a) 芳園《はうゑん》の嫩芽《どんが》は是《これ》で局を結びましたが又名園の群芳と題し空中の楼閣を構へて再び新天地を造り出し菊岡梅田が政治界に運動し追々《おいおい》其位置を高める有様を始としブランチが布教の為に山川を跋渉《ばつせふ》して種々の困難に遭遇する景況よりリープス滋子元子の三佳人が社会に勢力を得る工合を書くさうですから甲君も乙君も其外大方の読者諸君も出版の日を待ち給へ〔『芳園之嫩芽』18〕

(4b) 「貸」さて困りましたハテウン忘れて居りましたえらい〳〵すてき滅法な新版者が有りましたがツイ荷の下になつてあつたから忘れて居ましたと言ながら取出す一書セ西洋綴りにして頗《すこぶ》る美本「紅太郎」は手に取りナアール程是れわ二十三年後未来記と仝じ人が著した者で「ナアニ」末広耕野著述治外法憲情話編コリヤ面白かろふ其様なら是れを拝借して読ましよふと先つ始めより読み下せば〔『治外法憲情話編』発〕

一方で、『廿三年夢幻之鐘』は『雪中梅』の政治的主張①政党の大同主義、②封建的地方感情を去れ、③中等階層の下層階層指導支配、④空理空論の排除を批判する。ここでは④への批判(5)を掲げておく。

(5) 行客の長途に苦む者之に軽便迅速の道を教ゆれば則ち喜んで其致《おしへ》に従て目的の彼岸に達することを得《う》故に若し世の未開の境涯に彷徨し闇迷の区域に沈溺する者之に即進開明即発智識の道を教れば則ち其者は亦必らず喜んで我教に従ふべきなり即進開明即発智識の道とは何ぞ則ち天賦人権の説平等自由の論是なり〔『廿三年夢幻之鐘』7〕

いずれにせよ、これらのテクストは『雪中梅』に規制されている。また、『野路之村雨』のように、穏健であるが故に急進派と誤認された病弱な才子が外遊すら果たせず、佳人との出会いもはぐらかされることで、政治的志望も挫折し恋愛も未発に陥るような反〈政治小説〉も存在した。

第二に、(6)に見られるように、人情の普遍性・根源性が特権化される。

(6a) 国ハ民ヲ以テ組織シ人民相互ニ人情ナル者ヲ以テ交通シ国家互ニ親睦シテ法律能ク行ハレ教育能善治シ万民太平ニ鼓腹スモ此情アル以テナリ夫人情トハ道大ニシテ法律ヲ制定スルモ修身論ヲ編ムモ裁判所ヲ設ルモ学校ヲ建ルモ此範囲内ニ非ルハナシ〔『治外法憲情話編』序〕

(6b) 文章殊に麗妙時々才華を詞操に寓し以て水月鏡花の幻を写し海市蜃楼の中巧に当時世態人情を描き出して以て意を経国済民に致す〔『自由廼華』1〕

(6c) 平安堂の作は人情の真理が穿つてありますから二百何十年前に書いたものながら今日の人情に毫《すこし》も違ひませんで〔『中原の鹿』3〕

人情を写すことが経国済民という政治課題実現への方向付けをもたらす。すべての根幹であるが故に、人情と政治が結合することが〈政治小説〉では前提となっている。

しかし、人情小説型では、『小説神髄』の人情の欠陥(7)も問題化された。

(7a) 白川の嬢子と余程緻密な「ラッポール」を生じましてねー其間に「アムール」も非常に熱度を加へて来たんですスルと貴婦《あなた》「コンシヤンス」は益縮《ますく》小して満悩「パッシオン」から充たされたやうな訳で夫れ故政治上の思想も社会上の問題も日々世間に現はる丶顕象さへ目に着かんのです恐ろしい権力なもんではありませんか〔『総理大臣』19〕

(7b) 恐るべきは恋の道慎むべきは男女の情古し昔と今とを問はず恋の闇路に踏み迷い孝を損なひ義を忘れ世の胡慮《ものわらひ》となれる者其数挙て算《かぞ》へがたし豈に浩嘆に堪ゆべけんや依りて今此の小説を綴りつつ岐道の迷を釈《と》く由もがな〔『佳人之血涙』9〕

(7c) 政治上ニ屡々見ル処ノ弊害ノ根拠タル人情ニ属スル男女ノ交情ヲ人物ノ仮用ニ託シテ罔羅シ続テ予ガ所見ノ在ル処ヲ陳ベントス故ニ于茲国家組織ノ大本基タル人民ニ付帯ノ交情ヲ解説セシ所ナリ〔『治』序〕

(7)では、人情は、変革への政治実践を阻止する、日常的な体制秩序を循環生成する、「権力」とされる。『小説神髄』のパッシオンとしての人情は、えてして矮小な人間像を表象するが、それは人情のイデオロギーが招来したものである。一方で、人情は、パッシオンであるが故に、(8)に見られるように、興奮から激化へと至る根拠ともなる。人情は非理性的である故に民衆騒乱を招くのである。

(8) 人心の振起したる時は事物に激昂し易きものなり斯る場合には或は過激に流れて兎角に平生謹慎沈着の本性を

失ひ粗暴に傾き勝なるは人情の免れがたき所なり〔『国民の涙』11〕

また、『条約改正』は物語世界内の二大勢力の歓心党と雷同倶楽部の双方を茶化し、『蝸牛』は選挙戦を諷刺する。これらは、人情の穿ちによって、改革への政治実践とは異なる不偏不党の主張や政治参加の空虚さの暴露を提示するタイプの〈政治小説〉である。

このように、〈政治小説〉は、『雪中梅』の枠組みや政治理念等の様々な要素の一部をそれぞれ少しずつ共有することで、人情を主軸に、自由民権思想による改革への政治実践の表象に限定されず、為政者による仁政願望や現状維持的な政治実践を表象する。また、〈政治小説〉は、『小説神髄』が提示する人情小説（模写小説）の類型性の達成とその限界を同時に体現する広がりを持っている。

しかし、今日、単に類型的な政治的人情世態小説として政治小説が想起されるとするならば、それは『雪中梅』のプロトタイプ効果によって、『雪中梅』的な物語という回顧的な等質化のまなざしが〈政治小説〉に向けられ、さらにそれが政治小説全般に広げられているからではないのだろうか。

5　おわりに

最後に、これまでの分析結果の要約と共に、その後の見取り図を合わせて素描し、本章を締めくくることにする。

一八八〇年代末に政治小説の大量出版によって政治小説が大幅に流通した。術語「政治小説」の登場は、同時代と過去の政治小説を政治小説としてカテゴリー化し、政治小説のジャンル形成を支援した。一方で、〈政治小説〉は『小説神髄』の影響下にあり、〈政治小説〉は人情世態小説として出発した。〈政治小説〉のプロトタイプ『雪中梅』のベストセラー化によって、〈政治小説〉は『雪中梅』の枠組みや政治理念等の様々な要素の一部をそれぞれ少しずつつ共有することで、概ね政治現象の写実的表象を伴う人情世態小説としてジャンル形成していった。一方で、〈政治小説〉とは異なる政治小説も〈政治小説〉的な要素を導入（もしくは活性化）することによって、政治小説も〈政治小説〉と等質的な物語を紡ぎ出すことになる。政治小説が『雪中梅』的な〈政治小説〉として見えてしまうような視線のあり方は、この事態の中で結果的に形成されたと考えられよう。

むろん、これは人情小説側の動きと相互作用をなしている。『小説神髄』の理念を導入しながらも、『雪中梅』は「寓意的の小説に類して真の小説に違ふ」(41)と、人情小説から〈政治小説〉が排除される。逍遙の言説では、人情小説と〈政治小説〉との関連を切断し、〈政治小説〉・政治小説を結合してジャンル形成することが仕組まれる。だが、本来的には政治領域での写実も人情小説は必要なはずである。しかし、政府は、批判・闘争・蜂起へと結びつくような物語言説を一掃することで言論を統制し、小説は様々な処罰を回避するためその種の物語言説を自主規制する(42)。逍遙が小説と政治活動との関係を切断して小説を考えたことは、政治との暗黙の共犯関係を取り結ぶことである。『小説神髄』が提示した、あるいは『近代文学』派的な文学観が生み出した、小説の自立、人情の根源性は、政治と自律した場でなされたのではない。自己を美としての人情小説を制作した高貴な存在として提示し文学場において文化象徴資本の獲得をめざすことは、そのような政治体制を維持するという政治実践に他ならない。

8 引用される〈政治小説〉

1 〈政治小説〉と『雪中梅』偽版事件

一八八〇年代後半から一八九〇年代前半にかけて政治運動の激化・普及に伴い政治小説が大量に出版された。今、政治小説と呼んだ、文学史で政治小説として認識されている政治的物語は、ここにいたる過程で導入された近代的な小説観と共に、角書・序・跋・本文等で自らを「政治小説」と自称する〈政治小説〉の登場とその解釈戦略の類似化・慣習化によって、同時的／回顧的なまなざしの中で、政治小説として、政治小説ジャンルの成型を果たした。この〈政治小説〉は『小説神髄』の影響下にあり、〈政治小説〉は人情世態小説として出発した。また、末広鉄腸『政治小説雪中梅』(1)(博文堂、一八八六・八〜一一)のベストセラー化によって、『雪中梅』は〈政治小説〉の典型となり、〈政治小説〉は『雪中梅』の枠組みや政治理念等の様々な要素の一部をそれぞれ少しずつ共有することで、政治現象の写実的表象を伴う人情世態小説というプロトタイプを生みだし、ジャンル形成した(2)。『雪中梅』の成功は、作者鉄腸の政治小説家としての成功をも意味するが、それは同時に〈政治小説〉とその言説空間が作者を立ち上げていく過程でもある。政治小説とは、作者が自らの政治思想をもとに、様々な芸術的な工夫を凝らした物語だとする政治小説観は、そうした著作権確立過程の言説空間の枠組みの産物なのかもしれない。ともあれ、〈政治小説〉の諸テクストの多くは、類似、反発、いずれにしろ、『雪中梅』的な物語との関係を取り結んでしまう。すなわち、あるテクスト《イペルテクスト》を、言及ではなく何らかの変形操作によって先行テクスト《イポテクスト》に結合する関係であるイペルテクスト性(3)が〈政治小説〉にはつきまとうことになる。末広政憲(4)『政治小説雪中梅・上』(5)(博文堂、一八八七・三)は、この流れの中で登場する。『雪中梅・上』は、鉄腸の『雪中梅』とタイトルが同一であり、物語の構成・設定が類似していることから、『雪中梅』の「剽窃本」(6)・「偽版」(7)と評される。

(1a) 末広居士/政治小説雪中梅・上編/博文堂蔵版〔『雪・上』〕
(1b) 末広鉄腸居士/政治小説雪中梅・上編/東京　博文堂蔵版〔『雪』〕

実際、両者の表紙は文面(1)やデザインも類似し、しかも『雪中梅・上』は『雪中梅』の「鉄腸」「東京」を削除している。そもそも『雪中梅・上』の著者「末広居士」が末広政憲であることは奥付(8)等からはわからず、揮毫の落款にのみ「末広政憲」とあるだけである。したがって、『雪中梅・上』は、外見上の同一性と内容的な類似性から読者が『雪中梅』と誤認して購入することが期待された「偽版」とされる。

このため、朝野新聞は「狡猾の甚しき実に驚くに堪へたり」(9)と怒り、版元博文堂は出版者の中川種蔵を告訴する。

(2a) 末広政憲著述の雪中梅は本社の末広重恭の著述にて博文堂原田庄左衛門の出版なる政事小説雪中梅の文章と挿絵とを少し変へたるのみにして其実雪中梅の偽版を起し出版人の版権を侵害したるものなり(10)
(2b) 凡ソ偽版ヲ作リ或ハ書中ノ字句及絵図ノ模様ヲ少変若シクハ少加シテ其表題ヲ改メ其他総テ他人ノ版権ヲ侵シ

テ出版スル者ハ罰金二十圓以上三百圓以下ヲ科シ其刻版印本及売得金ハ没収シテ版主に給付ス

中川は、一八八七年六月一六日、大坂軽罪裁判所で(2a)の理由によって敗訴となり、出版条例罰則（一八七五・九・三、太政官布告一三五号）第二條(2b)によって罰金七十円を科せられ、銅販二枚・偽版四六冊・草案を没収され、鉄腸らの訴訟費用三八一円六十銭を支払わされた。中川は控訴するが容れられず、一〇月一三日の大坂控訴院判決に従った(11)。

こうした偽版事件をめぐる言説空間の解析から著作権制度確立過程の諸段階とテクストの「作品」化の様相を分析したものに甘露純規氏の一連の論考がある(12)。明治初年の文学テクストの著作権成立過程における問題の流れを概括すると、テクストの「作品」化に対する権利を行使する主体の位置と力の作用域の移行として見ることができる。甘露氏の研究は、一面では、抄録・類版・翻案という二次加工の段階性に応じて展開されると言えよう。その類版の領域では、類似装丁と通俗版が取り上げられる。第一の類似装丁では、柳窓外史『二十三年未来記』（横田兼太郎、一八八三・三）は後発のベストセラー末広鉄腸『二十三年未来記』（博文堂、一八八六・五）に対して正版から類版への転落の危機に陥り、第二の通俗版では、東海散士『佳人之奇遇』（博文堂、一八八五・一〇〜九七・一〇）と物語内容が趣向・思想面で相違するにも拘わらず、意匠の同一性の点で服部撫松『通俗佳人之奇遇』（東京同盟書房、一八八七・二〜九）が偽版と認定される。それに対し、本章で取り上げる末広政憲の場合、類版において、類似装丁以外に類似作者名をベースとしつつ、『雪中梅・上』が同一タイトル・類似内容・類似挿絵、『廿三年後未来記』(13)（大坂畜善館、一八八七・七）が書名による『二十三年未来記』後編の偽装といった特徴を持ち、作者名以外の類似性を放棄した『政治小説治外法憲情話編』(14)（木谷博書堂、一八八八・三）も物語導入の様式に『雪中梅』への類似性や自身の偽版事件への言及(2c)が認められる点で興味深い対象と言えよう。

(2c)「貸本屋」ヘイ旦那此間の末広耕野が絶世の著述なる雪中楳《せつちうばい》は御読明《よみあかし》ですか「紅」フムアノ雪中楳は編者が訴へられたとか免《のが》れたとか云ふ大層込入った位の者だから大分面白かつた「貸本屋」左様なら此も仝じ人の著述ですが二十三年後未来記と云ふ者は如何です「紅」フン其本なら御前の云ふ迄もない此方に御持参「貸本屋」コイツは御進歩「紅」モー政治小説は見飽《あい》たか何か時代物か人情物はないかへ「貸本屋」ヘイ御坐ります（略）「紅」皆読だは「貸」さて困りましたハテウン忘れて居りましたえらい〳〵すてき滅法な新版者が有りましたがツイ荷の下になつてあつたから忘れて居ましたと言ながら取出す一書西洋綴りにして頗る美本「紅太郎」は手に取りナアール程是れわ二十三年後未来記と仝じ人が著した者で「ナアニ」末広耕野著述治外法憲情話編コリヤ面白かろふ〔『治情』発〕

だが、本章では、著作権確立問題としてではなく、政治小説の物語作法と物語構造の面に焦点を当てたい。なぜなら、偽版事件の顛末とは異なり、実際には政憲のテクストが『雪中梅』と同一の表現・物語・イデオロギーを紡ぎ出していたわけでは必ずしもない。その点で、政憲の政治小説を偽版・類版と見る文学観は事象を独創／模倣、純粋／歪みで捉えるという単線的な翻訳観に対応する限界を抱えている。この独創／模倣・亜流という〈近代文学〉を支えてきた枠組みでは、それらのテクストの境界＝差異は暴力的に抑圧されてしまう。この枠組みは、同様に、政治小説群を、徳富蘇峰「近来流行の政治小説を評す」（『国民之友』一八八七・七）に見られるように、体裁・脚色・意匠・描写・人物造型の未熟・欠落、すなわち物語の類型性で概括＝統合する。その結果、政治小説の埋没を類型の流行による物語受容の自動化として説明してしまうことになる。諸テクストの境界＝差異は、そこでは盲点とされる。一方で、政治小説の埋没を政治状況との対応関係の消失で捉えることも、それと同じ身振りを行ってしまう。テクストとテクストとの節合によって政治性が作動する契機が作られるのだから、そうした現時点の状況と異なる状況や類似する状況をテクストに投影することが共に変化と固定化というそれぞれの政治性を作動させることを見落としてしまうだろう。こうした枠組みは諸レベルで様々に作動し、言説の力学によって、平板なイメージを生産するレトリックの抗争を介在させつつ、政治小説ジャンル、ひいては日本近代文学の表象を反復＝再生産していくことになる。むしろ、あるテクストが、別のテクストと主導的な関係を取り結んでいることを認めた上で、種々の文化的枠組みを召喚・変形・結合することで、そのテクストを表現していく構成のありかたを探ることが必要だろう。

そのために、政憲の政治小説の物語生成を、鉄腸の政治小説を起源とした単線的な情報処理として捉えるのではなく、異なる情報・枠組みの並列分散処理として捉えることが必要となる。その準備作業の一つとして、本章は、『雪中梅』や他の鉄腸の政治小説を参照点として、『雪中梅・上』、ひいては政憲の政治小説の構造と政治思想を明らかにしたい。そのため、『雪中梅・上』の場面構築の手法とプロット構築の関連や、他の政憲の〈政治小説〉の物語構造や政治思想の変遷を検討する。そのことによって政憲テクストにおける政治表現の主体が起動してくるはずだからである。ただし、本章では、基礎作業を第一目的とするため、物語内容と物語言説の領域で論を進めることにし、主体化を論じるために不可欠な物語行為の領域にはほとんど踏み込めないことを(15)、予め断っておきたい。

2 『雪中梅・上』の物語作法

『雪中梅・上』は、上編のみの現行テクストでは(3)に要約できるような物語となる。

(3) 相原夏は母を亡くし、叔父大井貪蔵の婿取りの話を断る。夏は、過激演説のため拘引された婚約者山田清十郎(豊造)を釈放後に訪ね結ばれる。夏は下宿料に困っている山田を助けるため金と手紙を下女お松に託すが、大井の下男善助に手紙と金を奪われ、お松も傷つき大工豊造に助けられる。大井は夏の手紙を元に夏の財産を奪い、数年で使い込む。豊造・お松は夫婦となり夏に弁償するため大阪で働く。夏は家出し梅香と名を変え京都で絵描きをする。吉田と変名した山田は東山で夏と再会する。

この『雪中梅・上』は、結論を先取りすれば、当初『雪中梅』のストーリー、プロット、場面、人物設定にある程度依拠しながら、その戯作的な要素を抽出・富化した物語と言える。例えば、『雪中梅・上』は、『雪中梅』の有名な冒頭場面(4a)を(4b)のように書き換える。

(4a) ドーン〳〵ドドド、ープー〳〵プウプウプツプー何処《どこ》でか大層大砲が鳴てソシテ喇叭《ラッパ》の声が聞え升《ます》が何事ですかね「今日は丁度《ちょうど》明治一百七十三年三月三日で国会の祝日では御座《ござ》らぬか「左様《さやう》〳〵ソシテ本年度の議事院も今日開会に為《な》るとか聞ましたが丁度一百五十年の祝日に当り何より目出度《めでたい》ことサ　天皇陛下も群臣を率て議場へ御臨幸になると云ふことですから定《さだめ》て上下両院の議員は盛んな儀式を備《そなへ》て　陛下を奉迎し万歳を祝する事で御坐《ござ》らふ「お互に此繁栄の世の中に生れ安楽に老年を過《すごす》のは誠に仕合な事で御坐る此四方四里余りの東京は一面に煉瓦の高楼となり〔『雪』上発〕

(4b) ドーン〳〵ドドド、ーピユー〳〵ピユー〳〵ーヲ、吃驚《びつくり》しましたは「シテ」あれは何事ですかね「ドコかの軍艦が波止場に入りましたのです。「然し今年は明治一百二十三年て即ち今日が国会の祝日に当《あたる》ではありませんか「左様〳〵ソシテ本年度の府会も今日開会になるとか聞ましたが扨《さて》も我々は此の四海波静《なみしずか》なる繁栄の世に生れしは仕合《しあわせ》なことサ「シテ」此の大坂とても　陛下御即位の頃にわ南北二里に東西に一里程の狭隘の地で殊に名護の辺には乞食《こつじき》とか言ふ人や合力を乞ふものが沢山に住居《すまゐ》して裏長屋へでも入て見ると三畳敷や四畳敷の間に寒中にも単物《ひとへもの》を着様《きたよう》なものや辻浦煎餅を売りて渡世する様な其日暮しの者が沢山住居して不潔極まつた所（略）其時分とは違ひ境も大坂も一面の市街となり〔『雪・上』発〕

『雪中梅』タイプの未来記は、遠い未来の時点から近未来を回顧する導入部を持つ。(4a)は、国会開設一五〇周年の二〇四〇年の国会開会日の東京が舞台であり、(4b)は、国会開設百周年の一九九〇年の府会開会日の大阪が舞台となる。また、(4a)が天皇の統治下の開明の社会を言祝ぐのに対し、(4b)はそれに加えて国会開設当初の未開を対比させる。また、本編部冒頭の老母とヒロインの会話場面(4c)は、同じく冒頭の(4d)に対応する。

(4c) 老母の咳声コン〳〵コン「お春や一寸《ちょっと》来てお呉れお春は居ぬかへ小女「ハイ御母《おっか》さん何の御用で御座います先刻《さっき》までお側に居りましたが余り能くおよツて居らつしやるから一寸と彼方《あちら》で新聞を読んで居りましたワモー四時で御座いますからお薬を召し上りませんか老母「マアお薬は止《よし》ませうお春や此様《こんな》ことを云ふとお前が猶の事心細く思ふだらふが私の身体はモウ長いことは無いヨ小女「御母さんなぜそんな弱い事を仰《おっ》しやいます昨晩もアノ先生が御帰りの時に玄関まで送つて参り御病気の様子を聞きましたらね御母さん長い御病気の事でもあるし随分お弱りではあるが未だ左《さ》して御老衰と云ふ程でもないから今に御全快になるに相違ないと云はれました御母さんさう力を落としたものではお座いません老母「ウソ〳〵昨日山本さんが帰る時にお前が玄関へ出て何かヒソ〳〵話をする様子だから耳を立て、聞ても話の模様はサツパリ分らなんだがお前が茲《こゝ》へ来た時に眼元がうるんで居た
（略）〔『雪』上1〕

(4d) ヘイ御遠方を御苦労さま左様なら跡より御薬を「医者モウ間も無《ない》から随分大事に介抱を「ガラ〳〵ガラ」「少女夏」玄関の敷台に椅《もた》れア、我身ほど薄命なものが世にあろふか八歳の年に父上にわ御逝去《をなくなり》まし〳〵杖柱共思ふ母上は最う一両日の御命数別て又父上御在世の節《とき》人を見立て幾末わ養子じやと御定め被下《くだされ》たのも今では嫌疑とかで囹固《ひとや》の中にありと聞く此の人とても清十郎さんと名を聞くのみ写真で御顔は見たなれど未だ一面識もせぬ御方と身の薄命《ふしやわせ》を思ひやり沈吟して差うつ向て居たりける〔『雪・上』1〕

(4e) 演説会開始→弁士の演説→受け手の反応（喝采／無視／反対）→警官の反応（観察／中止／解散）→弁士と警官

の対立↓演説会終了↓処分（無／逮捕／演説禁止）

(4f) 叔父さんは本統は他人でもあるし私しの邪推かは知らぬがどこか安心の出来ぬ人の様に思ふよソシテ内の地面や公債証書は皆お父さんのお骨折りで出来たのだから能く気を付けて人に取られぬ様におしヨ（『雪』上1）

(4d)は、(4c)傍線部で示唆される、(4c)の場面の前に診察後に医者をヒロインが見送る場面を新たに描写している。往診の医者に母の病状の重さを聞き、夏は婚約者山田清十郎の逮捕を思い、悲嘆にくれている。『雪中梅』の国野基は、当初、激化事件関与の嫌疑で北海道に逃れ、後に手紙での「ダイナマイト」誤記が原因で逮捕されるのに対し、山田は当初から政談演説会での演説が原因で逮捕されたことになっている。出来事の生起順序は、『雪中梅』が〈医師の往診↓老母の病死↓ヒーローの逮捕〉なのに対し、『雪中梅・上』は〈ヒーローの逮捕↓医師の往診↓老母の病死〉となる。医師の往診・老母の病死が時間軸上の固定項なのに対し、ヒーローの逮捕は可変項であり(16)、逮捕原因は弁士としての参加に付随する政談演説会の一般的行為連鎖知識＝スクリプト(4e)を混配して、(4d)で場面化されている。また、老婆の言葉の続き(4f)は、『雪中梅・上』で大井が夏の資産を奪うなどの叔父の悪漢性の富化として組み替えられる。

　次に、ヒロインが結婚を申し込んだ際のヒーローの反応(4g)は(4h)に対応する。

(4g) お春さん世間に稀れなる貴女の御人品《ひとがら》一度《たび》お目に掛つてからは誠にお慕はしく思ひますが才学もなく資材もない国野基の伉儷に貴女は少しく御不当では御坐いませんか固《もと》より私の為めには一通りならぬ恩義のある貴女のことゆゑ水火に入つても御力にはなりませうが先日貴女より承はつた処では御母君の御遺言もあり御契約のあつた御方を尋ねて御出《おい》でゝあれば貴女のお頼みのことは表向き如何《どう》とも吹聴を致して置き倶々《ともぐ》に其の御方の所在《ありか》を捜し貴女の御宿念を晴したいもので御坐いますと聞いてお春は少し悔しと思ふ顔付（略）国「（略）元来日本にて

は男女が一度か二度顔を見たばかりて同穴《どうけつ》の契を結から其の後ちに風波が起り終身の幸福を全うすることが出来ません〔『雪』下7〕

(4h) 併《しか》し乍《なが》ら貴嬢《あなた》は父上の御意とは申し乍ら今世間に漂白し落行先は若し目的を達せずんば取止めもなき予輩を慕ふは返て御身《をんみ》の為ならず今より心を翻し人を選《ゑらん》で養子せらるべし如何に父母の御遺言かは言《いへ》時に取て不利益なれば之れを変改せるに難《かた》からん哉と意外の辞《こと》ばに気も転動《てんどう》し何の答へも泣くばかりなり〔『雪・上』5〕

(4i) 於夏の容顔巧笑倩《よふがんこふしょふせん》たり（略）山田も元より木石ならねば終に瓊瑶の報を得て死生契濶長く悦びをなし子の手を取て子と共に老ゐんと迄深く互に契りける〔『雪・上』6〕

(4j) 霜雪のおもきにたへて男々しくもはるをばまつの猶たてるかな〔『雪』上6〕

(4k) 君が世にあふくま川の埋れ木は氷の下に春をまちけり〔『雪・上』4〕

(4g)・(4h)は、共にヒーローがヒロインを拒絶する。ヒロインに、(4g)はヒーローとは異なる婚約者との結婚を勧め、(4h)はヒーロー＝婚約者とは異なる別の男との結婚を勧める。また、(4g)では表向き春を受け入れつつ、傍線部を理由に、引用は省略したが少しずつ交際を深めていくことを提案している。(4g)傍線部に対し、(4i)はヒーローとヒロインが「一度か二度顔を見たばかりて同穴の契を結」んだことを示している。『雪中梅』のストーリーが戯作的な性愛とその結末に対する批判とすれば、やがて山田清十郎と相原夏とが結ばれるらしい『雪中梅・上』のストーリーは戯作的情愛に対する『雪中梅』の見方への擁護とも言えよう。このヒーローとヒロインの結婚の寓意は、『雪中梅』では国野基・富永春は結婚し国野春となることで国家・国民の繁栄が寓されるが(17)、『雪中梅・上』の山田と夏は結婚しても山田夏という緑の豊かさが想起されるのみで国家・国民レベルの繁栄が含意されるわけではない。留置場内のヒーローにヒロインが送る和歌は、『雪中梅』(4j)は大丈夫は苦難に耐えて志操を貫けばやがて大業を成し遂げるのだと国野を励まし変節を戒めつつ、ヒロインの名を織り込んでいるが、『雪中梅・上』(4k)は艱難への抵抗性を弱化しつつ、成功＝

「はる」はヒロインの名と無関係だ。また、続編『政事小説花間鶯』（金港堂、一八八七・四～八八・三）の場合、資産家の春と結婚することで国野は白面の書生から民党の指導者へと一躍政治的位置を上昇させるが、『雪中梅・上』では資産を失った夏は山田に資金援助することができない。山田は後に民「党首領」〔『雪・上』発〕となるが、『花間鶯』が描いた政治指導者就任の経済的条件(18)は『雪中梅・上』の現時点では別種の解決が必要となる。

また、こうした組替え以外に、圧縮の事例として、『雪中梅』上編第二回の井生楼での国野の演説と『雪中梅・上』第二回の道頓堀での山田の演説との対応がある。約七千字弱前者、後者に対応しない演説冒頭部の旅の挿話を除けば約六千字弱の前者が、演説の骨子となる政治運動方針(4l)を維持しつつ、後者では約九百字に圧縮される。

(4l) 政党の大同団結の推進、封建的地方主義の否定、下層人民を激発させる過激議論の制止、空理空論を廃した実務的な国政参与準備

(4m) 山方池田の両人は彼の弁士が能弁を感じ種々の話しをなしつ、〔『雪・上』2〕

ところで、(4m)では山田の演説に感銘しているが、この後で大井の下男善助に雇われお松を襲い金を奪ったのは山方・池田だ。これは演説が提示する政治運動の理念が、聴き手の行動実践が作る日常には関与しないという政談演説会の常態的なモデルが『雪中梅・上』で描かれることを意味する。むろん、これは『雪中梅』の政治思想の戯作的撥無化ということではない。自由民権の達成という対外的な目的はヒーローの内面では現実に対応した実務的実践として規定されることで、ヒーローが主体化される。その主体の基盤には、下等階層や現政権側との差異化を必要とする。『雪中梅・上』での山方・池田の挿話や、『花間鶯』での急激党・保守党・自由党の三党分立は、そうした事態に対応する。政治思想面では、『雪中梅・上』は概ね『雪中梅』の単純化と言える。

このように、『雪中梅・上』は、その物語の基本的な約束事である世界、すなわち、遠未来の過去としての近未来

の国会開設前夜という時代、政治家の政治活動の苦難と女性との恋愛とその資産をめぐる陰謀という事件の構図、書生、女性とその老母、叔父夫婦という登場人物、石版の発掘、医師の往診、政談演説会、留置場、宴会、ヒロインの告白といった場面、政治運動方針という民権思想等の物語の大枠を、概ねテクストの前半において『雪中梅』に依拠しつつ、趣向をこらすこと、すなわち登場人物や場面に新たな設定・改変を加え、プロットや表現に新たな膨らみを持たすことで、負債農民騒擾実録に見られる悪漢の台頭や、それによるヒロインの危機とヒーローの高知行といった『雪中梅』とは異なる別個のプロットを後半に向かうにつれて獲得していくことになる(19)。『雪中梅・上』は、オープンソース的とも言いうる近世戯作的文学意識に基づき、『雪中梅』の世界に対して趣向の妙を競いカスタマイズすることで、(3)に要約される新たな戯作的物語世界を獲得した〈政治小説〉だ。

3　政憲の政治小説の構造と思想

政憲の政治小説は、いずれも(5)のような入れ子型の物語構造を持つ点で共通している。『廿三年後未来記』の場合、本編で語られる書物を入手する『雪中梅』のような冒頭の枠物語があるわけではないが、国会開設後の慷慨堂・張之助の会話という本編が発端となり、その物語の中に無名国の話が入れ子として挿入され、結末でそれが張之助の夢として語られ、さらに以上は編者の幻覚であったという付記を持つという点で入れ子型構造となる。

(5)　発端（大坂で、本編の書物を入手し目次を読む）→本編→結末（以上は編者の夢だった）

また、その物語世界は、物語内容の連続性から、大別して二つの系列に分かれると考えられる。一つは、『雪中梅・上』系(6a)、もう一つは、『廿三年後未来記』系(6b)の物語だ。(6b)は、『廿三年後未来記』の作中人物が見た夢の中の挿話が別のテクストである『治外法憲』にも引き継がれている。

(6a)『雪中梅』↓〈『雲間桃』(20)?〉

(6b)〔編者の幻覚/紅太郎の読書=〔慷慨堂・張之助の物語:『廿三年後未来記』一〜五、一一回〔張之助の夢=〔無名国の物語:『廿三年後未来記』六〜十回↓『治外法憲情話編』本編↓〈『治外法憲政談編』(21)〉〉〕〕〕

また、政治状況的に二分すれば、国会開設前夜の物語(22)(6c)と無名国の物語(6d)とに区別できる。(6d)が一貫した時間経過と共に進行する政治状況を扱うのに対し、当然の事ながら(6c)は統一的なまとまりはないが、鉄腸の政治小説に対応している部分だ。

(6c)『雪中梅・上』本編、『廿三年後未来記』第一〜五、一一回、『治外法憲情話編』発端

(6d)『廿三年後未来記』六〜十回↓『治外法憲情話編』本編↓〈『治外法憲政談編』〉

ところで、『雪中梅・上』はともかく、政憲の政治小説は、すべてが鉄腸のそれと同じ政治的立場をとっているわけではない。

例えば、『廿三年後未来記』は、『二十三年未来記』批判となっている。『二十三年未来記』は、上編で国会審議の報道・傍聴によって国会が機能不全に陥っている状態を描き、下編で不完全な国会の成立原因(7a)を挙げる。

(7a)(第一)政党多数ニシテ其ノ結合堅固ナラズ(第二)議員ハ各自ニ弁論ヲ馳セテ議事整頓セズ(第三)神権論ハ天賦人権論ト相紛争ス(第四)議員実努ニ熟練セズシテ空論ニ流ル、ノ弊害アリ(第五)議員ニ雄弁家少ク(第六)国会ノ内外ニ粗暴ノ言語挙動アッテ各種ノ妨害ヲ生ズ(第七)選挙法不充分ニシテ意外ノ人物ヲ国会ニ

出ス（第八）中等社会ニ熱心ナク輿論微弱ナリ（第九）下等ノ人民ハ殆ンド国会ノ何者タルヲ弁ゼザルコト是ナリ〔『二』下2〕

それに対し、『廿三年後未来記』は、理論家や活動家が「西洋各国の哲学者流を主張して人民に説くも一向《ひたすら》ら玩味出来ぬもの多く六ヶ敷議論は只机上の論に止まる如く思ひなすが故へに其所論実用に的《てき》」しない「空理空論」〔2〕を唱えるため政党は十分組織されず、民権運動も「民間の不景気の為めに各自生計に余裕を生せざれば為め」に衰退したかに見えたが、「内に自ら政治思想を養生し実学に従事」〔11〕することで個々の政治的自覚が充実したため、「潤く地方の実務に馴れ万事の結果を実行上に見たる人」〔4〕が議員となった国会は、「国利民福」〔3〕の実務的な議事処理の場となることで「完全な国会」〔1〕が成立したと語る。『廿三年後未来記』は、空理空論家の集まりとしての政党は衰退したが、個々人の政治的自覚が充実し実務重視による世論の喚起によって地方の実務家を議員としたため完全な国会が成立したとする。これは(7a)の第三理由以外のほとんどに対する否定となる。特に注意すべきは、『雪中梅・上』で見られなかった政党活動への否定が、『廿三年後未来記』では語られていることだ。『廿三年後未来記』は、政党を重視する鉄腸の政治小説とは異なる政治的立場を選んでいる。

また、『雪中梅』は、その発端で天皇制下の立憲議会を言祝いでいる。それに対し、『治外法憲情話編』は、紅太郎に「人の肇生《はじめ》は西洋大家も精しく解ひた者は聞ねども思ふに世界各国に種々《いろ〳〵》肇生《はじまり》の論を立て、述ぶると雖も多くは一つの余裔《ちすじ》ならん然して其国に始めて人類の来た人を特生人の如く云為《いゝな》すから各国に異同を生じたるものと思はれる」〔発〕と語らせ、各国の起源神話の差異を相対化して見せる。『治外法憲情話編』には、『雪中梅』には見られない、万世一系の天皇制の絶対化を解消する契機があると言えよう。

一方、無名国の物語は、もはや鉄腸の政治小説には対応しない。

(7b) 圧制の羈を解て天賦の権利を得せしめん〔『廿』8〕

(7c) 相国《しょうこく》張之が来歴を尋ぬるに今をさる二十年以前日本国よりして此国に漂流し来りしが爾後此国《このち》に住し政治の良《よか》らざるを慨嘆して自ら民間に在て国事に熱心し因循姑息の風を脱し抑圧の政府をして純然たる立憲政体となし人民の権利を尽く暢進《ちょうしん》し外国交際内国政治に鉄道電信蒸気船築港其他何事となく万事に亘り力らを尽し終に今日の如き自由国となしたれば国民始めて圧制の羈伴《きはん》を脱し〔『治情』8〕

(7d) 今佞臣奸吏の圧制を憤る者府下に幾百人なるを見るべからずされば此より同志を募り飽迄《あくまで》彼等に拒抗《きょうてう》なし力及ばん時は身を国民の為に犠牲に共さば満足すべしと決心し之より一大騒乱を惹起し此無名国の二代目張之と呼ばれ大革命を執行し其後鴻之を補翼して帝位に昇らしめる〔『治情』16〕

(7b)は、張之の無名国改革の決意。(7c)は、張之が無名国を改革した経緯であり、『廿三年後未来記』内の物語の要約であると共に、それと『治外法憲情話編』内の物語とを接続する記述。(7d)は、陳革唱の決意と『治外法憲政談編』での活躍の予告。無名国の物語は、張之の政治啓蒙運動によって君主専制から立憲君主制へ、そしてその子供鴻之の革命によって自由帝政へといたる物語として展開・構想されている。無名国の物語は、むしろ政治小説初期の革命的政治物語、例えば桜田百華園「西の洋血潮の暴風」(『自由新聞』一八八二・六・二五〜一一・一六)・宮崎夢柳「自由の凱歌」(『自由新聞』一八八二・八・一二〜八三・二・八)等の枠組みを取り込んでいると言えるだろう。下等人民の騒乱を警戒している鉄腸の政治小説が抑圧する、革命的政治物語として無名国の物語は開示されている。

このように、『雪中梅・上』では鉄腸の政治小説とその政治的立場を等しくした政憲の政治小説は、鉄腸の政治小説に対立する政治思想を形成していった。それと共に、『雪中梅・上』での世界の共有から『廿三年後未来記』では無名国という異なる世界を導入し、『治外法憲情話編』ではその世界のみに基づく物語を展開していくことになる。

4 おわりに

『雪中梅・上』は、『雪中梅』を世界とし、人物設定や場面等の趣向の巧みを凝らすことで新たなプロットを獲得していく政治小説だ。民権思想は、『雪中梅・上』では世界の属性であり、政党重視、大同団結、下等階層を激化させる空理空論の否定、中等階層の実務的国政参加準備等、『雪中梅』と同一となる。それに対し、『廿三年後未来記』では、政党の分立、雄弁家等資質のある者の不足、空理空論の横行と人民の政治的無関心によって不完全な国会の成立を語る『二三年未来記』を世界の一つとし、政党衰退、個々の政治的自覚の充実、実務重視によって完全な国会が成立したと政治思想を趣向化することで、鉄腸の政治小説と政治的立場を対立する。それと共に、『廿三年後未来記』では、革命的政治物語を世界とする無名国の物語が新たに組み込まれ、『治外法憲情話編』に接続する。オリジナル／コピー、独創／亜流といった単線的な「移行」モデルでは、このような政憲の政治小説の〈オリジナル〉性、その〈独創〉的な物語作法と思想は見落とされてしまう。

では、テクストを並置する「並列」モデル(23)ならば、テクスト評価の陥穽を修正することができるのだろうか。例えば、『治外法憲情話編』の敵役・迦爾那は、『治外法憲情話編』では張之と共に遭難・救出されたものの張之のみが出世することに不満を抱く人物だが、『廿三年後未来記』の迦爾那は遭難した張之を助け政治改革運動を遂行した同志であり、両者の設定は微妙に異なっている。そうした個々の同一性と差異性を評価していくには、一端、「移行」問題を棚上げした上で個々のテクストに新たに連関を考えていくという、読者側からの主観的判断に基づく戦略は研究開始時には必要だ。だが、それが行きすぎると、「起源・原文」の複数化・重層化とは、本来、論理的に異なる「起源・原文」の雲散霧消とが安直に同一視される。そこでは、ある主体がテクストのあるレベルの要素／側面を引用・拡張し他の主体がそのテクスト間の関係を解釈するという事実を盲点としてしまう。

最後に、政治小説像を総括して本書を閉じることにしたい。

まず、政治小説を、政治性と小説性から整理する。第一に、政治小説の政治とは、テクストに描かれた、もしくは含意された、自由民権思想もしくは自由民権運動に関わる標識・枠組みである。その結果として、反映論的には、自由民権論がメディア空間で流通し自由民権運動が出発した一八七〇年代前半から自由民権がメディア空間から消えていく一八九〇年代前半にいたる期間が政治小説を生み出す思想面での基盤の時期となる。むろん、ここで言いたいのは文学テクストが時代の政治文化状況と直接対応するということではない。また、作者の思想や伝記的事実はテクストの民権的解釈に影響を与える場合もあるが、そうした情報がなくとも政治小説として解釈される場合もある。物語表現の表意としての民権理念表現や推意としての民権的寓意が、政治小説の政治には重要だということだ。ところで、民権思想とは反政府思想と同一ではない。「民権＝国権」型政治思想は国家建設をめざす限りで政府の施政に相違する場合もあれば、一致する場合がある。したがって、本書で扱う政治小説の政治とは民権とほぼ同義である。なお、近代国民国家の形成・維持との関わりから小説の政治性が問題になる場合があるが、それは小説のイデオロギーとして、「政治＝民権」とは区別することができる。この意味でイデオロギー小説はそのイデオロギーを維持・変容させつつ常に存在するといえるが、本書の考察範囲を超える。

第二に、政治小説の小説性だが、当時の小説は今日でいう戯文、諷刺文、スケッチ、雑記、史伝、戯曲、筋書、翻訳等の多様な下位ジャンルを包含した物語を意味している。近代的なノベルとしての小説が一般読者に普及するのは二〇世紀に入ってからであり、それまでは稗史小説・寓言等を小説として捉えることができる。つまり、フェーブル、アレゴリー、ロマンス、ノベル等が混合しているのが、政治小説の小説の内実だ。この小説形式と内容の多様性が、文壇の慣習によって形式・内容が狭く限定された近代小説とは異なる様式面での小説の可能性を保証していたと言えよう。

一方で、『小説神髄』の影響下に現われた〈政治小説〉は、人情世態小説型や政談等に分類される。最も多い人情世態小説型の場合、アレゴリー性・勧懲性を排した、才子佳人の恋愛関係等の人情と共に政治的活動を描く写実小説である。そこでは人情が物語世界の要となりつつ、その矮小性が批判されたり、政治的に組み替えられた場合があった。また、政治思想も自由民権思想に限定されず、変革的政治実践ではなく現状維持的な政治実践を支持する場合があった。

ともあれ、政治小説を様式面で定義すれば、政治小説は、自由民権思想や自由民権論的な枠組みを物語表現に内在させたり寓意として仕掛けたりする物語形式のテクストと言えよう。

次に、政治小説を、作者から読者へのコミュニケーションの中において整理する。政治小説は、一般に共感・怒り・憤慨等の情動的要因をテクスト解釈の主軸に置くことで、受け手に自由民権の情念を励起させる実用的コミュニケーションに支えられている。政治小説のテクスト読解行為は、一つには読解の感慨を声にだしテクストへの疑問・見解を提起する様式、一つにはテクストを一人の読み手が音声化し多数の聞き手が語られた世界に参入する様式がある。前者の自己とテクストとの対話関係の創出は、読者が自己の直接経験の参照や想像力・推論によってテクストを自己にとって自然なものへと組み替える作業である。また、後者は音声によって語られたテクストを読者共同体が共有することで、政治小説のメッセージをその場全体における一般的ものとして、自己にとって自然なものとして把握する作業だ。いずれも、そのためには、テクストは、読者がテクストに接近する動機を触発するための「面白さ」を必要とする。また、政治小説における作中人物や出来事、構成、表現の類似性は先行・同時代テクストを模倣しつつ批評的に組み替えてテクストを生成していく近世的な小説作法に基づくが、この類似性がある種の定番的な感慨を生成する仕掛けとなっていた。読者は、読解時の「愉快」な感慨を発声や手打ち等の身体運動で表わし、テクストの内容を自己の過去や未来に投影し内省することになる。

政治小説は、含意と快楽を得ることを目標とする実用的コミュニケーションをその基盤としている。これらの読書行為で、読者は、政治小説の、物語内容を自己の生き方に反映させることになる。感情の増幅によるテクストへの没入は、テクストの表現以上の意味生成をもたらす点で変革のための読書行為の構成要素となる。

近代小説の祖型たる人情小説と政治小説の関係を整理すれば、政治小説と人情小説とはまったく異なるわけではない。特に〈政治小説〉は写実的人情小説の自由民権部門として出発した。にも拘わらず、相互が排他的に否定し合ったのは、文学テクストの芸術的価値に上下があったからではない。むしろ、それは、文学的正統性の独占権をめぐる象徴闘争の結果としてもたらされたものである。文学的戦略は、美学的と同時に政治的、内的と同時に外的な二重行為であり、小説の美とイデオロギーは常に様々なかたちで存在している。とすれば、『小説神髄』の提示する小説論は小説の可能性を抑圧することになる。

このようにとらえるとき、政治小説の可能性は、小説は何をどこまでどのように語ることができるのかという小説表現の多様な実践として、読者を常にテクストに仮定することで一般読者に開かれたテクストを構築する試みとして存在する。その故に、政治小説は、文学場の力学が抑圧した近代小説の失われた諸相を具現するジャンルであり、政治小説研究は現代の読者の小説観を修正し、ひいては文学への態度変更を迫ることになるはずである。

註

はじめに

1 田中芳樹『銀河英雄伝説10』（徳間デュアル文庫、二〇〇一・三）。
2 『機動戦士Zガンダム――星を継ぐ者――』（二〇〇五・五・二八）。
3 その後の劇場版のストーリー展開では、クワトロは代行＝表象する者としてのポジションを状況に即しつつ可能な限り避けようとしているように見える。その限りで、自治権獲得を主張した精神的指導者ジオン・ズム・ダイクンの実子としての血統的正統性を逡巡しつつ確保したTV版のクワトロとは異なる。いずれにせよ、代行＝表象を実行／回避する事で立ち上がるクワトロという主体は、多くの他者からは乖離している。
4 ジェフリー・メールマン（上村忠男・山本伸一訳）『革命と反復』（太田出版、一九九六・八）参照。
5 『〈朝鮮〉表象の文化誌』（新曜社、二〇〇四・四）。
6 「異人種間恋愛物語としての『佳人之奇遇』」（『水脈』川上美那子先生退職記念論文集刊行会、二〇〇二・六）。
7 「冒険小説の政治学」（『岩波講座文学10』岩波書店、二〇〇三・一〇）。
8 「『ありのまま』『現世』『世話』」（『日本近代文学』二〇〇三・一〇）。
9 「静かにしなさい、さもないと……」（『文学年報』二〇〇三・一一）。
10 『小説の維新史』（風間書房、二〇〇五・二）。
11 「歴史を語る芝居」（『日本近代文学』二〇〇一・一〇）、「島田三郎『開国始末』」（『国語国文研究』二〇〇二・一一～二〇〇三・一)、「明治二〇年前後の〈歴史〉と〈小説〉」(『日本文学』二〇〇三・九)等。
12 『係争中の主体』(翰林書房、二〇〇六・二)。

序

1 ルイ・アルチュセール(河野健二・西川長夫訳)『マルクスのために』(平凡社ライブラリー、一九九四・六)一八四頁。
2 同前『マルクスのために』三三八頁。
3 アルチュセール(山本哲士・柳内隆訳)「イデオロギーと国家のイデオロギー装置」(『アルチュセールの〈イデオロギー〉論』三交社、一九九三・二)六六頁。
4 (田中正人・柳内隆訳)『国家・権力・社会主義』(ユニテ、一九八四・六)六八頁。
5 マルクス主義的アプローチは、未知の状況を常に「資本主義の後期段階」として捉えるように、政治学領域では、実証分析との関連も現実政治への有効な提言も十分になしえていないという欠点は残る。
6 (新明正道訳)『政治と社会構造・下』(誠心書房、一九七四・六)一〇頁。
7 (岡村忠夫訳)『政治分析の基礎』(みすず書房、一九六八・六)六七頁。
8 後に、イーストン(山川雄巳訳)『政治構造の分析』(ミネルヴァ書房、一九九八・三)では、政治システムと経済・社会との構造連関が重視され、従来、環境として軽視されていたものからの転換がなされる。政治構造とは、社会に対して価値を権威的に配分するシステム構造を指している。
9 例えば、アーモンド&ヴァーバ(石川一雄訳)『現代市民の政治文化』(勁草書房、一九七四)は、それぞれの国の政治には固有な政治文化があり、それがその国民の政治行動を大きく規定するという政治文化論でもある。政治文化とは、政治システムの構成員の中で政治へと向けられる個人的な態度及び志向のパターンを指す。
10 前掲『政治分析の基礎』一〇二頁。
11 ロバート・ダール(高畠通敏訳)『現代政治分析』(岩波書店、一九九九・三)等参照。
12 デイヴィッド・マクラレン(千葉眞・木部尚志訳)『イデオロギー』(昭和堂、一九九二・四)八八頁。
13 宮台真司『権力の予期理論』(勁草書房、一九八九・四)二二頁。

14 『権力の予期理論』（勁草書房、一九八九・四）一五一頁参照。
15 『文の抗争』（法政大学出版局、一九八九・六）二八八頁。
16 後藤和子『芸術文化の公共政策』（勁草書房、一九九八・一二）参照。一方、文化経済学は行政の芸術政策を問題化するものの、その中心は演劇にあり、小説・詩等の日本近代文学研究の中心ジャンルにはほとんどふれない。
17 前掲『イデオロギー』一一九頁。

Ⅰ 政治的物語と隣接ジャンル

1 啓蒙思想と自由民権運動

1 萩原隆『中村敬宇研究』（早稲田大学出版部、一九九〇・四）四一〜四頁参照。
2 石田雄『近代日本の政治文化と言語象徴』（東京大学出版会、一九八三・九）四五頁参照。
3 竹内洋『立志・苦学・出世』（講談社現代新書、一九九一・二）四八〜五〇頁参照。江森一郎『「勉強」時代の幕あけ』（平凡社、一九九〇・一）六六〜八六頁参照。
4 福沢の啓蒙の言説の対象が士族であることは、前田愛「明治立身出世主義の系譜」（『前田愛著作集2』筑摩書房、一九八九・五）九〇〜五頁参照。「遺伝の能力」（『時事新報』一八八二・三・二五〜二七）等の一連の士族擁護の発言もこれを裏付ける。
5 鹿野政直『福沢諭吉』（清水書院、一九六七・一二）は、尾張国海部郡鍋田村の庄屋佐久間国太郎が『西洋事情』を読んで心酔し民権運動に参加した例を紹介する。
6 「福沢諭吉における文明選択の論理」（『イギリス思想と日本』北樹出版、一九九二・三）九八頁。
7 本節は、松沢弘陽「西洋経験と啓蒙思想の形成」（『近代日本の形成と西洋経験』岩波書店、一九九三・一〇）による。
8 柳田泉「解説」（『西国立志編』冨山房百科文庫、一九三八・七）一五〜六頁参照。
9 木村毅「天皇のカリキュラム」（『朝日新聞』一九七一・一〇・一五〜二一）・唐沢富太郎『教科書の歴史』（創文社、一九五六・一）参照。

10　尾崎行雄『日本憲政史を語る・上』（モナス、一九三八・四）参照。
11　立身出世主義ではなく民主主義の思想を『西国立志編』に指摘したのは佐藤忠男『学習権の論理』（平凡社選書、一九七三・一一）。一八八二年に『西国立志編』の各所に削除が施され民権・国権思想の立場が薄められた。
12　河野盤舟伝編纂会『河野盤舟伝・上』（一九二三）一二六～七頁。
13　鈴木安蔵採訪『政治論集』（国会図書館憲政資料室所蔵写本一九四一・一）。

2　実録の政治性

1　農民騒擾年表は、青木虹二『明治農民騒擾の年次的研究』（新生社、一九六二・一二）参照。
2　『明治文学史・上』（東京堂、一九三五・七）一一四頁。
3　柳田泉『政治小説研究・上』（春秋社、一九六二・八）六一頁。
4　『中村幸彦著述集10』（中央公論社、一九八三・八）三六頁。
5　山田俊治「明治初期新聞雑報の文体」（『国文学研究』一九九〇・三）、「〈現実感〉の修辞学的背景」（『日本近代文学』一九九一・一〇）、「〈実事〉というイデオロギー」（『国際文化研究紀要』一九九六・一一）参照。
6　刊行年月は、興津要「明治開化期文学年表」（『明治文学全集2』筑摩書房、一九六七・六）によれば、正続共に一八七七年三月だ。ただし、「突然鹿児島変動の報あり依て以て其顛末を録せざれば西南鎮静録の題号に背き頗る全本ならざるに似たり故に第三編を次き以て該県従来の事情且目今戦争の確報を探り得て不日刊行出刷の目論見あり」（「西南鎮静録続編付言」）というが、西南戦争物が他に多く刊行されたため、第三編は刊行されなかったと思われる。
7　和田繁二郎『近代文学創成期の研究』（桜楓社、一九七三・一一）二二一頁。
8　猪野謙二『明治文学史・上』（談談社、一九八五・六）一五二頁。
9　亀井秀雄「内乱期の文学」（『明治の文学』有精堂、一九八一・一二）一九頁参照。
10　毛利敏彦『江藤新平』（中公新書、一九八七・五）二〇六頁参照。
11　遠矢浩規『利通暗殺』（行人社、一九八六・六）参照。
12　脇田巧一のみ、『梅雨日記』では脇田功一。

13 島田は一八七一年一〇月に兵学修行のため、長は一八七四年四月に征台従軍願提出のため上京した。この四月に二人は親交を結んだ。
14 長の鹿児島行は一八七四年六月～七五年一月、七六年四月～一〇月の二度、島田は一度も行っていない。また、長に犬をくれたのは桐野利秋である。
15 ただし妻の名は「森綾子」ではないし、『梅雨日記』では未婚の島田も史実では結婚している。
16 前掲柳田『政治小説研究・上』（一九六二・八）六五頁。
17 前掲『利通暗殺』八一頁参照。
18 安丸良夫「明治10年代の民衆運動と近代日本」（『歴史学研究』一九九二・一〇増刊）一六頁参照。
19 「決戦之決議」（的野半介『江藤南白・下』）四四三頁。
20 黒龍会編『西南記伝・上二』付録一八頁。
21 飛鳥井雅道『近代の潮流』（講談社現代新書、一九七六・八）四九頁参照。
22 前田愛『前田愛著作集1』（筑摩書房、一九八九・三）二〇八頁参照。
23 秋山稔「『冠弥左衛門』考」（『国語と国文学』一九八三・四）五一頁参照。
24 テクストの心理描写の多くは福田を対象とし、松木惨殺直前の農民の「よくも是まで小前をしいたげ貧民を蔑視して村内の田畑地は残らず汝が所有になさんと年頃企つ貪欲無慈悲」［6］という松木批判が、松木の悪を喚起する。
25 『近代化と伝統的民衆世界』（東京大学出版会、一九九二・五）一五頁。
26 前掲亀井論文、一四～五頁参照。
27 前掲亀井論文、一三頁。
28 前掲和田『近代文学創成期の研究』二三〇頁。
29 上巻のみで中絶。
30 鶴巻孝雄「『大磯新話　燧山黄金一色里』の覆刻にあたって」（『武相民衆史研究・通信』別冊、一九九〇・四）一頁。
31 稲田雅洋『日本近代社会成立期の民衆運動』（筑摩書房、一九九〇・一二）二〇九頁。
32 安丸良夫『日本の近代化と民衆思想』（青木書店、一九七四・九）一五五頁参照。
33 大磯宮田屋切り込み人数を『燧山黄金一色里』は、大磯の役人の情報では十一人、決起者の親族友人の情報では八人だが、新聞に十人とあるので十人としたと断る。

3 戯作の民権化

1 文学コミュニケーションにおける寓意は、拙著『語り寓意イデオロギー』（翰林書房、二〇〇〇・三）第Ⅱ部で概観した。
2 鈴木貞美『日本の「文学」概念』（作品社、一九九八・一〇）参照。
3 福沢諭吉『学問のすゝめ』初編（福沢屋、一八七二・二）。
4 福沢諭吉『西洋事情』（尚古堂、一八六六）。
5 和田繁二郎『近代文学創成期の研究』（桜楓社、一九七三・一一）は、(1a)から福沢が「文学・詩文を国民教化のために利用し得るものと考えていた」と説く。
6 西周『百学連環』（一八七一～二）。
7 ただし、和田『近代文学創成期の研究』によれば、福沢は、啓蒙のための物語・小説形式を利用する立場で、小説・物語の文学的自立を認めないとされる。
8 前掲和田『近代文学創成期の研究』は、「ストーリーの展開に伴うシチュエーションの設定、表現にかなり無理があり、不自然さがある。その決定的な部分は、話中の娘から人妻への転換点の状況が欠落していること」だと指摘する。
9 興津要『転換期の文学』（早稲田大学出版部、一九六〇・一一）二七頁掲載の広告文。
10 柳田泉『政治小説研究・上』（春秋社、一九六七・八）六八頁参照。
11 松井幸子『政治小説の論』（桜楓社、一九七九・三）六一頁。
12 同前松井『政治小説の論』六二頁。
13 復刻版は、『明治史料第五集明治十一年四月地方官会議傍聴録』（明治史料研究連絡会、一九五八・五）。
14 「痴放漢会議傍聴録」第四号の五条と本文に異同がある。第四号では、「腐剣税固ヨリ取ラサルヘカラスト雖トモ成ルヘキ丈ケ人民ヲ馬鹿ニシテ不腹ヲ鳴ラサシムル勿シ」。
15 地方税規則第四条は「其年七月ヨリ翌年六月迄ヲ一週年度トナシ府県知事令ハ其年二月迄ニ地方税ヲ以テ支弁スヘキ経費ノ予算并地方税徴収ノ予算ヲ立テ翌年度ノ定額トナシ其年五月ヲ以テ内務卿及大蔵卿ニ報告スヘシ其府県会議ヲ設置セル地

方ハ其会議ヲ取リ之ヲ決定シテ内務卿及大蔵卿ニ報告スヘシ」。
16　谷口巖「『痴放漢会議傍聴録』(明治11年) のこと」(『国語国文学報』一九八四・三) 八八頁参照。
17　「地方官会議の裏面」(『明治文化全集4憲政編』日本評論社一九二八・七) では、第一回地方官会議の議員が議事最中に居眠り・あくびをし、地方官会議無用論を説く者や議案の内容を理解できない者がいたことを伝えている。
18　「府県官吏ノ会議」(『横浜毎日新聞』一八七八・四・一三) 等、地方官会議を国会開設の一段階とみることへの批判があった。
19　後藤靖『天皇制形成期の民衆闘争』(青木書店、一九八〇・七) 三四頁参照。
20　福島正夫・徳田良治「明治初年の町村会」(『地租改正と地方自治制』御茶の水書房、一九七七・六) 参照。
21　内藤正中『自由民権運動の研究』(青木書店、一九六四・三) 九四〜五頁参照。
22　当時、高知県は土佐・阿波からなり、一つの地方としてまとまっている土佐一州で民会を設置するのが地方自治の精神に合うと考えられた。闘争の詳細は、家永三郎『植木枝盛研究』(岩波書店、一九六〇・八) 一四三〜五八頁参照。
23　松尾章一「民権期のブルジョア改良思想」(『増補・改訂自由民権思想の研究』日本経済評論社、一九九〇・三) 二八六頁参照。
24　伊藤隆「明治十年代に於ける府県会と立憲改進党」(『自由民権』有精堂、一九七三・三) 参照。
25　『自由民権革命の研究』(法政大学出版局、一九八四・一一) 四九二頁。
26　前者は和田繁二郎「『通俗民権百家伝』について」(『日本文学伝統と近代』和泉書院、一九八三・一二)、後者は谷口前掲論文が提示した。
27　「政治小説の一般」(『明治文学全集5』筑摩書房、一九六六・一〇) 四一五頁。
28　前掲柳田『政治小説研究・上』三二一〜三頁。
29　同前『政治小説研究・上』三三三頁。
30　同『政治小説研究・上』五一頁。

4　民権詩歌

1　「啓蒙期の詩人たち」（『文学の近代』砂小屋書房、一九八六・三）四二頁。
2　本章第四節までは、坪井秀人『声の祝祭』（名古屋大学出版会、一九九七・八）・榊佑一「言語（として）の地形図」（『国語国文研究』一九九八・三）によるところが大きい。
3　西沢爽『日本近代歌謡史・上』（桜楓社、一九九〇・一一）、松井幸子「政治小説の一つの行方」（『国語国文学論集』右文書院、一九七六・一一）参照。
4　前掲越智論文、三五頁。
5　越智治雄『近代文学の誕生』（講談社現代新書、一九七五・九）一〇二頁。
6　森山弘毅「山間に自由の歌が・上」（『北方文芸』一九八六・六）参照。
7　小畑隆資「自由民権運動における土佐の位相」（『自由は土佐の山間より』三省堂、一九八九・五）参照。
8　森山弘毅「江差と高知・上」五〇頁参照。
9　亀井秀雄「寓意と文学史」（『北海道大学文学部紀要』一九九〇・一一）一六一～二頁。
10　関戸覚蔵『東陲民権史』（明治文献、一九六〇・二）一八三頁。
11　詩論と民権＝国権論的な新体詩集を合本した新体詩学研究会『新体詩学必携新体詩格愛国美談』（有朋舎、一八八六・八）は、新体詩を七五調と規定する。野呂芳信「『新体詩学必携／新体詩格愛国美談』について」（『明治詩探究』一九九六・一二）参照。
12　「近代詩草創期における構成の問題」（『文学』一九八三・六）三頁。
13　越智治雄「叙事詩の時代」（『近代文学成立期の研究』岩波書店、一九八四・六）は、一八八〇年代の叙事詩を建設期の国家に対するイメージを国民の唱和を予期して歌う物語詩とする。
14　笹淵友一「近代詩集Ⅰ解説」（『日本近代文学大系63』角川書店、一九七二・一一）は、自由独立への情熱によって観念の抒情化が生じたとする。
15　橋詰静子『透谷詩考』（国文社、一九八六・一〇）の指摘する北村透谷『楚囚之詩《しいざあ》』（一八八九・四）の構成に類似する。
16　不盧多が私的関係を意識するときは愷撤《せざる》、国家的関係を意識するときは愷撤と呼称される。

17 「自由歌（其二）（利韻）」の「（利韻）」は各連最終行を「り」音の脚韻で統一したことの明示だが、『自由詞林』の詩的技法は利韻だけではない。
18 菅谷規矩雄『詩的リズム』（大和書房、一九七五・六）一二三頁参照。
19 絓秀実『日本近代文学の〈誕生〉』（太田出版、一九九五・四）一二三五頁参照。
20 『日本の「文学」概念』（作品社、一九九八・一〇）一七八頁参照。

5 民権戯曲

1 院本体とは、場の詳細な説明はほとんどなく、背景・装置の説明も簡略で、台詞も登場人物ごとの行替えがなされず、ト書きも簡潔な文体を指す。
2 『雪中梅』は、新派劇でも上演された。角藤定憲「雪中梅」（浪花座、一八九一・九）・福井茂兵衛「雪中梅」（深野座一八九三・一二）等。
3 『歌舞伎から新派へ』（翰林書房、一九九六・七）一七一〜九頁参照。
4 続編に「政党余談淑女の後日」（『都の花』一八八九・三〜七）がある。
5 横山篤美『加助騒動』（郷土出版社、一九八四・一）によれば、加助騒動は、藩財政が窮迫した松本藩の籾納めの不正で、多田加助らを中心に農民が一〇月一四日から蜂起して他藩並みの年貢等の要求と共に庄屋・米商を打ち壊し、藩側は一揆を鎮めるため要求を飲む家老連名の虚偽の書付を渡して一八日に農民を帰村させ、一揆収束後ただちに書付を回収し一一月二二日加助ら二八人を極刑にした農民騒擾である。
6 中島博昭『鋤鍬の民権（改訂版）』（銀河書房、一九七九・八）一一一頁参照。
7 児玉幸多『佐倉惣五郎』（吉川弘文館、一九八五・八）一一頁参照。
8 横山十四男『義民伝承の研究』（三一書房、一九八五・一）二〇一頁参照。
9 飛鳥井雅道『日本近代の出発』（一九七三・九）一九七頁。
10 越智治雄『文学の近代』（砂小屋書房、一九八六・三）一二三頁参照、和田繁二郎『案外堂小室信介の文学』（和泉書院、一九八五・六）一五一頁参照。

6 フランス革命史論

1 澗松は、仏学塾関係者と思われるが伝記的事実は未詳。井田進也『中江兆民のフランス』（岩波書店、一九八七・一二）は、「仏王十六世路易の獄を記す」を澗松訳と推定する

2 初回のみ。二・三回が「仏蘭西大革命の原因」、残りが「西海血汐の灘」。

3 「近世社会党ノ沿革」を除く。

4 飛鳥井雅道『天皇と近代日本精神史』（三一書房、一九八九・七）六七頁。

5 同前『天皇と近代日本精神史』六八頁。

6 後に、高木為鎮編『通俗仏蘭西革命史』（金桜堂、一八八七・五版権免許）として刊行。高木は、愛知県士族で麹町区麹町四丁目一三番地に居留した。『通俗仏蘭西革命史』は、一七七〇年代からナポレオン即位までの「仏国革命の始末を通俗文に習ひて之に挿画を加へ専ら婦女幼童に至る迄解し易からしめんが為に簡短に編綴」（巻末「金桜堂発兌書目」広告）する。

7 註5に同じ。

8 宮村治雄『開国経験の思想史』（東京大学出版会、一九九六・五）七八頁。

7 自己表象

1 色川大吉「解説」（『日本人の自伝2』平凡社、一九八二・七）五三四頁。

2 同前色川論文、五三七頁。

3 米原謙『植木枝盛』七頁。

4 同前米原『植木枝盛』八頁。

5 同米原『植木枝盛』一三頁。

6 遠藤利彦「性的成熟とアイデンティティの模索」（『発達心理学』岩波書店、一九九五・五）、道場親信「『アイデンティティ』は同一的か?」（『早稲田大学大学院文学研究科紀要』一九九七・二）参照。

7 フィリップ・ルジュンヌ（花輪光訳）『自伝契約』からの引用は（PA頁数）で示した。
8 石川美子『自伝の時間』（中央公論社、一九九七・九）は、第二条件を主題ではなく「題材―個人の生涯」とすべきだという。だが、伝記との区別をするために「題材―自分の生涯」が妥当だろう。
9 詩で書かれた自伝は存在しないというルジュンヌの判断の根拠は、自伝詩の実作がないこと、詩より散文の方が真実味があること、の二点からなる。だが、自伝詩として著名なワーズワース「序曲」が存在し、真実味は印象の問題に他ならず、自伝は散文に限定されるものではない。自伝詩は、自伝の典型ではないが、周縁としてその内部に含まれると考えるべきだろう。
10 ベアトリス・ディディエ（西川長夫・後平隆訳）『日記論』（松籟社、一九八七・九）五頁。
11 本節の日記名の後に記載した（年・月・日～年・月・日）は日記の収録期間を指す。
12 「此夜」という表現から(2a)は翌日の記載だと推測される。試験に遅刻したという自分の行動の原因を、植木は前夜みた夢に帰している。
13 中川久定『自伝の文学』（岩波新書、一九七九・一）一七～一八頁参照。
14 川崎勝「解題」（『植木枝盛集9』岩波書店、一九九一・六）三五七頁。
15 谷川恵一「自分の登場」（『近代文学の起源』若草書房、一九九九・七）参照。
16 ルジュンヌ（小倉孝誠訳）『フランスの自伝』（法政大学出版局、一九九五・三）一二頁参照。
17 一～一七章が「植木枝盛君略伝」（『土陽新聞』一八九〇・四・一三～二九）として衆議院選挙候補者の経歴紹介に使用され、一九章は後に「故植木枝盛氏の身体、骨相、性質、気風、及嗜好」（『同志社文学』一八九三・一〇）として掲載された。
18 のち、山田一郎『東洋小野梓君伝』（同攻会、一八八六・二）に収録された。
19 『自伝契約』は、人称面では、自伝が前提とする語り手と主人公の同一性は、大抵の場合、一人称の使用によって示され、三人称の自伝では、作者＝語り手、作者＝登場人物という等式の帰結として語り手＝登場人物が導き出されると指摘する。
20 『語る女たちの時代』八〇頁参照。
21 大木基子「解題」（『福田英子集』不二出版、一九九八・二）六四四頁。
22 『ル・タン』（一八八六・五・六）。
23 宮崎夢柳『大阪事件志士列伝・中』（小塚義太郎、一八八七・一二）。

24 『朝野新聞』（一八八九・六・二〇）。
25 佐伯彰一『近代日本の自伝』（中公文庫、一九九〇・九）二二四頁。
26 P・L・バーガー（水野節夫・村山研一訳）『社会学への招待』（新思索社、一九九五・一二）八一〜九八頁参照。
27 「植木枝盛伝」は、一八七四年までの少年時代のことを漢文で書いたテクストで、「日記」が一八七三年年二月から始まっているため、それ以前の空白を補填するために後から日記の巻頭に付加したらしい。
28 萩原延壽『馬場辰猪』（中央公論社、一九六七・一二）は、"The Life of Tatsui Baba" では「馬場を観察するもう一人の馬場の姿は、まったく姿をあらわさない」とするが、"The Life of Tatsui Baba"も主人公は "Baba Tatui"・"he" と呼称され、語り手が "I"・"we" と表示されている。
(7x) I suppose for that reason that he was the most ignorant and stupid of them all.
(7y) Thus we think all men are exactly the same when they are little children.
29 中里見敬『中国小説の物語論的研究』（汲古書院、一九九六・九）一二二頁参照。
30 これらの多くは「植木枝盛伝」には言えない。漢文体と和文体では語りの言語形態的な現れ方が異なるためである。
31 川合康三『中国の自伝文学』（創文社、一九九六・一）二五頁。以下、『中国の自伝文学』からの引用は（CA頁数）で示した。
32 前掲『フランスの自伝』四八頁。
33 林茂「解題」（『明治文学全集13』筑摩書房、一九六七・三）四四一頁参照。
34 ポール・ド・マン（山形和美・岩坪友子訳）『ロマン主義のレトリック』（法政大学出版局、一九九八・三）九〇頁。
35 小西嘉幸「自伝行為」（『テクストと表象』水声社、一九九二・三）参照。
36 ポール・リクール（久米博訳）『時間と物語Ⅲ』（新曜社、一九九〇・三）四五〇頁。以下、『時間と物語Ⅲ』の引用は（TR頁数）で示す。
37 H・アンダーソン&H・グリーシャン「クライエントこそ専門家である」（野口裕二・野村直樹訳）『ナラティヴ・セラピー』金剛出版、一九九七・一二）六五頁。
38 E・H・エリクソン（仁科弥生訳）『幼児期と社会2』（みすず書房、一九八〇・三）二二頁参照。
39 P・L・バーガー&T・ルックマン（山口節郎訳）『日常世界の構成』（新曜社、一九七七・六）二二三頁。

40 川合康三『中国の自伝文学』一七頁参照。
41 (中略)は原文にあり、(略)のみを西田谷が付した。
42 Schmidt, S. J., "Grundriss der Emprischen Literaturwissenschaft", Braunschweig, Wiesbaden, 1980.
43 日本近代文学研究で読書慣習実践を問題化する論考も、関肇「『金色夜叉』の受容とメディア・ミックス」(『メディア・表象・イデオロギー』小沢書店、一九九七・五)等の、優れた例外を除けば、すべてを伝達行為に一元化したり、慣習実践を読書慣習に限定する。だが、加工を読解慣習のみで捉えることはできない。
44 名執基樹「文学システムと文学加工」(『独語独文学科研究年報』一九九三・一二)二〇三頁。また、本節の経験的文学研究の概略は名執論文に多くを負っている。名執氏は、文学加工研究の課題として、二点挙げている。第一に、マクロ社会学的な研究の際の課題設定の問題。そこでは過程のレベルの課題設定が必要となる。個々のプロセスの規模や構造を知ることは文学システムのメカニズムを知る上で重要な課題となる。第二に、ミクロ社会学的な問題。一次的文学活動とメタコミュニケーション的な活動の関係を延長ではなく併存として捉える。
45 枯川「『妾の半生涯』を読む」(『平民新聞』一九〇四・一〇・三〇)。
46 無署名「妾の半生涯」(『社会主義』一九〇四・一一・三)。
47 註45に同じ。
48 無署名「妾の半生涯　福田英子著」(『大阪朝日新聞』一九〇四・一一・六)。
49 一記者「『妾の半生涯』をよむ」(『婦女新聞』一九〇四・一一・七)。
50 無署名「『妾の半生涯』を読む」(『毎日新聞』一九〇四・一一・一〇)。
51 白柳秀湖「『妾の半生涯』を読む」(『直言』一九〇四・一二・五)。
52 前掲大木論文六四五頁。
53 註49に同じ。
54 無署名「妾の半生涯　福田英子著」(『東京朝日新聞』一九〇四・一一・七)。
55 註45に同じ。
56 註50に同じ。
57 註46に同じ。

58 註48に同じ。
59 註51に同じ。
60 三舟「『妾の半生涯』を読む」(『家庭』一九〇五・一)。
61 同前三舟「『妾の半生涯』を読む」(『家庭』一九〇五・三)。
62 中山昭彦「〝作家の肖像〟の再編成」(『季刊文学』一九九三・四)、日比嘉高『〈自己表象〉の文学史』(翰林書房、二〇〇二・五)参照。
63 註45に同じ。
64 無署名「妾の半生涯(福田英子著)」(『万朝報』一九〇四・一一・七)。
65 Viehoff,R.Literaturkritik als literarisches Handeln und als Gegenstand der Forschung ,in:Lili 71,1988,p.80.

Ⅱ 政治小説の語りとジャンル編成

2 政治の隠喩/隠喩による政治

1 「民選議院設立ノ建言」(『日新真事誌』一八七四・一・一七)。
2 *Metahistory*, Johns Hopkins University Press, 1973. *Tropics of Discourse*, Johns Hopkins University Press, 1978. *The Content of the Form*, Johns Hopkins University Press, 1987.
3 ただし、新歴史主義や文化研究が仮想敵視する実証主義も、自己の歴史叙述を歴史的事件と同一視したり、単純に事象・出来事に到達しうるとするような素朴な歴史観を否定する。この点で、言語論的転回を前提とする批評理論による実証主義の矮小化は、学問場での象徴資本獲得戦術に他ならない。
4 ホワイトの構成主義性の指摘は、ドミニク・ラカプラ(山本和平・内田正子・金井嘉彦訳)『思想史再考』(平凡社、一九九三・一一)八〇頁参照。
5 カルロ・ギンズブルグ「証拠と可能性」(ナタリー・デーヴィス(成瀬駒男訳)『帰ってきたマルタン・ゲール』平凡社ライブラリー、一九九三・一二)参照。

6 *The Content of the Form*, p.75.

7 ベリー・アンダーソン「プロット化について」(上村忠男・小沢弘明・岩崎稔訳)『アウシュビッツと表象の限界』未来社、一九九四・四)は、証拠の規則の統制という外的限界と、証拠がある種のプロット化を排除し、プロット化の様式が証拠の選択に弱い規定力しかないという内的限界という二つの限界がプロット化にあるとする。

8 「ジャスト・ワン・ウィットネス」(『アウシュビッツと表象の限界』)参照。

9 "The absurdist moment in contemporary literary theory", Tropics of Discourse.

10 「歴史のプロット化と真実の問題」(『アウシュビッツと表象の限界』)参照。

11 上村忠男『歴史家と母たち』(未来社、一九九四・一)二二七頁参照。

12 上村忠男「「歴史の詩学」再考」(『思考』一九九六・八)三頁。

13 亀井秀雄「纂訳と文体」(『北海道大学文学部紀要』一九九二・三)四一頁参照。

14 同前亀井論文、五頁。

15 同亀井論文、四二頁。

16 田窪行則「メンタルスペース理論」(『言語』一九九二・一一)六〇頁。なお、隠喩があるものを他のものを通して把握する類似的理解の比喩、換喩がある存在物を使って他の存在物を代わりに表す指示の比喩だという点で、フォコニエのメンタル・スペース理論は換喩の理論と言えよう。しかし、日常言語の場合、対象と表現との間の中間段階を認知的心的空間が占めると考えるならば、フォコニエの言うメンタル・スペースは余りに特殊である。本節では、心的空間内部で内部で比喩を構築する部分的空間・下位場としてメンタル・スペースを考えたい。

17 坂原茂「解説」(『メンタル・スペース』)二六四頁。

18 談話は単に対象に関する情報だけでなく、情報に対する話し手の情報管理に関する情報を含むという立場に基づく理論。田窪行則「談話管理の理論」(『言語』一九九〇・四)等参照。

19 金水敏「指示詞と談話の構造」(『言語』一九九〇・四)・坂原茂「メンタル・スペース理論」(『認知科学ハンドブック』共立出版、一九九二・三)参照。

20 「民選議院弁」(『民選議院集説』文宝堂、一八七四・七)。

21 江村栄一『自由民権革命の研究』(法政大学出版局、一九八四・一一)二三一頁。

22 岡本武雄「主権論」（『東京日日新聞』一八八二・一・一四〜一七）。
23 （坂原茂訳）『メンタル・スペース』一三八頁。
24 赤塚紀子「条件文とDesirabilityの仮説」（『モダリティと発話行為』研究社出版、一九九八・五）五四頁。
25 同前赤塚論文、五七頁。
26 「予章主人の論」（『東京日日新聞』一八七四・一・二七）。
27 「加藤弘之ニ答フル書」（『日新真事誌』一八七四・二・二〇）。
28 キース・J・ホリオーク&ポール・サガード（鈴木宏昭・河原哲雄訳）『アナロジーの力』（新曜社、一九九八・六）参照。
29 「谷中潜ノ論」（『日新真事誌』一八七四・一・二七）。
30 中村三春「〝争異〟するディスクール」（『国文学』一九九四・四）一二三〜四頁参照。
31 ジェラール・ジュネット（花輪光訳）『フィギュールⅢ』（書肆風の薔薇、一九八七・四）・小泉保『ジョークとレトリックの語用論』（大修館書店、一九九七・五）等、多くの論者は隠喩と直喩の段階的移行性を指摘する。
32 亀井前掲論文は、「『堅宮』が戦闘全体が主導するセーベ軍の隠喩にして提喩に転化されていたと見ることができる。そういう『堅宮』に、寡頭専制に打ち克つ民主制の理念が託されていた」とする。
33 亀井前掲論文、三七頁。
34 山梨正明「メタファー」（『心とコミュニケーション』勁草書房、一九九九・六）一五五〜七頁参照。
35 概念隠喩は、レイコフ&ジョンソン（渡部昇一・楠瀬淳三・下谷和幸訳）『レトリックと人生』（大修館書店、一九八六・三）参照。
36 注1に同じ。
37 「馬城台二郎ノ論」（『東京日日新聞』一八七四・二・五）。
38 註20に同じ。
39 教育は実践によって学びうるとする考え方がこの会計スキーマを支えている。「人民教育ノ事ヲ主張スル者屡々言ヘルアリ曰ク独リ書籍議論ヲ以テ教育トスルニ非ズ人間ノ事ハ譬ヘバ則チ算術ノ題ノ如シ而シテ空理ニ非ズ故ニ仕業ハ只能ク仕業ニ由ツテ学ビ得ル可シト」（「加藤弘之ニ答フル書」）
40 「馬城台二郎批駁」（『東京日日新聞』一八七四・二・一七）。

41　註27に同じ。
42　「加藤弘之ノ質問」(『東京日日新聞』一八七四・二・二)。
43　安丸良夫「明治10年代の民衆運動と近代日本」(『歴史学研究』一九九二・一〇増刊)一六頁参照。
44　註27に同じ。
45　註42に同じ。
46　「加藤弘之之答書」(『東京日日新聞』一八七四・二・二五)。
47　註44に同じ。
48　「正村弥市ノ論」(『日新真事誌』一八七四・三・二〇)。
49　家族国家モデルは石田雄『明治政治思想史研究』(未来社、一九五四・一一)参照。共同体の連結を友愛に求めるものとしては、馬場辰猪等の国友会等がある。

3　政治小説の中の読書

1　文京は末尾で「出鱈目に記す」とテクストへの責任を回避し、谷沢永一『紙上の嵐』(潮出版社、一九八一・一二)は「序文用の型通りなお世辞」だと言うが、寓意把握の必要性に言及した点では夢柳の序文と同じである。
2　拙著『語り寓意イデオロギー』I―6参照。
3　さらに、革命蜂起を描く潤松晩翠の史論に「自由の旗揚」(『政理叢談』一八八三・五～八)の題が使われる同時代文脈では、伏字(1)は〈自由〉でもありえた。
4　飛鳥井雅道『天皇と近代日本精神史』(三一書房、一九八九・七)一一三頁。
5　拙著『語り寓意イデオロギー』(翰林書房、二〇〇〇・三)II―1参照。
6　越智治雄『近代文学成立期の研究』(岩波書店、一九八四・六)二二九頁。

1　柳田泉『政治小説研究・上』（春秋社、一九六七・八）一〇四頁参照。
2　和田繁二郎「寓話的政治小説試論」（『論究日本文学』一九七六・三）七頁。
3　柳田泉『明治初期翻訳文学の研究』（春秋社、一九六一・九）二七頁。
4　前掲和田論文一一頁。
5　前掲柳田『政治小説研究・上』一一四頁。
6　手塚豊『自由民権裁判の研究・上』（慶応通信、一九八二・一）によれば、盟約は押収書類ではなく国事探偵安積戦の報告から各被告の自白を強要して復元された。そのため各被告の盟約はバラバラで、『自由党史』本文は裁判による整理がされている。この過程で桜田の誓詞に似たことも推測される。
7　平岡敏夫『日本近代文学の出発』（塙新書、一九九二・九）六四頁。
8　鮮血革命党は、一般党員と別に、幹部のみが探偵によりバルサモーの経歴・参加目的を探知している。バルサモーも、①の異変を鮮血革命党のパフォーマンスと察知しており、単なる度胸試しの入党試験は、双方の暗黙の了解による儀式と推測される。バルサモーは偉大な闘士として革命党に知られており、名前が最終的審査事項になるのは、下部党員にバルサモーを党総理にするため紹介・承認させる儀式である。
9　h2を、実際にバルサモーが一端死んで後に蘇生したとして岡保生『明治文学論集2』（新典社、一九八九・九）は、「筋のための筋がしくまれ」た矛盾とする。だが、「電光。堕落し来りてバルサモーの。頭をあはや撲よと見しが。（略）仆る、機み不幸にも。蟠根に痛く脳部を挫き。黒血を嘔つ仰反かへりて。即時呼吸の絶たる」〔7〕とあるように、語りは雷が直撃したかを確定できない程度の事象把握＝再現能力しかない。12も「生死も知ずなりぬ」〔17〕とされるように、生死を確定したわけではない。h2や12は、劇化によって死んだように認知＝表現されたということであって、実際に二人が死んだと断言していない。

5　偽党撲滅運動と政治小説

1　「偽党ノ偽ナル所以ヲ明ニス」（『自由新聞』一八八三・五・二五）。
2　清水茂編『唐宋八家文2』（朝日文庫、一九七八・）二一六～三二頁参照。
3　宮崎市定編『政治論集』（朝日新聞社、一九七一・二）二二八～五四頁参照。
4　山田央子『明治政党論史』（創文社、一九九九・一）二五～三一頁参照。
5　拙著『語り寓意イデオロギー』（翰林書房、二〇〇〇・三）Ⅱ―4参照。
6　柳田泉『政治小説研究・上』（春秋社、一九六七・八）一五二頁参照。
7　拙著『語り寓意イデオロギー』Ⅱ―2参照。
8　春田国男「自由燈の政治小説」（『自由燈の研究』日本経済評論社、一九九一・三）によれば、若菜胡蝶園。
9　『自由党史・中』（岩波文庫、一九五八・六）二四〇頁。
10　「明治過渡期の筆禍文芸」（『早稲田文学』一九二五・六）一四三頁参照。
11　「明治初期戯作年表」（『日本近代文学の書誌・明治編』有精堂、一九八二・六）四六頁参照。
12　出版御届は一八八四年六月二八日、同年七月一日に見光新聞社大阪支局が稗史館の家屋借用で設置され、同年六月二九日に稗史館とは無関係の旨の特別広告が『自由燈』に掲載された。
13　甘露純規氏の御教示による。
14　前掲柳田『政治小説研究・上』三一四～五頁参照。
15　「物語のコード分析」（『前田愛著作集6』筑摩書房、一九九〇・四）参照。

6　言説空間の中の『佳人之奇遇』

1　平岡敏夫『日本近代文学の出発』（塙新書、一九九二・九）九一頁。
2　イルメラ・日地谷＝キルシュネライト（三島憲一訳）『私小説』（平凡社、一九九二・四）は『佳人之奇遇』が一人称小説たる根拠として「僕」を挙げるが、それは作中人物・散士の談話部分にあり、地の文が一人称である一人称小説とは違う。

3　槇本敦史「明治初期の一人称叙述形式作品リスト」（『近代文学研究』一九九三・四）参照。
4　「〈人称〉の翻訳・序説」（『国語と国文学』一九九三・五）九八～一〇〇頁参照。
5　厳密には、機能としての語り手を指示する態度的要素は、事象を総括的に捉える現在時制の地の文での多用でも指摘できる。
6　牧原憲夫『客分と国民のあいだ』（吉川弘文館、一九九八・七）は、民衆の国民意識の形成にとって「甲申事件が一つの画期をなした」と指摘する。
7　亀井秀雄『感性の変革』（講談社、一九八三・六）四四頁。
8　厳密には、物語世界内の散士の過去は、シーモア・チャットマン（田中秀人訳）『小説と映画の修辞学』（水声社、一九九八・四）がいう、語り手が心理叙述したフィルター作用にあたる。
9　前田愛「報告」（『国文学』一九七二・三）一九頁。
10　木村直恵『〈青年〉の誕生』（新曜社、一九九八・二）八三頁。
11　同前木村『〈青年〉の誕生』八三～七頁参照。
12　齋藤希史「〈小説〉の冒険」（京大『人文学報』一九九一・一二）二三頁。
13　同前齋藤論文、二五頁。
14　中里見敬『中国小説の物語論的研究』汲古書院、一九九六・九）参照。史論でも、自称詞に著者名が用いられる。頼山陽『日本外史』の「外史氏曰」等の論讃がそれである。
15　川合康三『中国の自伝文学』（創文社、一九九六・一）一五六頁。
16　これは「作者東海散士は、主人公の発想や視向と彼女たちのそれを厳密に区別することがまだできていな」（『感性の変革』）いという未分化ではない。なぜなら、氏の言う幽蘭の発話と散士の注釈の混交は、注釈の一段下げによって、幽蘭の発話と区別されているからである。
17　無署名「佳人之奇遇十五、十六」（『国民之友』一八九七・一二）。
18　明治期の漢学の展開は、町田三郎『明治の漢文学者たち』（研文出版、一九九八・一）、三浦叶『明治の漢学』（汲古書院、一九九八・五）参照。
19　入谷仙介『近代文学としての明治漢詩』（研文出版、一九八九・二）二四四頁参照。

20 三浦叶『明治漢文学史』(汲古書院、一九九八・六)二〇頁参照。
21 亀井秀雄「翻訳と傍訓」(『北海道大学文学部紀要』一九九一・一一)六九頁。
22 甘露純規「もう一つの『佳人之奇遇』」(『日本文学』一九九五・一二)二七~九頁参照。
23 越智治雄『近代文学成立期の研究』(岩波書店、一九八四・六)一七三頁。
24 柳田泉「政治小説の一般(二)」(『明治文学全集6』筑摩書房、一九六七・八)四四九頁。
25 松井幸子『政治小説の論』(桜楓社一九七九・三)五六~七頁。
26 酒田正敏『近代日本における対外硬運動の研究』(東京大学出版会、一九七八・三)六頁。
27 牧原憲夫『客分と国民のあいだ』八四頁参照。
28 大井憲太朗「馬城台二郎ノ論」(『東京日日新聞』一八七五・二・五)。
29 『自由略論・下』中村芳松、一八八九・四)。
30 牧原憲夫「民権と国権」(『自由燈の研究』日本経済評論社、一九九一・三)三〇頁。
31 無署名「輿論察セザルベカラズ」『自由新聞』一八八五・一・一八)。
32 「国事犯事件公判傍聴筆記」(『大阪事件関係資料集・上』日本経済評論社、一九八五・一一)三二〇頁。
33 『大阪事件関係資料集・上』六七二頁。
34 『大阪事件関係資料集・上』三五三頁。
35 牧原憲夫「大井憲太郎の思想構造と大阪事件の論理」(『大阪事件の研究』柏書房、一九八二・五)五六頁。
36 ただし、目的たる民権論の潜在化は、国権論を、一義的な国権論として流布させ、最終的には民権から軍国主義に至る流れをもたらした。
37 『近代日本における対外硬運動の研究』五頁参照。
38 『明治文学全集6』四五一頁。
39 飛鳥井雅道『天皇と近代日本精神史』(三一書房、一九八九・七)一〇〇頁。
40 芝原拓自「対外観とナショナリズム」(『日本近代思想体系12』岩波書店、一九八八・一一)参照。
41 柳田「政治小説の一般」(『明治文学全集5~6』筑摩書房、一九六六・一~六七・八)のリストによれば、一八八〇~九七年の政治小説総数は四九七点、一八八六~九年の間には二九〇点を数え全体の五八・四%に達する。また、『明治文学全集6』のリストによれば、一八八三〜九七年の国権小説総数は六八点であり、政治小説全体に占める割合は一三・七%であり、一八八九〇年迄に三七点五四・四%が発表された。このリストに漏れた政治小説もあり、収録テクストも政治性に開きがあるが、大まかな傾向はつかめる。

42 註17に同じ。

43 無署名「時評」(『太陽』一八九七・九)。

44 無署名「新刊文書」(『国民之友』一八九七・九)。

45 水哉「時評」(『太陽』一八九七・一一)。

46 無署名「時評」(『太陽』一八九七・一二)。

47 註17に同じ。

48 註44に同じ。

49 註44に同じ。

50 無署名「佳人之奇遇巻九」『国民之友』一八九二・一)。

51 半峯居士「佳人之奇遇批評」(『中央学術雑誌』一八八六・二〜三)。

52 註51に同じ。

53 蘇峰生「佳人之奇遇(七)」(『国民之友』一八八八・二)。

54 註49に同じ。

55 高橋五郎「佳人之奇遇巻十」(『国民之友』一八九二・一)。

56 柳田泉『政治小説研究・下』(春秋社、一九三九年)一八一〜四頁参照。

57 「小説及び雑記」(『国民之友』一八八七・九)。

58 流芳浪人「明治廿五年の文学界」(『女学雑誌』一八九二・二)。

59 註58に同じ。

60 飛散子「序文」(石心鉄腸子『通俗佳人之奇遇』)。

61 無署名「佳人之奇遇巻八」(『国民之友』一八八八・四)。

62 南柯亭夢筆「自序」(『軍書狂夫午睡之夢』金桜堂一八八七・三)。

63 註58に同じ。

64 林原純生「『佳人之奇遇』の変貌」（『日本文学』一九九〇・一二）三頁。

65 鈴木貞美『日本の「文学」概念』（作品社、一九九八・一〇）参照。鈴木氏は、一八九〇年代では広義の文学が優位だと指摘する。

66 ピエール・ブルデュー（石井洋二郎訳）『芸術の規則Ⅱ』（藤原書店、一九九六・一）七八頁

67 前掲木村『〈青年〉の誕生』二〇六〜四八頁参照。一八九〇年代に輩出した暴露小説も、変化を直結させた政治論と短絡的なストーリーから、政治の裏側の諷刺的描写へと、政治小説の様式を変化させたと言えようか。だが、政治小説批判として、政治小説論が主眼とする効果・受容の実態を合理的に明証化する作業は当時されていない。

68 前掲ブルデュー『芸術の規則Ⅱ』五一頁参照。

7 〈政治小説〉の成立

1 本書Ⅰ・3参照。

2 政治小説数表

	A	B	C	D	E
一八八〇	11	5			
一八八一	15	8			
一八八二	31	13			
一八八三	31	14			1
一八八四	24	10			1
一八八五	17	10			1
一八八六	27	21	2	2	1
一八八七	101	98	9	9	12
一八八八	122	114	15	8	6
一八八九	52	57	2	1	11
一八九〇	24	32	1		4
一八九一	38	38	4	2	4
一八九二	18	18	1	2	5
一八九三	18	18	3	2	5
一八九四	15	15	1		6
一八九五	13	12	2		7
一八九六	7	7			3
一八九七	7	7	1		1
計	571	497	46	26	68

A　柳田泉「政治小説年表」（『政治小説研究・下』春秋社、一九六八・一二）の政治小説数
B　柳田泉「政治小説の一般」（『明治文学全集5〜6』筑摩書房、一九六六・一〇〜六七・八）の政治小説数
C　前掲柳田「政治小説年表」の「政治小説」を角書に持つ政治小説数。
D　『近代日本黎明期文学書集成目録』（ナダ書房、一九九〇・三）所収の「政治小説」を角書に持つ政治小説数。ただし政治小説編が一八九三年までなので、九四年以降は記載しなかった。
E　前掲柳田「政治小説の一般（二）」（『明治文学全集6』筑摩書房、一九六七・八）の国権小説数。
3　ロバート・スコールズ（高井宏子訳）『スコールズの文学講義』（岩波書店、一九九二・五）一九六頁。
4　ツヴェタン・トドロフ「文学のジャンル」（滝田文彦訳）『言語理論小辞典』朝日出版社、一九七五・五）一四〇〜一一頁参照。
5　ジェラール・ジュネット（和泉涼一訳）『アルシテクスト序説』（書誌風の薔薇、一九八六・一〇）一三八頁参照。
6　中村三春『フィクションの機構』（ひつじ書房、一九九四・五）一三〇頁。
7　事例分析として本書Ⅱ―8参照。
8　無署名「政事に関する稗史小説の必要なるを論ず」（『絵入自由新聞』一八八三・八・二六〜二九）。
9　坂崎紫瀾「仏国革命修羅の衢」（『自由新聞』一八八四・七・一九〜八五・一・一二）。
10　無位真人「小説稗史の本分を論ず」（『自由燈』一八八五・三・一〇〜一一）。
11　前掲柳田『政治小説研究・上』三三頁。
12　また、政治小説が雑報欄から小説欄へと掲載欄を移行していくことも小説の自律化の階梯の一段階において〈政治小説〉の登場と呼応する事態と言えよう。大新聞の小説欄は、拙著『語り寓意イデオロギー』Ⅱ―4参照。なお、単行本で「小説」を角書に含む政治小説という条件での調査でも『雪中梅』が最も古い。暫定的な調査で遺漏も多々あるが、他ジャンルでは、「小説合作」の角書を持つ高畠藍泉『鉄道ばなし』（文栄閣、一八七八・七）が最も古く、『小説神髄』までは宮島春松『欧州小説哲烈禍福譚』（太盛堂、一八七九・五）、花笠文京『開明小説四季の花籠』（絵入自由出版社、一八八四・六）等を数えるにとどまる。
13　石田忠彦『坪内逍遙研究』（九州大学出版会、一九八八・二）三〇頁参照。
14　坪内逍遙「慨世士伝はしがき」（『開巻悲憤慨世士伝』晩青堂、一八八二・二）。

15 烏々道人「政治小説の効力」(『自由燈』一八八五・五・二八)・和田半狂「政事小説の作者」(『絵入自由新聞』一八八五・七・一九)等。
16 坪内逍遙「小説を論じて書生気質の主意に及ぶ」(『自由燈』一八八五・八・四〜五)。
17 和田半狂「日本の政事小説」(『絵入自由新聞』一八八五・七・一七〜一八)。
18 「自由の凱歌」は、拙著『語り寓意イデオロギー』I—6参照。
19 ところで、〈政治小説〉は、『雪中梅』初版の角書が「政治小説」、『花間鶯』のそれが「政事小説」であるように、二つの「政事」・「政治」が混在している。田島優『近代漢字表記語の研究』(和泉書院、一九九八・一二)によれば、「政事」は慣用的な表記であり「政治」へと移行したが、政治形態を表す場合は「政治」が用いられる。また、牧原憲夫『客分と国民のあいだ』(吉川弘文館、一九九八・七)は、「政事」は、身分制を前提とし治者や経済的強者に道義的責務を要請するモラル・エコノミー的な仁政観念に支えられているのに対し、「政治」は財産権を基礎とし身分制を否定し政治的主体としての自立をめざす政治意識に支えられているとする。もっとも、〈政治小説〉における「政治」・「政事」の場合は特に意味的差異はないようだ。
20 「仏国革命起源西洋血潮小暴風広告」(『自由新聞』一八八二・一〇・五)。なお、これも含め広告文のタイトルは仮題。
21 「代議政談月雪花広告」(『朝野新聞』一八八七・一・一五)。
22 「後世浮世の態広告」(『朝野新聞』一八八七・七・二七)。
23 「政事小説花間鶯広告」(『朝野新聞』一八八七・四・一二)に、「政事小説の魁春なりとて世人の賞美せらるる雪中梅」とある。
24 「新著私評雪中梅下巻」(『改進新聞』一八八六・一二・二三)。
25 「政事小説花間鶯広告」(『朝野新聞』一八八七・一〇・一九)。
26 林原純生「政治小説『雪中梅』を論ず」(『日本文学』一九九一・七)二二〜三頁参照。
27 『政治小説研究・中』(春秋社一九六八・九)四五四頁。
28 同前『政治小説研究・中』四一二頁参照。
29 亀井秀雄『「小説」論』(岩波書店一九九九・九)参照。
30 林原純生「政治小説『雪中梅』を論ず」(『日本文学』一九九一・七)二五頁。

31　南翠「序」(『雨牕漫筆緑簑談』)。
32　南翠「凡例の一二」(『処世写真緑簑談』)。
33　『政治小説研究・中』二四六頁参照。
34　「近来流行の政治小説を評す」(『国民之友』一八八七・七)。
35　斎藤希史「近代文学観念形成期における梁啓超」(『共同研究梁啓超』みすず書房、一九九九・一一)は、「近来流行の政治小説を評す」を単なる政治小説批判ではなく政治小説への期待を表明した文章として捉える。これは後の浮城物語論争における蘇峰の立場からも首肯される。
36　平岡敏夫『日本近代文学の出発』(塙新書、一九九二・九)一〇五頁。
37　林原純生「政治小説『雪中梅』を論ず」二九頁。
38　『治外法憲情話編』は、主人公民鴻之の父、自由党総領事張之は日本から無名国に漂流して来た人物であり、無名国の圧制政治を自由政治に改めた功労者とされる点で、過去や現代の時間設定にはなじまないと考え、暫定的に未来の項に分類した。
39　『小説神髄』に、「人情を写せばとて其皮相にとゞまるを拙しとして深く其骨髄を穿つに及びてはじめて小説の小説たるを見るなり」(「小説の主眼」)とある。
40　国会議員・貴族等の政治的有力者関係者の男性の不実を描く点で、男性批判や、男性によって管理される政治体制を批判するイデオロギー小説とも言えよう。
41　逍遙「雪中梅(小説)の批評」(『学芸雑誌』一八八六・一〇)。
42　「小説を論じて書生形気の主意に及ぶ」(『自由燈』一八八五・八・四)の「筆権の自由の得らるるまで暫く辛抱なさまく思へり」という発言や『一読三嘆当世書生気質』(晩青堂、一八八五・六〜八六・一)第四回の官僚腐敗描写の抹消等。

8　引用される〈政治小説〉

1　以下、鉄腸版を本文では『雪中梅』、引用では『雪』と略記する。
2　本書Ⅱ—7参照。

3　ジェラール・ジュネット（和泉涼一訳）『パランプセスト』（水声社、一九九五・八）参照。
4　末広政憲は、『廿三年後未来記』の奥付には「岐阜県士族／末広政憲／大阪府南区内安堂寺町二丁目四十六番地」、また『治外法憲情話編』の奥付には「岐阜県士族／末広政憲／大阪府南区内安堂寺町二丁目拾四番地寄留」とある。
5　以下、政憲版を本文では『雪中梅・上』、引用では『雪・上』と略記する。
6　柳田泉『政治小説研究・中』（春秋社、一九六八・九）四三二頁。
7　倉田喜弘『著作権史話』（千人社、一九八三・一）七七頁。
8　明治二十年三月一日翻刻御届／同年三月出版（定価金七拾五銭）／大阪府平民／松田卯兵衛／当時東京府京橋区新肴町十七番地寄留。
9　無署名「雪中梅の偽本世に出てんとす」（『朝野新聞』一八八七・一・一八）。
10　無署名「雪中梅の偽版」（『朝野新聞』一八八七・六・二二）。
11　無署名「出版の不安全」（『朝野新聞』一八八七・七・一二）によれば、判決確定までは『雪中梅・上』は販売され、それどころか東京でも「分版が出来て数千部を売出」され、また「東京とか大坂とかにて何んとか云ふ本を雪中梅と改題して届け出で又た末広が花間鶯を出版すると間もなく谷間の鶯と云ふ翻訳書が花間鶯の名になつて世に出づる有様」となったという。ジュネット（和泉涼一訳）『スイユ』（水声社、二〇〇一・二）が言うペリテクストを利用した、『雪中梅』『花間鶯』への改題〈海賊版〉は未見。
12　甘露純規『日本近代文学と著作権制度』（名古屋大学大学院文学研究科博士論文）参照。本章は、著作権問題に関し多くを甘露氏の研究に負っている。
13　『廿三年後未来記』は、国会開設請願の同志である民権張之助と慷慨堂進太郎が、国会開設の二年後に再会し、完全な国会の成立の理由を慷慨堂が西洋政治思想は日本に対応しない空理空論のため政治運動が敗北し政党が未組織となったが個々人の議論が実務的に充実して世論が形成され国会は国利民福の議論をする場として愛国心によって実務的に機能したと述べ、張之助は船旅で難破し無名国にたどりつき張之と改名し無名国の政治改革を進め国会が開設されたという夢を見るという物語。
14　『治外法憲情話編』は、紅太郎が、無名国の自由党総領事張之の子供鴻之は妓生春蝶と婚約したところ、迦爾那は春蝶に横恋慕し処刑しようとするが陳革唱に暗殺され、斎天府知事となった鴻之と春蝶は結ばれるという〈治外法憲情話編〉を読むという物語。

15　槇林滉二「「雪中梅」「花間鶯」頭注考」（『明治初期文学の展開』和泉書院、二〇〇一・二）が取り上げる頭注も『雪中梅・上』には存在するが、これも本章では言及しない。

16　亀井秀雄「纂訳と文体」（『北海道大学文学部紀要』一九九二・三）七〜一三頁参照。

17　前田愛「〈雪中梅〉の富永春」（『国文学』一九六九・一〇）一三七頁参照。

18　林原純生「政治小説『雪中梅』を論ず」（『日本文学』一九九一・七）参照。

19　この点で、『雪中梅・上』と『雪中梅』の関係は甘露前掲論文が指摘する『通俗佳人之奇遇』と『佳人之奇遇』の関係に類似する。

20　『雪中梅・上』は上巻で発行禁止となったため、『雲間桃』は未刊。「雪中梅雲間とあるので此れか書物の名と思はれます」という冒頭での作中人物の発言があり、『朝日新聞』に掲載されたという設定の「桃渓先生之碑」に「詳於雪中梅及雲間□□」（『雪・上』発）とある。鉄腸『雪中梅』では主人公は「鶯渓先生」と呼ばれ、その続編は『花間鶯』であることを想起すれば、政憲の『雪中梅・上』の続編の書名は、漢字二字の『雲間』ではなく、それに「桃渓先生」の「桃」を加えた、漢字三字の『雲間桃』と推測される。

21　『治外法憲政談編』は未見。「鴻之其人を以て彼の国を一統し普く天下に不満を抱く者無らしむる一端は後巻に譲り」（『治情』大）とある『治外法憲情話編』の続編。書名は「他日著す治外法権政談編」（11）と『廿三年後未来記』で予告されている。

22　無名国の物語で国会開設過程を描く『廿三年後未来記』第八〜九回はアレゴリカルな国会開設前夜の物語となる。そこでは、当時の政治運動の問題点として、少年への政治思想の浸透による激化、著名人の変節、人民の無主義の三点が挙げられる。

23　榊原理智「言語間翻訳をめぐる言説編成」（『日本近代文学』二〇〇一・五）参照。

民権文学研究文献目録

この文献目録は、『明治翻訳文学全集《新聞雑誌編》26』（大空社、一九九七・四）に掲載した目録の二〇〇三年分までの補遺として作成した。書評や時評類は除き、副題は同著者の同題論文が多く区別に困難な場合以外は省略し、発表順に配列した。また、単行本と単行本・雑誌所収論文に分けた。なお、雑誌論文の再録の多い単行本はB欄に掲げた。

A　単行本

今西一『メディア都市京都の誕生』（雄山閣、一九九九・六）

B　単行本Ⅱ

関礼子『語る女たちの時代』（新曜社、一九九七・四）
野村喬『傍流文学論』（花伝社、一九九八・一二）
小笠原幹夫『文学近代化の諸相４』（高文堂出版社、一九九九・三）
高田知波編『日本文学研究論文集成24』（若草書房、一九九九・七）
西田谷洋『語り寓意イデオロギー』（翰林書房、二〇〇〇・三）

C　論文

木戸清平「小宮山天香小伝」（『知られざる文学』川又書店、一九六〇・一二）
野村喬「時代精神と社会小説の論」（『国文学』一九六二・一）
岡林清水「坂崎紫瀾」・「宮崎夢柳」（『土佐近代文学者列伝』高知新聞社、一九六二・八）
――「自由民権運動文学」（『高知県文学史』高知市立高知市民図書館、一九六四・六）
山田有策「美妙ノート1」（『文学史研究』一九七三・七）
――「政治小説と自由民権運動」（『駒場野』一九七六・三）
――「逍遙の小説放棄の真の理由はなにか」（『国文学』一九七八・九）
野村喬「「くれの廿八日」の性格」（『日本の近代文学』角川書店、一九七八・一一）
山田有策「文体〈改良〉の意味」（『解釈と鑑賞』一九八〇・三）
倉田喜弘「自由を求めて」「新劇の開祖」「壮士胎動」「明治二十三年」（『近代劇のあけぼの』毎日選書、一九八一・五）
塩谷郁夫「東海散士と若松賤子の世界」（『福島と近代文学』桜楓社、一九八一・六）
関礼子「湘煙の文章形成」（『文学』一九八二・六）
田中邦夫「二葉亭の『社会主義』」（『大阪経済大学教養部紀要』一九八三・一二）
岡林清水「土佐の正気」（『碑のなかの風景』土佐史談会、一九八四・五）
米原謙「『三粋人経綸問答』を読む」（『下関市立大学論集』一九八六・九）
高橋正「照射と影6宮崎夢柳」（『高知新聞』一九九〇・五・一四）
岡林清水「〝自由民権と文学〟を追って」（『高知県文学散歩』高知市文化振興事業団、一九九一・三）
佐藤能丸「社会小説の先駆」（『史観』一九九二・三）
斎藤希史「『浮城物語』の近代」（京大『人文学報』一九九五・三）
猪野睦「兆民の文学思想」（『中江兆民を語る会』高知市立自由民権記念館友の会、一九九五・九）
梅原孝司「兆民について生徒に教えたいこと」（同、一九九五・九）
岡林清水「兆民と三国志」（同、一九九五・九）

福井純子「山陰案山子戯作目録」（『立命館文学』一九九五・一二）
山本良「『自由太刀余波鋭鋒』論」（『繍』一九九六・三）
斎藤文俊「『花柳春話』翻訳における文体の相違と過去・完了の助動詞」（『国語学論集』明治書院、一九九六・六）
福井純子「娘演説とその周辺」（『メディア史研究』一九九六・一一）
金井隆典「『民権鏡加助の面影』の世界」（『民衆史研究』一九九六・一一）
上垣外憲一「小説『胡砂吹く風』」（『ある明治人の朝鮮観』筑摩書房、一九九六・一一）
甘露純規「『二十三年未来記』再び」（『名古屋近代文学研究』一九九六・一二）
小笠原幹夫「自由民権運動と芸能・演劇　その一」（『作陽音楽大学・短期大学研究紀要』一九九六・一二）
西田谷洋「自由新聞の言説空間・序説」（『近代文学研究』一九九七・二）
丸山真男「『矢野龍渓資料集第一巻』序文」（『丸山真男の世界』みすず書房、一九九七・三）
西田谷洋「宮崎夢柳「自由の凱歌」の言説戦略」（『文学研究論集』一九九七・三）
塚越和夫「天囚居士の諸作」（『武蔵野女子大学紀要』一九九七・三）
羅工洙「明治における漢文直訳体と慣用的な語法」（『国語学研究』一九九七・三）
谷川恵一「自分の登場」（『叙説』一九九七・三）
松木博「矢野龍渓の文学表現をめぐって」（『大妻女子大学紀要』一九九七・三）
鈴木英夫・国沢美代子・村山のぞみ「『雪中梅』についての国語学的研究（その一）」（『国文白百合』一九九七・三）
亀井秀雄「時間の物語」（『季刊文学』一九九七・四）
西田谷洋「民権文学研究文献目録」（『明治翻訳文学全集《新聞雑誌編》26』大空社一九九七・四）
――「自由民権運動におけるデュマ」（同）
――「明治初期政治小説の時制をめぐって」（『日本文学』一九九七・五）
ひろたまさき「文明開化期のジェンダー」（『江戸の思想』一九九七・五）
外崎光広「土佐の自由民権運動と共和制」（『歴史評論』一九九七・六）
青田寿美「鴎外の〈Tragodie〉観（下）」（『国語国文』一九九七・六）
谷川恵一「明治のことばを読む」（『自由のともしび』一九九七・七）

新藤咲子「矢野龍渓の文章と文章観」（『国語論究6』明治書院、一九九七・七）
甘露純規「服部撫松『通俗佳人之奇遇』の失墜」（『名古屋大学国語国文学』一九九七・七）
岡林清水「口語訳『三酔人経綸問答』解題」・「兆民の社会詩」（『兆民研究』一九九七・七）
西田谷洋「発話態度と話法」（『金沢大学語学・文学研究』一九九七・七）
山口信行「『黒蛮王』小論」（『視向』一九九七・八）
斉藤愛「〈政治〉と〈文学〉の間で」（『日本語と日本文学』一九九七・八）
外崎光広「民権歌謡と民権踊り」（『植木枝盛の生涯』高知市文化振興事業団、一九九七・一一）
広岡守穂「東海散士『佳人之奇遇』」（『解釈と鑑賞』一九九七・一二）
西田谷洋「民権文学研究文献目録（～1997・8）」（『イミタチオ』一九九七・一二）
―――「『自由新聞』の言説空間」（『国文学言語と文芸』一九九七・一二）
―――「歴史の物語」（『近代文学研究』一九九七・一二）
―――「『虚無党実伝記鬼啾啾』論」（『国語と国文学』一九九八・二）
―――「坪内逍遙の〈日本〉」（『金沢大学国語国文』一九九八・二）
田中邦夫「二葉亭の『社会主義』」（『二葉亭四迷『浮雲』の成立』双文社、一九九八・二）
谷川恵一「宮崎夢柳と『鬼啾啾』」（『詩人杉浦梅潭とその時代』臨川書店、一九九八・二）
上田博「世は自由民権の大嵐」・「痛快『退去日録』」（『尾崎行雄』三一書房、一九九八・三）
西田谷洋「『東洋自由新聞』文芸目録」（石川県立松任農業高校『研究紀要』一九九八・三）
河底尚吾「想像力論争」（『中村光夫論』武蔵野書房、一九九八・三）
横田順弥「矢野龍渓著『浮城物語』」・「尾崎行雄の政治小説」（『明治おもしろ博覧会』西日本新聞社、一九九八・三）
鈴木英夫・国沢裕美子・村山のぞみ「『雪中梅』についての国語学的研究（その二）」（『国文白百合』一九九八・三）
槙林滉二「『雪中梅』『花間鶯』頭注考」（『佐賀大国文』一九九八・三）
原泰「中江〝兆民〟における『三酔人経綸問答』の位相」（『龍谷史壇』一九九八・三）
林原純生「西南戦争と文学」（『日本近代文学』一九九八・五）
小笠原幹夫「坂崎紫瀾における明治維新」（『文芸と批評』一九九八・五）

――「史劇の誕生」（『くらしき作陽大学研究紀要』一九九八・五）
山口信行「『浮城物語』試論」（『語学と文学』一九九八・六）
松木博「志賀日記における実学と文学」（『朝天虹ヲ吐ク』北海道大学図書刊行会、一九九八・六）
小笠原幹夫「『安南戦争実記』をめぐって」・「日本近代文学における日清戦争の意味」（『増補版えがかれた日清戦争』西日本法規出版、一九九八・七）
高柳泰三「「反戦平和」の源流へ」（『「反戦平和」の源流をたどる』ウィンかもがわ、一九九八・八）
鈴木貞美「概念の論争」（『日本の「文学」概念』作品社、一九九八・一〇）
秋山勇造「原抱一庵」（『埋もれた翻訳』新時代社、一九九八・一〇）
佐藤能丸「社会小説の先駆」（『明治ナショナリズムの研究』芙蓉書房、一九九八・一一）
田島優「『政事』と『政治』」・「明治二〇年前後の音の動き」（『近代漢字表記語の研究』和泉書院、一九九八・一一）
金井隆典「『東洋民権百家伝』にみる「近代」的人間像」（『民衆史研究』一九九八・一一）
西田谷洋「物語の会話分析・序説」（『稿本近代文学』一九九八・一二）
小笠原幹夫「景山英子と大阪事件」（『くらしき作陽大学研究紀要』一九九八・一二）
西田谷洋「自由民権運動と政治小説」（石川県立松任農業高校『研究紀要』一九九九・三）
――「東海散士『佳人之奇遇』試論」（『自由民権』一九九九・三）
野田秋生「小説家龍渓の誕生」（『矢野龍渓』大分県教育委員会一九九九・三）
高井多佳子「東海散士柴四朗の政治思想」（『史窓』一九九九・三）
国沢美代子・村山のぞみ「『雪中梅』についての国語学的研究（その三）」（『国文白百合』一九九九・三）
土屋礼子「政党系小新聞にみる明治十年代後半の小新聞の変貌」（『メディア史研究』一九九九・三）
西田谷洋「民権文学研究文献目録（～1999.3）」（『イミタチオ』一九九九・七）
井田進也「東海散士『佳人之奇遇』合作の背景」（『国文学』一九九九・一〇）
山本良「個と普遍の認識」（『日本近代文学』一九九九・一〇）
斎藤文俊「『佳人之奇遇』における形式名詞コトの用法」（『近代語研究』武蔵野書院、一九九九・一〇）
西田谷洋「『真の友』と『走れメロス』の間」（『泉丘通信』一九九九・一〇）

斎藤希史「近代文学観念形成期における梁啓超」（『共同研究梁啓超』みすず書房、一九九九・一一）
山田敬三「『新中国未来記』をめぐって」（同）
倉田喜弘「自由民権のたたかい」（『芸能の文明開化』平凡社、一九九九・一二）
小笠原幹夫「自由民権運動と芸能・演劇　二」（くらしき作陽大学・作陽短期大学『研究紀要』一九九九・一二）
表世晩「『浮城物語』の国家意識」（『国文論叢』二〇〇〇・三）
山本良「作者は主体であったか」（『国語と国文学』二〇〇〇・五）
馬場美佳「「風流京人形」という〈改良〉の諷刺画」（『明治期雑誌メディアにみる〈文学〉』筑波大学近代文学研究会、二〇〇〇・六）
鄭炳浩「小説の翻訳と理論の構築」（『多文化社会における〈翻訳〉』筑波大学文化批評研究会、二〇〇〇・六）
新井勝弘「義民と民権のフォークロア」（『近代移行期の民衆像』青木書店、二〇〇〇・七）
小笠原幹夫「自由民権運動と芸能・演劇　その三」（くらしき作陽大学・作陽短期大学『研究紀要』二〇〇〇・七）
西田谷洋「『政治小説』の成立（上）」（『翻訳と歴史』二〇〇〇・七）
――「『政治小説』の成立（下）」（『翻訳と歴史』二〇〇〇・九）
荒俣宏「おもしろすぎる罪」（『プロレタリア文学はものすごい』平凡社新書、二〇〇〇・一〇）
岩崎充胤「中江兆民とE・ヴェロンの美学」（『大阪経済法科大学論集』二〇〇〇・一一）
有馬敲「自由民権運動など」（『替歌研究』ＫＴＣ中央出版、二〇〇〇・一一）
山本幹子「女権の位相」（『年報日本史叢』二〇〇〇・一二）
槙林滉二「「雪中梅」「花間鶯」頭注考」（『明治初期文学の展開』和泉書院、二〇〇一・二）
山田繁伸「文学者竜渓の誕生」・「冒険小説『浮城物語』」（『矢野竜渓【普及版】』大分県教育委員会、二〇〇一・三）
表世晩「明治二十年代の『南進論』を越えて」（『国文論叢』二〇〇一・三）
図子英雄「宇和島から俊秀の輩出」（『愛媛の文学』愛媛県文化振興財団、二〇〇一・三）
渡辺奨「末広重恭と自由民権運動」（『語りの近代』町田市立自由民権資料館、二〇〇一・三）
山本芳明「政治小説から書生小説へ」（『週刊朝日百科世界の文学91』二〇〇一・四）
野田秋生「茂吉の文芸」（『駆け抜ける茂吉』沖積舎、二〇〇一・四）

野村幸一郎「東海散士『佳人之奇遇』」(『明治文芸館I』嵯峨野書院、二〇〇一・五)
森崎光子「広津柳浪『女子参政蜃中楼』」(『明治文芸館I』嵯峨野書院、二〇〇一・五)
倉田喜弘「近代日本の幕開け」(『「はやり歌」の考古学』文春新書、二〇〇一・五)
塚越和夫「天囚居士の諸作」(『続続明治文学石摺考』葦真文社、二〇〇一・八)
――「明治期小説にあらわれた東京の貧民街」(『続続明治文学石摺考』葦真文社、二〇〇一・八)
山口信行「樊噲夢物語」(『視向』二〇〇一・八)
中根隆行「旅するコロニアル・ディスコース」(『明治から大正へ』筑波大学勤怠文学研究会、二〇〇一・一一)
西田谷洋「政治の隠喩/隠喩による政治1」(『翻訳と歴史』二〇〇一・一一)
井田進也「東海散士『佳人之奇遇』合作の背景」(『歴史とテクスト』光芒社、二〇〇一・一二)
北澤憲昭「『維氏美学』と日本近代美術」(『兆民をひらく』光芒社、二〇〇一・一二)
宇佐見英治「兆民『三粋人経綸問答』を読む」(『兆民をひらく』光芒社、二〇〇一・一二)
米原謙「『三粋人経綸問答』を読む」(『兆民をひらく』光芒社、二〇〇一・一二)
高澤秀次「その後の三酔人」(『兆民をひらく』光芒社、二〇〇一・一二)
西田谷洋「政治の隠喩/隠喩による政治2」(『翻訳と歴史』二〇〇二・一)
菅聡子「〈政治〉と女」(『ジェンダーの生成』臨戦書店二〇〇二・三)
谷川恵一「翻刻の領野」(『明治の出版文化』臨川書店二〇〇二・三)
米原謙「パロディの精神」(『近代日本のアイデンティティと政治』ミネルヴァ書房、二〇〇二・四)
西田谷洋「イペルテクスト性とテクスト生成」(『近代文学研究』二〇〇二・五)
斎藤愛「異人種間恋愛物語としての『佳人之奇遇』」(『川上美那子先生退職記念論文集水脈』川上美那子先生退職記念論文集刊行会、二〇〇二・六)
飛鳥井雅道「宮崎夢柳の幻想」(『日本近代精神史の研究』京都大学学術出版会、二〇〇二・九)
吉岡亮「島田三郎『開国始末』(前)」(『国語国文研究』二〇〇二・一一)
――「島田三郎『開国始末』(後)」(『国語国文研究』二〇〇三・一)
表世晩「矢野龍渓『経国美談』の空間特質」(『国際日本文学研究集会会議録』二〇〇三・一)

兵藤裕己「大衆文化の〈声〉と国民形成」(『岩波講座文学13』岩波書店、二〇〇三・三)
乾照夫「読者啓蒙と自由民権」(『成島柳北研究』ぺりかん社、二〇〇三・五)
吉岡亮「明治二〇年前後の〈歴史〉と〈小説〉」(『日本文学』二〇〇三・九)
高橋修「冒険小説の政治学」(『岩波講座文学10』岩波書店、二〇〇三・一〇)
関谷博「〈政治小説〉と露伴」(『国語と国文学』二〇〇三・一一)

あとがき

本書は、一九九九年一〇月に金沢大学大学院社会環境科学研究科に提出し、二〇〇〇年三月に博士（文学）を授与された学位請求論文『政治小説成立過程の研究』を改稿・再構成したものである。

学位論文では、政治小説の下位ジャンルや隣接ジャンルの初期の展開をテクスト分析して、政治小説の成立過程をたどるという構図を選び、これまで学会誌・紀要・研究同人誌に発表した十年来の旧稿を大幅に書き直した。本書は、学位論文から、多くの箇所を削除・改稿し、書き下ろしを加え、部立てや配列も一新してまとめたものである。もと もと、前著『語り寓意イデオロギー』（翰林書房）・『宮崎夢柳論』（マナハウス、現在のダイテック）未収録の旧稿の誤りを正して公刊することは私の責務だからである。もちろん、初出の時点では統一的な問題意識はなかったし、書き直しも初出の枠組みにひきずられ、問題点の解決を今後にゆだねる形になった。例えば、自己表象論・隠喩論は、『認知物語論とは何か?』（ひつじ書房）に接続する内容となる。本書は、卒業論文から二〇〇〇年にいたるまでの私の明治初期文学研究の集大成であり到達点でもある。故に本書の文献参照はほぼ入稿時、または初出時のままである。

さて、本書執筆にあたり、お世話になった方々について一々記していくことは不可能だが、せめて最低限、記しておかねばならない。上田正行先生には主査として、江森一郎・大滝敏夫両先生には副査として、学位論文をまとめるにあたり御助言・御示唆を賜った。また、内田洋・島田昌彦両先生も一時期、副査として御指導くださったし、学位論文検討委員会でも多くの先生方に御審査いただいた。そして、廣島一雄・森英一両先生は、私を文学研究の世界に導いてくださった。また、金沢近代文芸研究会、文化史研究会の諸兄には様々な御批判・御助言をいただいた。諸先生方には、これまでおかけした御迷惑を深くお詫びすると共に、お受けした御学恩に心からの感謝を申し上げたい。ただ、故人となられた飛鳥井雅道・岡林清水・岡保生・小田切秀雄・和田繁二郎各先生に、ついに本書の完成をお見せできなかったのは悔やまれる。

本書の原稿は学位授与と同時期に入稿したが、刊行にこれだけの時間を要するとは当初、予想していなかった。が、その間、私は未熟なりに本書の適切な提示法を探り、書き下ろしを予定していた章を別媒体で発表することにもなった。本書の改稿の方向性は世織書房の伊藤晶宣氏との対話に得る所が大きかった。そもそも、世織書房といえば、私には、あの『読むための理論』の出版社であり、そこから学術書出版の困難な折に本書刊行のお声をかけてくださった事は望外の喜びであった。また、十年ぶりに本書に日の目を見せてくれた事も、私には実に幸いであり、丁寧な編集作業に改めて心から感謝申し上げたい。

そもそも、常日頃、研究活動に従事することが可能なのは、家族の協力のおかげであることもやはり書きとめておかねばならない。

二〇一〇年三月

西田谷　洋

初出一覧――＊印は部分使用

はじめに――「文学研究と自由民権」（『みんけん連通信』5、全国自由民権研究連絡会二〇〇三・一一）＊、「民権期の文学研究（二〇〇一〜二〇〇三）」（『自由民権』17、町田市立自由民権資料館二〇〇四・三）＊、「民権期の文学研究（二〇〇四―二〇〇五）」（『自由民権』19、町田市立自由民権資料館二〇〇六・三）＊、「メディアとイデオロギーの問題」（『日本語日本文学の新たな視座』おうふう、二〇〇六・六）＊

序――「『民権文学』の設定」（『国語研究』30、石川県高等学校教育研究会国語部会、一九九三・三）＊、「民権文学研究の現在」（『イミタチオ』22、金沢近代文芸研究会、一九九三・一一）＊、「小笠原幹夫著『文学近代化の諸相――洋学・戯作・自由民権』」（『社会文学』8、日本社会文学会、一九九四・七）、「自由民権運動と政治小説」（『研究紀要』14、石川県立松任農業高等学校、一九九三・三）＊、「民権文学から鏡花文学へ」（『イミタチオ』21、金沢近代文芸研究会、一九九三・五）＊

Ⅰ　政治的物語と隣接ジャンル

1　啓蒙思想と自由民権運動――「『西洋事情』試論――近代啓蒙言説の権力と民権――」（『社会文学』7、日本社会文学会、一九九三・七）＊

2　実録の政治性――「士族反乱の文学――『島田一郎梅雨日記』の場合――」（『イミタチオ』13、金沢近代文芸研究会、一九九〇・二）＊、「仮名垣魯文の政治と文学――一八七二〜七七――」（『イミタチオ』18、金沢近代文芸研究会、一九九一・一二）＊、「民衆運動の近代小説・序説」（『稿本近代文学』18〜19、筑波大学日本文学会近代部会、一九九三・一一〜一九九四・一一）＊

3　戯作の民権化――「戸田欽堂研究展望――政治小説の嚆矢設定理由の小考をかねて――」（『イミタチオ』12、金沢近代文芸研究会、一九八九・一〇）＊、「『痴放漢会議傍聴録』の思想」（『イミタチオ』15、金沢近代文芸研究会、一九九〇・一一）＊、「仮名垣魯文の政治と文学――一八七二〜七七――」（前掲）＊

4 民権詩歌――「初期民権詩歌ノート」（『イミタチオ』17、金沢近代文芸研究会、一九九一・六）＊、「初期民権詩歌鑑賞」（『近代文芸研究』4、近代文芸研究会、一九九一・一一）＊、「『自由詞林』の問題」（『イミタチオ』19、金沢近代文芸研究会、一九九二・三）

5 民権戯曲――「『民権鏡嘉助の面影』考――『東洋自由新聞』の民権小説について――」（『イミタチオ』16、金沢近代文芸研究会一九九一・三）＊、「義民の復活」（『近代文芸研究』2、近代文芸研究会、一九九〇・三）＊

6 フランス革命史論――「潤松晩翠ノート」（『イミタチオ』12、金沢近代文芸研究会、一九八九・一〇）＊、「潤松晩翠について」（『イミタチオ』13、金沢近代文芸研究会、一九九〇・一二）＊、「高木為鎮編『通俗仏蘭西革命史』」（『近代文芸研究』5、近代文芸研究会、一九九二・一一）＊

7 自己表象――「書評という自伝加工」（『イミタチオ』39、金沢近代文芸研究会、二〇〇二・一二）

Ⅱ　政治小説の語りとジャンル編成

1 政治小説の思想と表現――「『民権演義情海波瀾』における作者と読者の位置」（『文学・語学』138、全国大学国語国文学会、一九九三・一〇）＊、「戸田欽堂『秋宵惨話　配所の月』」（『イミタチオ』14、金沢近代文芸研究会、一九九〇・七）＊

2 政治の隠喩／隠喩による政治――「政治の隠喩／隠喩による政治」（『翻訳と歴史』9〜10、ナダ出版センター、二〇〇一・一一〜二〇〇二・一）

3 政治小説の中の読書――書き下ろし

4 人情本的政治小説と読本的政治小説の間――「『西の洋血潮の暴風』序説」（『イミタチオ』14、金沢近代文芸研究会、一九九〇・七）＊

5 偽党撲滅運動と政治小説――「『今浄海六波羅譚』の問題」（『イミタチオ』20、金沢近代文芸研究会、一九九二・一二）＊、「『今浄海六波羅譚』の問題Ⅱ」（『教育と研究』20、石川県立金沢中央高校、一九九四・三）＊

6 言説空間の中の『佳人之奇遇』――「東海散士『佳人之奇遇』試論」（『自由民権』12、町田市立自由民権資料館、一九九九・三）

7　〈政治小説〉の成立――「「政治小説」の成立」（『翻訳と歴史』1～2、ナダ出版センター、二〇〇〇・七～九）

8　引用される〈政治小説〉――「イペルテクスト性とテクスト生成――末広政憲と末広鉄腸の政治小説――」（『近代文学研究』19、日本文学協会近代部会、二〇〇二・五）

＊

民権文学研究文献目録――「民権文学研究文献目録（～一九九七・八）」（『イミタチオ』30、金沢近代文芸研究会、一九九七・一二）、「民権文学研究文献目録（～一九九九・三）」（『イミタチオ』33、金沢近代文芸研究会、一九九九・七）

五味渕典嗣
言葉を食べる――谷崎潤一郎、一九二〇～一九三一
〈思想家としての可能性を切り拓く〉 3400円

小森陽一
小説と批評
〈生成する文学の言葉のゆらぎとざわめき〉 3400円

藤森かよこ・編
クィア批評
〈強制的異性愛の結界を解く＝快楽の戦略〉 4000円

島村 輝
臨界の近代日本文学
〈甦るプロレタリア文学のメッセージ〉 4000円

千種キムラ・スティーブン
『源氏物語』と騎士道物語――王妃との愛
〈世界で最も革新的な姦通文学！＝その政治性を浮き彫る〉 3000円

目取真俊
沖縄／地を読む・時を見る
〈ゆるぎない沖縄への眼差し〉 2600円

立川健治
文明開化に馬券は舞う――日本競馬の誕生 ●競馬の社会史1●
〈国家形成に利用された競馬・時代の中に消えた蹄跡〉 8000円

世織書房
〈価格は税別〉

〈著者紹介〉

西田谷 洋（にしたや・ひろし）

1966年、石川県生まれ。金沢大学大学院社会環境科学研究科国際社会環境学専攻修了。博士（文学）。石川県立高等学校教諭を経て、現在、愛知教育大学教育学部准教授。

著書に『語り寓意イデオロギー』（翰林書房、2000）、『宮崎夢柳論』（マナハウス、2004）、『認知物語論とは何か？』（ひつじ書房、2006）、『認知物語論キーワード』（共著、和泉書院、2010）がある。

政治小説の形成――始まりの近代とその表現思想

2010年11月11日　第１刷発行©

著　者	西田谷 洋
装幀者	M. 冠着
発行者	伊藤晶宣
発行所	(株)世織書房
印刷所	三協印刷(株)
製本所	協栄製本(株)

〒220-0042　神奈川県横浜市西区戸部町7丁目240番地　文教堂ビル
電話045(317)3176　振替00250-2-18694

落丁本・乱丁本はお取替いたします　Printed in Japan

ISBN978-4-902163-57-5

索　引

——人名＋事項＋書名——

〈権力・自由危惧・政治・政治小説等の頻出語句は割愛している〉

【あ　行】

赤井景韶　73
暁鴉道人　60
浅野正道　iv
飛鳥井雅道　79～80
アルニー・ド・ゲルヴィル　79
アレクサンドル・デュマ　153
アンリー三世　85
E・H・エリクソン　87～88, 107
家永三郎　60
石川厳　164
板垣退助　80
伊東市太郎　24, 38
井上哲治郎　71
色川大吉　87
岩崎弥太郎　165, 169～170
岩村高俊　29
植木枝盛　18, 21, 60, 63, 65～66, 69, 87, 89, 93, 98～99, 108～109
上田秀成　52
上田敦子　iv
上村忠男　125
ヴォルテール　82
江藤新平　22～23, 27～29
エマニュエル＝ジョゼフ・シエイエス　85
江村栄一　57
エルネスト・デュヴェルジエ・ド・オーランヌ氏夫人　79
エルネスト・ラクロウ　4
大井憲太郎　179～180
大久保一翁　21
大久保利通　23, 29, 33～37
大隈重信　108
大沢宗吉　25, 44
太田黒伴雄　23
小笠原幹夫　73
岡林清水　86
岡本起泉　24
奥宮健之　91
尾崎紅葉　170
尾崎行雄　90
越智治雄　61
小豊　74
小野梓　90, 93
オノーレ・ミラボー　85

＊

愛国公党　108
愛国社　108
アイデンティティ　iii～iv, 4, 87～88, 97, 107, 112
アイロニー　144
吾妻座　73
アナロジー　130～132, 134
アナロジック　124
異質物語世界　97
一色騒動　46
イデオロギー　ii～iii, 8～11, 24, 29, 40, 44, 124～125, 184, 216
イデオロギー批評　8

院本　10, 72, 75
隠喩　123〜124, 127〜128, 130, 132〜138
韻律　61, 68, 71
ヴァリアント　60
上田屋　111
卯の日座　73
エッセー　91
演歌　61
大阪事件　93, 180
音声中心主義　61
＊
「安政奇聞佃夜嵐」 73
「板垣君遭難実記」 73
『一喝三嘆海島王』 177, 182
「今浄海六波羅譚」 163〜171
『今誉黒旗軍記』 182
『植木枝盛』 87
『植木枝盛研究』 60
『植木枝盛伝』 97, 108
『植木枝盛自叙伝』 87, 93, 97, 102, 107〜108
『植木枝盛日記』 89
「憂き世の涕涙」 143〜145, 163, 190
『雨牕漫筆緑簑談』 193
「海坊主退治の相談」 165〜166, 170
『易経』 166
「江差と高知・上」 60
『演劇脚本雪中梅高評小説』 73
『阿国民造自由廼錦袍』 153〜155, 157〜161

【か　行】

海鶴仙史　177
片岡健吉　89, 91
勝諺蔵　73
加藤弘之　15, 139〜140
仮名垣魯文　24〜25, 31, 50
カブリエル・アーモンド　5
亀井俊介　61
亀井秀雄　68, 126, 132, 175
刈宿仲衛　65
カルロ・ギンズブルク　125
川上音二郎　73, 76
河竹新七　73
河竹黙阿弥　72
冠弥右衛門　23, 39, 41, 46
甘露純規　203
肌香夢史　194
岸田俊子　90, 143
北村透谷　61
木戸孝允　29
木村直恵　176
桐野利秋　23
屈原　28
雲井龍雄　155
栗本鋤雲　25
幻々道人　163
嵇康　103
阮籍　103
小泉仰　18
河野広中　20
後醍醐天皇　149
小室案外堂　72, 163, 165
小室屈山　63
後藤靖　54
鼓腹庵狸雄　45
＊
外在批評　8
解釈依存性　11, 104
解釈戦略　19, 37〜38, 58, 104
改進党　iv, 18, 57, 121, 162〜163, 169
回想録　86, 88, 92〜93
概念隠喩　123〜124, 134, 136〜137, 140
概念システム　123
概念図式　iii, 8, 24, 33
替歌　61, 65〜66, 68
革命小説　iii, 11
可視化　ii
語り　11, 19, 30〜33, 43〜44, 49, 66, 94〜

95, 113, 134, 155, 159, 169, 173〜174, 177, 195
語り手　28, 33, 49, 54, 62, 70, 91〜92, 94, 97, 100〜102, 104, 106, 112, 114, 121, 130, 134, 156〜157, 174
語りの水準　196
語る主体　18, 24, 154, 156〜157
仮定された読者　144
カテゴリー化　10, 96, 188〜189, 191, 199
角座　73
加波山事件　93
歌舞伎　72〜73
カルチュラル・スタディーズ　8〜9
漢文脈　61, 70〜71, 177
紀尾井坂事件　33
聴き手　61〜62, 66, 70, 147
記号作用　9
記号内容　iv
記号表現　iv
疑似伝記　88, 102
偽党撲滅運動　11, 163, 169
義民劇　72
旧派　73
鏡像論　9
教部省　50
虚無党小説　iii, 144
近代文学研究　8
寓意　v, 21, 47, 49, 51, 56, 58, 64, 142, 164, 172, 192, 216
空所　37, 121
空白　38
グラウンド　133
軍歌　61
軍記物　31
郡区町村編制法　53
群馬事件　66
経済決定論　4
啓蒙　v, 10, 15〜16, 21, 49, 53, 62, 139
戯作　10, 24, 33, 47〜48, 52〜53, 103, 211
見光新聞社　164
言語論的転回　9
顕在化　ii
現在中心主義　94
言説分析　iv
言説編制　9
権力多元論　6
甲申事件　180, 185
構造機能主義　5
国会開設期成同盟　58, 74
国権小説　iv, 11, 172, 179, 182
コミュニケーション　iii, 3, 61, 91, 104, 110, 114, 131, 144, 184, 217
語用論的関数　128
コロニアル・ディスコース　iii
困民党　22〜23, 25, 45〜46
＊
「ガーネット、ウオルスレーの伝」 150
『薫兮東風英軍記』 72
『学問のすゝめ』 62
『佳人之奇遇』 iii, 172〜177, 181〜186, 203
『語り寓意イデオロギー』 iii
『かたわ娘』 49
『漢書』 103
『大磯新話燧山黄金一色里』 25, 44〜45
「擱筆条例」 120
「神奈川県下真土村騒動の始末」 38
『冠松真土夜暴動』 25, 40〜41
「義人伝淋漓墨坂」 72, 76
『機動戦士Ｚガンダム』 ii
『虚無党実伝記鬼啾啾』 144〜147
「希臘歴史経国美談」 73, 76
『銀河英雄伝説』 ii
「近世社会党ノ沿革」 78
「近代社会主義の歴史起源」 78
『近代文学』 200
『勤王済民高峰の荒鷲』 143
「勤王美談上野曙」 73
「勤王美談筑波曙」 73
「近来流行の政治小説を評す」 204

『九寸五分金華雷光二十三年浪華真変東洋自由曙』 73, 80
『経験的文学研究の概要』 110
『言論自由論』 108
『後世浮世の態』 191
『獄ノ奇談』 90
『告白』 151
「枯骨の扼腕」 181
「五柳先生伝」 102～104

【さ行】

彩霞園柳香 25, 42
西郷隆盛 23, 35～37
斎藤愛 iii
斉藤昌三 164
齋藤希史 176
佐伯彰一 95
坂崎紫瀾 92
酒田正敏 179
佐倉宗五郎 42, 72, 75
桜田百華園 80, 153, 157, 191, 214
佐々木高行 65
ジェラール・ジュネット 188
ジークフリード・シュミット 110～111
ジークムント・フロイト 87
島崎藤村 61
島田一郎 23, 33, 35～37
島田三郎 57
島本北洲 93
島義勇 22
シャルル＝ルイ・ド・モンテスキュー 82
シャンタル・ムフ 4
ジャン・ジャック・ルソー 82, 102, 150～152
Ｊ・ブラック＝ド＝ラ＝ベリエール 78
ジャン・フランソワ・リオタール 7
ジョージ・レイコフ 127
條野有人 50
小鱗逸人 62, 65
ジル・フォコニエ 128, 130
末広政憲 202～205, 211～212, 214～215
末広鉄腸 192, 203, 205, 212～215
鈴木貞美 71
角藤定憲 73
須藤南翠 193
瀬川如皐 76
石心鉄腸子 178～179
関直彦 190
関礼子 86, 95
＊
佐賀の乱 25
酒屋会議 98
作者 iv, 19, 26, 58, 91～92, 94, 100～102, 104～106, 110, 112, 119～120, 122, 167, 176, 183, 188, 201～202, 216～217
散切物 72
三条の教則 50～53, 189
三大事件建白運動 187
ジェンダー iii
私学校党 36
自己正当化 40, 95
自己性としての自己同一性 105
自己描写 86, 88, 91, 103, 109
自己表象 86～88, 92, 113～114
質の格率 104
自伝 11, 86～88, 92～94, 96～97, 99～106, 109
自伝契約 88, 96, 100～102, 104～105, 112, 114
自伝行為 88, 114
自助社 20
士族反乱 22, 37～38
七五調 66, 70
実録 10, 22～25, 38, 43, 45
自動化 iii
社会構築主義 106
写像 128～130
ジャンル iv, 8, 10～11, 48, 59～61, 79, 88, 103～104, 126, 142, 157, 161, 172, 183～

184, 187～189, 191, 194, 196, 199, 201, 205
重層的決定　2, 4, 9
自由演歌　64
自由党　iv, 15, 18, 57, 108, 121, 162～163, 169～170, 179, 187
十七兼題　29
集成社　90
主権論争　122, 129
主体　iii～iv, 15～17, 91, 96, 106, 121, 156～157, 205
唱歌　61
情念　60～61, 66, 77, 142, 177, 217
新体詩　61
真土村事件　39, 45～46
新町座　73
書生芝居　73～74
新派　73
神風連　31
シンボリック　3
シンボル　7
スキーマ　8, 10, 115, 127, 131
スキーマ理論　8
スクリプト　10, 208
図式Ｌ　4
政治近代化論　6
誠実性条件　100
政治的物語　10～11, 22, 144, 187～189
政治と文学　8～9, 61, 172, 186
政治システム論　5～6
〈政治小説〉　10～11, 187～202, 211, 216
政治小説の嚆矢　47, 57, 119
精神分析　87～88
政談　194～196
西南戦争　36
世界観　123～125
セクショナリズム　v
全体論　iii, v, 4
壮士芝居　73～74
壮士節　64
ソース・ドメイン　130, 133
俗語　61, 63, 66, 68～71
＊
『西国立志編』　16, 19～21
『佐賀電信録』　24～25, 27～31
「斬奸状」　37
「山間に自由の歌が」　60
『三酔人経綸問答』　102～104
「三人妻」　170～171
『該撒奇談自由太刀余波鋭鋒』　190
『自我同一性』　87
『自助論』　20
「自伝志科」　93, 102, 107
『自伝契約』　88
『島田一郎梅雨日記』　24～25, 33～34, 38
『社会契約論』　75
「自由艶舌女文章」　163, 167
『自由か死か』　93, 102
『自由新聞』　163, 180
『自由党史』　80, 163
「自由の回復」　79
「自由の恢復一名圧制政府の転覆」　58, 78～79, 83～84
『自由の凱歌』　iv, 146, 152, 154, 190
『自由之栞蝴蝶紀談』　52～53
『自由の聖地』　61
『自由燈』　165, 167～168
「自由の旗揚」　78～79, 85
『自由之理』　15～16, 20～21
『自由民権』　54
『春色梅児誉美』　154
『小説神髄』　172, 183, 185, 190, 192～193, 198～201, 218
『処世写真緑簑談』　193
『新体詩歌自由詞林』　60, 69～71, 108
『新体詩抄』　71
『新帝国策』　181～182
「真土村長右衛門謀殺一件」　39
「新舞台安政奇聞」　73
「新聞紙論」　48

「垂天初影」 150
『芒の一と叢』 144～147, 150～151
『聖賢高士伝賛』 103
『政事小説花間鶯』 192, 210
『政治小説蝸牛』 199
『政治小説研究・上』 57
『政治小説条約改正』 181, 199
『政治小説小人国発見録』 195
『政治小説雪中梅』 192～197, 199～211, 213, 215
『政治小説雪中梅・上』 202～203, 205～206, 208～215
『政治小説治外法憲情話編』 196, 203, 211, 213, 215
『政治小説治外法憲政談編』 214
『政治小説南洋の大波瀾』 181, 194
『政治小説廿三年夢幻之鐘』 197
『政事小説野路之村雨』 197
『政治小説芳園之嫩芽』 196
「政党美談淑女の操」 73
『政党余談春鶯囀』 190
『西南鎮静禄』 24, 31～33
『斉武名士経国美談』 124, 126, 132～133, 190
『西洋事情』 15～19
『政理叢談』 78～79
『世界列国の行末』 181, 184
『世説新語』 103
「戦争の損得」 180
『相州奇談真土廼月畳之松蔭』 24～25, 38, 40～41
『増訂自由民権運動文学の研究』 86

【た行】

平清盛 165
高橋基一 191
高橋修 iv, 173
滝沢馬琴 154
竹内綱 92
武田交来 24, 40
田中正造 87, 92
田中芳樹 ii
澗松晩翠 58, 78～79
玉水常治 87, 93
為永春水 154
タルコット・パーソンズ 5～6
千歳米坡 73
長連豪 23, 33, 36
津田真道 48
坪内逍遙 iv, 172, 190, 200
露木卯三郎 23, 45
鶴巻孝雄 39
デヴィット・イーストン 5～6
陶淵明 102
東海散士 iii, 172～173, 177～179, 203
東方朔 103
徳富蘇峰 193, 204
咄々子 180
戸田欽堂 52, 57, 72, 119, 122
富田砂莚 38
外山正一 71
＊
態度変更 95～96, 98～99
ターゲット 131～134
ターゲット・ドメイン 131, 133
大同団結運動 187, 192
タイトル 24, 66, 187, 203
大日本壮士改良演劇会 73
脱構築 9, 125
断片 v
談話管理理論 128
地方官会議 53～54, 57
地方税規則 53～54
調書 88, 91～92
徴兵令 22
直喩 132～134
通俗化 177
貞享騒動 74
堤喩 125～126

伝記　58, 94, 97, 151
同一性としての自己同一性　105
等質物語世界　97
闘争・対立　3
統治　3, 5
常磐座　74
読者　iii, 20, 38, 44, 60, 91, 96, 100〜101, 109〜111, 113, 120, 143, 183, 188, 216〜218
読者共同体　8, 37, 185
読者の二重化　143〜144
独立党　163, 169
都々逸　64, 67〜68
*
『代議政談月雪花』　191
「大人先生伝」　103
「耐忍之書生貞操佳人」　73
『太洋新話蛸入道魚説教』　50〜53
「竹内綱自叙伝」　92, 102, 107
「田中正造昔話」　92, 102
「痴放漢会議傍聴録」　53〜57
「朝鮮金剛山ニ遊ブ」　92
『朝野新聞』　37, 202
「著作道書キ上ゲ」　50
『通俗佳人之奇遇』　178, 202
『通俗民権百家伝』　57, 59
『通俗フランス革命史』　79
『東京新誌』　57
『東京日日新聞』　27, 129
『東洋民権百家伝』　72, 76
「土佐国民俗一斑」　65
『土佐史談』　65
『土陽新聞』　65

【な行】

中江兆民　78, 102〜103
永岡久茂　23
中川種蔵　202〜203
中根隆行　iii
中村敬宇　15〜16
中村三春　188
中村幸彦　24
成島柳北　119〜120, 122
西周　15
西村茂樹　15
ニコス・プーランツァス　4
馬鹿林鈍子　73, 80
馬鹿林鈍々　73, 80
内包された作者　120
中野秩場騒動　42
中村座　73
ナラティヴ・セラピー　106〜107
二項対立　9
日記　11, 86〜92
人情小説　33, 184〜186, 189〜190, 192, 194〜195, 199〜200, 218
人情小説型　194〜196, 198
認知　3, 8, 10〜11, 128, 133, 188〜189, 194
認知環境　10, 131
認知システム　124, 127
認知心理学　115
稗史館　164
*
「名古屋事件関係調書」　91
「西の洋血潮の暴風」　79〜80, 82〜83, 153, 156〜161
『廿三年後未来記』　203, 211〜215
『二十三年未来記』　203, 212
『日露戦争羽川六郎』　177
『日記』　89
『佩文韻府』　71

【は行】

萩原乙彦　57
服部撫松　53, 57, 178〜179, 203
パトリック・ヘンリー　19
馬場辰猪　87, 90〜91, 93
浜本浩　65

林有造　92
東伏見宮　30
久松義典　191
風頼子　52
福沢諭吉　15～16, 18, 49, 63
福島幾太郎　164
福田英子　93～96, 112～113
福田友作　95
藤懸永治　195
フランシス・ウェーランド　18
フイリップ・ルジュンヌ　88, 92～94, 99, 100, 105
古河新水　73
ヘイドン・ホワイト　124～127
ベンジャミン・フランクリン　19
ポール・ド・マン　104
ポール・リクール　105～106
本間久雄　24
＊
廃刀令　22
博文堂　90, 202
発話者　ii
日高有倫堂　111
比喩　68, 120, 124, 127～128, 131
表意　187, 216
推意　187, 216
ファシズム　125
フィクション　10
富化　206
福島事件　154
府県会規則　53, 55
伏字　143
フレーム　iii, 10, 96～97
プロット　113, 120, 124～125, 161, 205～206, 211
プロット化　124～125, 127
プロトタイプ　iv, 133, 188～189, 196, 199, 201
プロトタイプ効果　134, 199
プロトタイプ論　189
文学加工　110
文学受容　110
文学場　8, 111, 183, 185, 218
文脈　ii, 10, 91, 133
ベース　131～132
ヘゲモニー　4～5
編年体　94, 97
保安条例　90, 93
冒険小説型　194～195
鳳鳴座　74
ポジショニング　ii
ポスト構造主義　9
ポリアーキー論　6
堀詰座　73
ホロコースト　125
翻案　161
翻訳　16, 78, 79, 161, 196, 204, 216
＊
「博多小女郎波枕」 167
「函入娘」 143
『林有造氏旧夢談』 92
『榛名山朝朗箕輪村夕霞蓆籏群馬嘶』 25, 42～44
『樊噲夢物語』 181
『東山桜荘子』 76
「法燈将滅高野暁」 72
「非有先生伝」 103
『評論新聞』 37
「福島県の『民権かぞへ歌』」 60
「福田英子『妾の半生涯』の語り」 86
「仏王十六世路易の獄を記す」 78
『仏国革命起源西洋血潮小暴風』 154, 191
「仏蘭西革命記自由の凱歌続編」 146
「仏蘭西大革命史」 78～80, 85
「仏蘭西大革命の原因一名西海血汐の灘」 58, 78～83, 85
「仏蘭西太平記鮮血の花」 102, 151～152, 167
『文学連環』 59
『平家物語』 165～166

「ヘイ今晩は」 167～168
『報国纂録』 108
『報知異聞浮城物語』 182
「北清漫游日記」 92
『ポスト・マルクス主義と政治』 4

【ま行】

前田愛 170
前原一誠 23
牧原憲夫 179
真塩紋弥 23, 42～44
松井幸子 52, 179
松木長右衛門 23, 39～41
松沢求策 72, 74
松田克之 73
松山守善 87～89
マリー・アントワネット 154, 156
ミシェル・フーコー 4
源義経 166
宮崎車之助 23
宮崎夢柳 iv, 102, 142, 154, 190, 214
宮台真司 6
宮村治雄 80
三輪信次郎 120
森田敏彦 60
森山弘毅 60
＊
マルクス主義 3～4
三菱 162～163, 165, 169～171
民権小説 10, 22, 58
民撰議院設立建白 57, 169
民撰議院論争 124, 138
明治六年政変 22
明六社 15
メタコミュニケーション 110～111
メッセージ iii, v, 61
メンタル・スペース 124, 128, 130
メンタル・スペース理論 127～128
物語運用論 94
物語世界外 34, 50, 155, 157, 173～174
物語世界内 94, 144, 155～156, 173～174, 199
物語的自己同一性 88, 105～109, 112, 114
物語内容 ii, 154, 205
物語表現 iii, 58～59
物語論 105
モラル 123, 127, 138～141
モラル・システム 124, 127
モラル・メタファー 140
＊
『松山守善自叙伝』 88～89
「馬耳塞協士歌」 78
「民権田舎歌」 60, 66～69
『民権演義情海波瀾』 52, 57, 72, 119, 121, 169
『民権鏡加助の面影』 72, 74～77
「民権鏡嘉助の面影」 74～75
「民権自由数へ歌」 65
『民権自由論』 66, 68, 108
「民権の歌」 65
「民権ヲ拡張スル方法」 62
「民権数へ歌」 60, 65～66, 68
「民約訳解」 78
『夢幻現象政界之破裂』 177
「冤枉の鞭笞」 143
『無天雑録』 63
「明治新編三人比丘尼」 170
『明治文化全集』 65
「文殊智恵義民功」 73

【や行】

矢田部良吉 71
柳田泉 24, 34, 57～59, 119, 181, 187, 192
矢野龍渓 124, 190
山田俊治 24
山本良 iv
吉岡亮 iv
芳川春濤 34

依田学海　73
米原謙　87～88
＊
横浜毎日新聞社　25
＊
「倭仮名経国美談」　73
「夢物語蘆生容画」　72
『郵便報知新聞』　37
『夢路の記』　93
「夢余波徴兵美談」　73
『幼児期と社会』　87
『横浜毎日新聞』　129
『よしや武士』　60, 63～65, 68, 122
「世ニ良政府ナル者ナキノ説」　21
『留客斉日記』　90
『龍宮奇談黒貝夢物語』　52～53
『倭文佳人之奇遇』　177
『妾の半生涯』　93～96, 110～114

【ら行】

陸義猶　37
劉孝標　103
柳窓外史　203
林原純生　192
ルイ・アルチュセール　4
ロバート・ダール　6
＊
ライトノベル　ii
ライフ・ヒストリー　86, 106
リズム　68, 70
立志社　20, 65
倫理批評　9, 87
歴史観　124
歴史的修正主義　125
レトリック　v, 8, 68, 70, 124, 134, 157, 164, 205

【わ行】

和田繁二郎　59
＊
私小説　84

"Diary"　90
"The Life of Tatsui Baba"　93, 102, 107～108